KB071203

반 고흐를 읽다

한 그루의 나무가 모여 푸른 숲을 이루듯이
청림의 책들은 삶을 풍요롭게 합니다.

반 고흐를 읽다

빈센트 반 고흐 지음 | 신성림 옮기고 엮음

The Letters of Vincent Van Gogh

빈센트 반 고흐 편지 선집

레드박스

감자 먹는 사람들
1885 • 캔버스에 유채 • 82×114cm • 반 고흐 미술관, 암스테르담
-

뉘넌에 체류하던 시기의 작품으로 그림을 완성한 당시에는 좋은 반응을 얻지 못했다. 하지만 반 고흐 자신은 이전의 그림들이 모두 습작에 불과하고 이 그림이야말로 자신의 첫 작품이라 자부했고, "언젠가는 「감자 먹는 사람들」이 진정한 농촌 그림이라는 평가를 받을 것"이라고 믿었다.

"나는 램프 불빛 아래 감자 먹는 사람들이 접시를 향해 뻗은 손, 자신을 닮은 바로 그 손으로 땅을 일궜다는 점을 분명히 보여주고 싶었다. 그 손은, 손으로 하는 노동과 정직하게 노력해서 얻은 식사를 대변한다."

구두

1886 • 캔버스에 유채 • 37.5×45㎝ • 반 고흐 미술관, 암스테르담

–

반 고흐는 구두를 소재로 한 그림을 10여 점 그렸는데 그중 절반은 파리에 머물던 시기에 그렸다. 벼룩시장에서 사온 헌 구두가 너무 반짝거린다면서 비 오는 날 신고 돌아다녀 진흙으로 더럽힌 후에야 그렸다는 일화도 유명하다. 이처럼 낡고 해진 구두 그림들은 흔히 가난한 화가의 변형된 자화상으로 해석되며, 구두가 두 켤레인 경우 각각 화가 자신과 동생 테오를 상징한다고 보기도 한다.

탕기 영감의 초상
1887 • 캔버스에 유채 • 92×75cm • 로댕 미술관, 파리

-

줄리앙 프랑수아 탕기(탕기 영감)는 몽마르트르에서 물감 가게를 운영하며 많은 화가들
과 교류했고 차츰 그들의 그림을 구입해주거나 물감 값 대신 받아 가게에 걸어두곤 했
다. 그러자 모네, 피사로, 르누아르, 반 고흐, 세잔, 고갱 등의 그림을 보기 위해 더 젊은
세대에 속하는 화가들도 탕기 영감의 가게로 몰려들곤 했다. 테오의 소개로 탕기 영감
과 거래하면서 친분을 쌓은 반 고흐는 일본 판화를 배경으로 밀짚모자를 쓴 그의 모습
을 그렸다. 이 그림은 탕기 영감의 선량하고 관대한 성품을 잘 드러내는 동시에 당시
유행하던 자포니슴Japonisme의 영향을 보여준다.

씨 뿌리는 사람

1888 • 캔버스에 유채 • 64×80.5cm • 크뢸러 뮐러 미술관, 오테를로

-

반 고흐는 화가의 길로 들어서기 전부터 장 프랑수아 밀레의 작품과 삶에 깊이 매료
되었고 그의 「만종」이 장엄한 시 같다고 칭송했다. 그림 공부를 시작한 후에는 밀레의
작품을 복제한 판화를 본떠 데생 연습을 했고 전기를 읽으며 그의 삶을 본받고자 했
다. 아를에 머물던 시기에 그린 이 그림도 밀레의 「씨 뿌리는 사람」을 바탕으로 했다.
그러나 밀레의 그림이 '씨 뿌리기'라는 농부의 힘겹고도 경건한 노동에 초점을 맞추고
있다면, "낡은 달력에서 볼 수 있는 소박한 그림을 그리고 싶었다"던 반 고흐의 씨 뿌
리는 사람 뒤로는 풍요의 상징이자 '무한을 향한 열망'의 상징인 커다란 태양이 마치
후광처럼 버티고서 노란 불꽃같은 빛다발로 하늘과 들판을 온통 물들이고 있다.

해바라기

1888 • 캔버스에 유채 • 91×72cm • 뮌헨 노이에 피나코텍

-

아를에서 노란 집을 빌린 반 고흐는 젊은 화가들을 위한 아지트를 마련할 꿈에 부풀
었고, 함께할 첫 번째 동료로 폴 고갱을 선택했다. 고갱이 오기를 기다리는 동안 그는
'파란색과 노란색의 심포니'를 만들어낼 해바라기 그림들로 그의 방을 장식하기로 했
다. 반 고흐는 자신의 해바라기 그림들에 몹시 만족해서 "자넷에게 작약 그림이 있고
코스트에게 접시꽃 그림이 있다면 나에겐 해바라기가 있다."라고 자부했고, 눈부신 해
바라기 그림들은 '프로방스 지방에 대한 찬양의 표현'이라고 했다.

아를의 침실

1888 • 캔버스에 유채 • 72×90㎝ • 반 고흐 미술관, 암스테르담

-

1888년 10월 고갱이 아를에 도착하기를 기다리며 기분 좋게 작업에 몰두하던 반 고흐는 새롭게 구상이 떠오른 작품에 대해 이렇게 설명했다.

"이번에 그린 작품은 나의 방이다. 여기서만은 색채가 모든 것을 지배한다. 색을 단순화하면서 방에 더 많은 스타일을 주었고, 전체적으로 휴식이나 수면의 인상을 주고 싶었다. 사실 이 그림을 어떻게 보는가는 마음 상태와 상상력에 달려 있다. (……) 문이 닫힌 이 방에서는 다른 어떤 일도 일어나지 않는다. 가구를 그리는 선이 완강한 것은 침해받지 않는 휴식을 표현하기 위해서다."

반 고흐는 이 그림을 그리면서 유독 색채의 구성에만 집착했다. '그림자나 미묘한 음영은 무시하고 일본 판화처럼 환하고 명암 없는 색조로 채색'하려는 반 고흐의 시도는 고갱이 퐁타벤에서 행했던 조형적 탐색에 대한 그 나름의 회화적 반응으로 보인다.

아를의 여인(지누 부인의 초상)
1888 • 캔버스에 유채 • 91.4×73.7㎝ • 메트로폴리탄 미술관, 뉴욕

-

지누 부인은 아를에서 반 고흐가 노란 집을 얻어 들어가기 전까지 묵었던 카페 드 라
가르의 여주인으로 그가 아를에 정착하는 데 많은 도움을 주었다. 반 고흐는 지누 부
인이 탁자에 책을 올려놓고 앉은 모습을 그려 그녀와 아를이라는 도시에 대한 애정을
표현했다. 그는 아를을 떠난 후에도 지누 부인이 아프다는 소식을 듣고 몹시 마음 아
파하며 회복을 기원하는 편지를 보냈다. 지누 부인은 반 고흐와 고갱이 함께 지낼 때
동시에 모델로 삼았던 인물로도 유명하다. 아를이라는 도시나 지누 부인에게 특별한
애정이 없었던 고갱의 그림 「아를의 밤의 카페-지누 부인」을 이 그림과 나란히 놓고
보는 것도 흥미로운 경험이 될 것이다.

별이 빛나는 밤
1889 • 캔버스에 유채 • 73.7×92.1cm • 뉴욕 현대 미술관

-

"지도에서 도시나 마을을 가리키는 검은 점을 보면 꿈을 꾸게 되듯 밤하늘에서 반짝이는 별은 늘 나를 꿈꾸게 한다. 그럴 땐 묻곤 한다. 왜 프랑스 지도에 검은 점으로 표시된 도시에 가듯이 하늘에서 반짝이는 저 별에 이를 수는 없는 걸까?"

반 고흐는 아를 시절부터 "밤이 낮보다 훨씬 더 풍부한 색을 보여준다"며 밤과 별을 그리는 데 몰두했다. 별이 반짝이는 밤하늘은 영감과 꿈의 이미지이자 무한의 이미지였다. 그리고 생레미의 정신병원에 들어가 있을 때 그를 매료시켰던 사이프러스 나무가 있다. 이 그림에서는 반 고흐가 "이집트의 오벨리스크처럼 아름답다."라고 했던 사이프러스 나무가 무한을 향한 인간의 열망을 보여주듯 검은 불꽃을 일렁이며 별이 반짝이는 밤하늘 위로 솟아오른다.

자화상
1889 • 캔버스에 유채 • 65×54.5cm • 오르세 미술관, 파리

-

반 고흐는 평생 40여 점의 자화상을 그렸다. 우리에게 이 자화상들은 반 고흐의 회화 양식이 발전한 양상뿐만 아니라 실제로 그의 외모가 어떻게 변해갔는지 알려주는 소중한 자료다. 반 고흐 자신은 테오에게 보내는 편지에 인물화를 그리고 싶은데 모델을 구할 수 없어 자기 얼굴을 그린다고 불평했다. 하지만 거듭 자신을 그리면서 그 일이 그 이상의 의미를 갖게 되었음은 분명하다. 스스로 의식했든 아니든 그의 자화상에는 화가로서의 정체성을 확인하려는 열망과, 자신을 괴롭히는 질병과 고통을 냉철하게 대면하고 이겨내려는 의지가 담겨 있기 때문이다. 생레미의 정신병원에서 그린 이 자화상에서 반 고흐는 비교적 단정한 옷차림에 건강해 보이는 모습이지만 그의 강퍅한 성품은 여지없이 드러난다. 그런데 그는 지금 어디 있을까? 그의 얼굴과 옷, 머리를 온통 푸른 열기로 물들이는 저 곳, 차가운 불기운이 푸르게 꿈틀대는 그곳은 어디일까? 그는 무엇을 보고 있을까?

꽃이 핀 아몬드 나무
1890 • 캔버스에 유채 • 73.5×92㎝ • 반 고흐 미술관, 암스테르담
-

생레미의 정신병원에서 반 고흐는 테오와 요한나의 아들이 태어났으며 자신의 이름을
따서 빈센트라고 부르기로 했다는 소식을 들었고, 갓 태어난 조카를 위해 '파란 하늘
을 배경으로 하얀 아몬드 꽃이 만발한 커다란 나뭇가지 그림'을 그리기 시작했다. 그
의 기쁨과 열의에는 분명 한 치의 거짓도 없었고 스스로도 어느 때보다 끈기 있고 차
분하게 그림을 그릴 수 있었다고 했다. 하지만 그는 "그다음 날 바로 짐승처럼 발작을
일으켰다". 그의 의식 저 밑바닥에 자리 잡은 불안감, 테오의 애정과 경제적인 지원이
이전과 같을 수 없으리라는 예감이 그 짐승의 정체였을지도 모른다.

반 고흐가 꽃 그림을 그리기 시작한 것은 그의 팔레트가 다채로워지던 파리 시절, 화
병에 꽂힌 각양각색의 꽃들은 놀랍도록 화려하다. 아를에서는 꽃이 활짝 펴서 "괴물처
럼 환하게 빛나는" 과일 나무를 그리는 데 몰두했다. 열매인 양 탐스러운 꽃들이다. 그
러나 그의 꽃 중 눈이 시릴 정도로 빛나는 꽃은 바로 차가운 공기를 가르며 피어나 봄
의 시작을 알리는 이 아몬드 꽃.

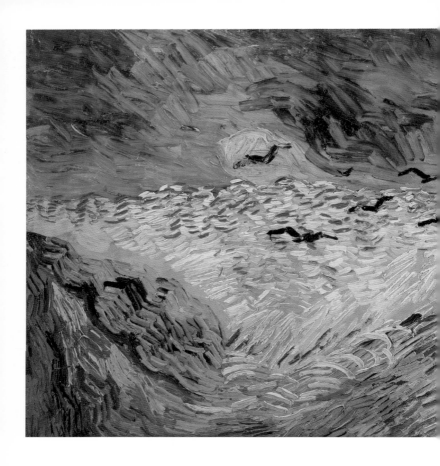

까마귀가 나는 밀밭
1890 • 캔버스에 유채 • 50.5×103㎝ • 반 고흐 미술관, 암스테르담

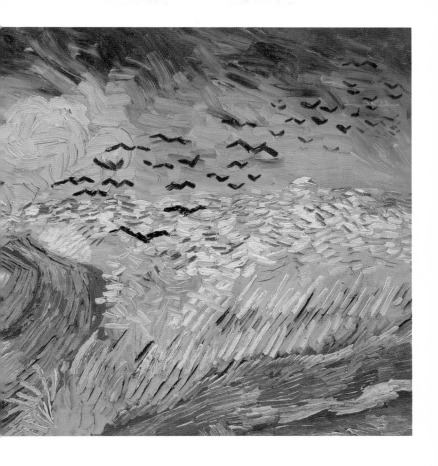

그림 속 황금빛 밀밭은 넓고 풍요롭지만, 어두운 하늘 저편으로 까마귀 떼가 날아오르고 밀밭을 가르는 세 갈래 길은 어디로 이어지는지 알 길이 없다.

마지막 순간의 막막함이 그런 것일까.

1890년 7월, 반 고흐는 자살이라는 극단적인 선택을 하기 며칠 전 테오에게 쓴 편지에 '혼란스러운 하늘 아래 펼쳐진 거대한 밀밭 그림'에 대해 이야기했다. "극한의 외로움과 슬픔을 표현하기 위해 내 길에서 벗어날 필요는 없"으며 "이 그림이 말로 표현할 수 없는 내 감정을 네게 전해줄 거라 생각한다."라고.

■■■■ 빈센트 반 고흐의 생애 ■■■■

- 1853년 3월 30일, 네덜란드 브라반트 지방의 쥔더르트에서 엄격한 칼뱅파 목사의 맏아들로 태어났다. 일 년 전 같은 날 태어났으나 사망한 형의 이름을 따서 빈센트라 불리게 되었다. 제본업자의 딸이었던 어머니의 영향으로 평생 책을 가까이하고 살았다.
- 1868년 3월, 열여섯 살에 학교를 그만두고, 1869년 7월부터 숙부가 운영하는 구필Goupil 화랑 헤이그 지점에서 수습사원으로 일하기 시작했다.

■■■■ 초기 편지   1872년 8월–1878년 12월

- 1872년 8월, 화랑에서 자신과 같은 일을 하게 된 동생 테오에게 반 고흐가 편지를 보내면서 형제 사이에 편지 왕래가 시작되었다.
- 1873년 6월, 구필 화랑 런던 지점으로 근무지를 옮겼다. 런던에서 하숙집 딸에게 구혼했으나 거절당한 뒤 충격을 받고 네덜란드로 돌아갔다.
- 1875년 5월, 구필 화랑 파리 본점으로 전근했다. 일을 마친 뒤 저녁 시간에는 주로 성경 공부를 하며 시간을 보냈다. 종교에 몰입하면서 구필 화랑의 상업성과 미술품 거래에 회의를 느껴 사람들과 마찰을 빚다가 1876년 화랑에서 해고되었다. 이후 램스게이트 기숙학교, 도르드레흐트 서점 등에서 근무하다 신학대학 입학 공부를 위해 1877년 암스테르담으로 돌아갔다.
- 1878년 신학 공부를 포기하고 전도사 양성 학교에서 공부했다.

■■■■ 보리나주   1878년 12월–1881년 4월

- 1878년 12월, 벨기에의 탄광 지역인 보리나주로 이주해 전도 활동에 전념했다.
- 1879년, 반 고흐의 미래에 대해 테오와 크게 다툰 후 두 사람은 일 년 가까이 말을 하지 않았다. 반 고흐가 데생 공부를 시작해 화가가 되기로 결심하면서 둘

의 관계는 점차 회복되었고, 테오는 전업 화가가 되고자 하는 형에게 경제적인 지원을 약속했다.

- 1880년 10월, 그림 공부를 위해 브뤼셀로 갔고, 반 라파르트와 만났다.

━━━━━ 에턴   1881년 4월–1881년 12월

- 1881년 4월, 부모가 있는 에턴에 정착한 뒤 인물 데생에 몰두했다.
- 1881년 여름, 외숙부의 딸인 케이에게 사랑을 느껴 구혼했으나, 남편을 여읜 지 얼마 되지 않은 케이는 단호히 거절했다. 케이에게 거부당한 반 고흐는 깊은 상처를 받았고, 이 일로 가족, 친척들과 심각한 갈등을 겪었다.

━━━━━ 헤이그   1881년 12월–1883년 9월

- 1881년 겨울, 에턴을 떠난 반 고흐는 헤이그에 있는 안톤 마우베의 화실에서 최초의 유화를 그렸다.
- 1882년 1월, 마우베에게 그림을 배웠다. 그 무렵 매춘녀인 시엔을 알게 되어 동거하기 시작했다.
- 1882년 여름, 시엔과 결혼하려 하면서 다시 가족들과 관계가 틀어지고 마우베와도 절교했다. 시엔이 남자아이를 낳았다.
- 1883년 초부터 반 고흐와 시엔 사이에 금이 가기 시작했다.

━━━━━ 드렌터 · 뉘넌   1883년 9월–1885년 11월

- 1883년 9월, 시엔과 헤어지고 드렌터로 떠났다. 그곳에서 반 고흐는 예술가 공동체를 만들겠다는 희망을 품게 되었다.
- 1883년 12월, 고독감으로 힘들어하던 반 고흐는 가족이 있는 뉘넌으로 돌아갔다. 책을 읽고 그림 그리는 데 열중했다.

- 1884년 여름, 열 살 연상의 마르고트와 사귀며 결혼을 생각했지만 그녀 가족의 반대로 무산되었다.
- 1885년 3월, 아버지가 세상을 떠났다.
- 1885년 4월, 「감자 먹는 사람들」을 그렸다.
- 1885년 11월, 도시 풍경과 초상화를 그려서 생계를 유지하겠다는 희망을 품고 안트베르펜으로 떠났다.

━━━━━ 안트베르펜 · 파리   1885년 11월–1888년 2월

- 1886년 1월, 안트베르펜에 있는 미술 아카데미에 입학했으나 신경과민 증세가 악화되어 3월부터 파리에 있는 테오와 함께 살았다.
- 1886년 4월, 코르몽의 화실에서 로트레크, 베르나르, 러셀 등을 만났다. 테오를 통해 모네, 드가, 시냐크 등을 알게 되었다.
- 1887년, 반 고흐는 일본 판화에 매료되었다. 「탕기 영감의 초상」을 그렸다. 11월 에는 샬레 레스토랑에서 앙크탱, 베르나르, 로트레크, 고갱과 함께 전시회를 열었다.

━━━━━ 아를   1888년 2월–1889년 5월

- 1888년 2월, 파리에 싫증을 느낀 반 고흐는 남프랑스 아를로 내려가 공동 화실을 꾸미고 풍경을 그리기 시작했다. 「해바라기」, 「밤의 카페 테라스」 등 많은 걸작이 이곳에서 만들어졌다.
- 1888년 10월, 고갱을 초대해 노란 집에서 공동생활을 시작했다. 12월, 예술에 대한 의견 차이로 두 사람 사이에 불화가 시작되었고 반 고흐는 고갱과 심하게 다툰 뒤 자신의 귀를 잘랐다. 고갱은 즉시 파리로 떠났다. 이후로도 반 고흐는 환각 증상에 시달리고 정신병원에 입원하는 일이 반복되었지만, 그런 와중에도 정열적으로 작품 활동을 펼쳐 200여 점에 이르는 그림을 그렸다.
- 1889년 4월, 테오가 암스테르담에서 결혼했다.

━━━━ 생레미   1889년 5월–1890년 5월

- 1889년 5월, 프로방스의 생레미에 있는 요양원으로 들어갔다.
- 1890년 1월, 브뤼셀의 20인전에 「해바라기」를 포함해 유화 여섯 점이 전시되었다. 이때 「붉은 포도밭」이 팔렸는데, 이것이 반 고흐 생전에 유일하게 판매된 유화 작품이었다.
- 1890년 1월, 테오의 아들이 태어났다. 테오는 형의 이름을 따서 아들에게 빈센트 빌렘 반 고흐라는 이름을 붙였다.
- 1890년 2월, 아들을 방문했다가 다시 발작이 일어나 오랫동안 지속되었다.
- 1890년 5월, 테오의 권유로 파리에 있는 테오의 집에서 머물렀다. 그러나 반 고흐는 며칠 뒤 오베르 쉬르 우아즈로 떠났다.

━━━━ 오베르 쉬르 우아즈   1890년 5월–1890년 7월

- 1890년 5월, 오베르에 도착해 의사 가셰를 만났다. 여인숙에 방을 얻어 지내면서 가셰의 치료를 받았다.
- 1890년 6월 말, 직장 문제로 고민에 빠진 테오를 걱정해 파리를 방문했다가 돈 문제로 서로 다퉜다. 오베르로 돌아온 후 「오베르의 교회」, 「까마귀가 나는 밀밭」 등을 그렸다.
- 1890년 7월 27일, 반 고흐는 최후의 유화를 그렸던 밀밭에서 권총으로 자신을 쏘았다. 테오가 가셰의 편지를 받고 오베르로 왔고 형제는 짧은 대화를 나눴다. 7월 29일 새벽, 반 고흐는 동생의 품에 안긴 채 숨을 거뒀다.

- 1891년 1월, 반 고흐가 사망한 지 6개 월 뒤에 테오가 네덜란드 위트레흐트에서 세상을 떠났다.
- 1914년, 테오의 아내 요한나가 반 고흐의 서간집을 출간했다. 같은 해, 테오의 유해는 형의 무덤 옆에 안치되었다.

일러두기

• 편지 전문을 실은 경우도 있고, 편지에서 일부분을 발췌하기도 했다.
• 편지글 중간에 생략한 부분은 행을 띄우고 • • •로 표시했다.
• 반 고흐의 편지에서 밑줄이나 이탤릭체로 강조된 부분은 고딕체로 표기했다.
• ( ) 안의 내용은 반 고흐가 쓴 설명이고, [ ] 안의 내용은 편역자가 이해를 돕기 위해 적은 설명이다.
• 본문의 각주는 모두 편역자 주다.
• 각 편지의 제목은 편역자가 달았다.

믿음이 있는 자는
서두르지 않는다

1875년 10월 14일, 파리

테오에게,

너만이 아니라 나 자신의 기쁨을 위해서라도 몇 마디 더 쓰려 한다. 전에 네게 책을 다 없애버리라고 충고했었지. 그 충고를 다시 반복하고 싶구나. 그래, 꼭 그렇게 하렴. 그게 너에게 안식을 줄 거다. 편협해지지 않도록 주의하되, 잘 쓴 글을 읽기를 두려워해라. 그렇게 하는 것이 오히려 살아가기에 편안할 게다. "진실한 것은 무엇이든, 정직한 것은 무엇이든, 올바른 것은 무엇이든, 순수한 것은 무엇이든, 사랑스러운 것은 무엇이든, 평판이 좋은 것은 무엇이든, 만일 거기에 어떤 미덕이라도 있다면, 만일 거기에 어떤 찬송이라도 있다면, 그런 것들을 생각해라."

빛과 자유를 추구하고 인생의 병폐에 대해 너무 깊이 생각하지 마라.

네가 여기 있다면, 그래서 네게 뤽상부르 미술관과 루브르 박물관을 보여줄 수 있다면 얼마나 좋을까. 하지만 시간이 좀 지나면 너도 이곳에 오게 될 거라고 생각한다.

아버지가 언젠가 내게 이렇게 써 보내신 적이 있다. "태양까지 날아오르려 했으나 어느 정도 높이에 다다르자 날개가 녹아서 바다에 빠져버렸다는 이카루스의 이야기를 잊지 말아라." 너는 종종 너나 내가 아직은 우리가 언젠가 되고 싶어 하는 존재가 되지 못했다고, 우리는 아버지나 다른 어른들보다 훨씬 더 아래에 있다고, 안정과 간소함과 진지함이 부족하다고 느낄 것이다. 사람이 하루 만에 소박하고 진실해질 수는 없으니까. 그래도 꾸준히 노력하고 무엇보다 인내심을 갖자. 믿음이 있는 자는 서두르지 않는다. 그렇긴 해도 진정한 기독교인이 되고자 하는 우리의 열망과 태양까지 날아오르려 한 이카루스의 열망 사이에는 차이가 있다.

나는 비교적 건강한 몸을 갖는 것이 해가 될 게 없다고 생각한다. 끼니를 잘 챙겨 먹도록 신경 써라. 혹시라도 배가 많이 고플 때가 있거든, 그러니까 입맛이 돌거든, 그땐 잘 먹어야 한다. 나도 종종 그렇게 하고 있고 과거에도 그랬단다. 무엇보다, 동생아, 빵을 먹으렴. '빵은 생명의 양식이다.'라는 영국 속담도 있잖니.(정작 그 사람들은 고기도 아주 많이 좋아하고 대체로 고기를 너무 많이 섭취하는 편이지만 말이다.)

빨리 내게 편지해주고, 평소의 생활에 대해서도 들려다오. 계속 용기를 내고, 내 소식을 묻는 모든 사람들에게 안부 전해다오. 한두 달 안에 우리가 만날 수 있기를 바란다. 굳은 악수를 보내며, 항상

너를 사랑하는 형, 빈센트

마음으로는 우리가 오늘도
계속 함께 있을 겁니다

1876년 4월 17일, 램스게이트

아버지와 어머니께,

아마 제 전보를 받으셨겠지만, 좀 더 자세한 이야기를 들으면 기뻐하실 것 같네요. 기차를 타고 가면서 제가 이런저런 일을 좀 적어놓았는데 그걸 두 분께 보냅니다. 여행 중에 있었던 일을 다 아실 수 있게요.

금요일.

마음으로는 우리가 오늘도 계속 함께 있을 겁니다. 만남의 기쁨과 헤어짐의 슬픔, 두 분은 어느 쪽이 더 낫다고 생각하세요? 사실 우리는 이미 여러 번 헤어져봤지만 이번 이별은 과거에 그랬던 것보다 유독 더 큰 슬픔으로 다가왔습니다. 물론 용기도 그만큼 더 많이 냈습니다. 하나님의 은총에 대한 더 확고한 희망과 더 강력한 바람이 있었던 덕분이지요. 자연도 우리의 감정을 함께 느꼈을까요? 몇 시간 전까지만 해도 모든 것이 무척 우중충하고 칙칙해 보였거든요.

저는 지금 방대하게 펼쳐진 초원을 내다보고 있습니다. 모든 것이 아주 고요합니다. 태양은 다시 잿빛 구름 뒤로 사라지고 있지만 들판 위로 황금빛 햇살을 비추고 있습니다.

우리가 헤어진 후 처음 몇 시간 동안 아버지는 교회에서, 저는 기차역과 기차에서 제각기 서로를 무척이나 그리워했겠지요. 또 테오와 안나를 비롯한 동생들 생각도 했고요. 지금 막 기차가 제벤베르헌을 통과했습니다. 아버지가 저를 그곳에 데려가셨던 날이 생각납니다.* 저는 프로빌리 선생님의 학교 계단에 서서 아버지를 태운 마차가 빗길을 달려 멀어지는 모습을 바라보았지요. 나중에 아버지가 처음으로 저를 방문하셨던 밤의 일도 떠오릅니다. 그리고 크리스마스에 처음 집으로 돌아갔던 일도요!

토요일과 일요일.

기선 위에서는 안나 생각이 많이 났습니다. 모든 것이 우리가 함께했던 여행을 떠올리게 했거든요.

● 빈센트는 잠시 그곳의 기숙학교에 다녔다.

날씨는 맑았고 강은 특히 아름다웠으며 바다에서 바라보자 모래언덕이 햇살에 하얗게 반짝이는 광경도 아름다웠습니다. 제가 네덜란드에서 마지막으로 본 것은 회색의 작은 교회 첨탑이었습니다. 저는 해가 질 때까지 갑판에 남아 있었지만 해가 지고 나자 너무 춥고 파도가 심해지더군요.

다음 날 새벽, 하리치에서 런던으로 가는 기차에서 바라본 검은 들판과 초록의 목초지는 무척 아름다웠습니다. 곳곳에 양떼와 어린 양들이 모여 있고, 간혹 가시덤불이 보이고, 짙은 색 잔가지와 회색 이끼가 덮인 줄기를 가진 커다란 떡갈나무가 눈에 들어왔습니다. 어슴푸레한 파란 하늘에는 여전히 별 몇 개가 떠 있고 지평선 위로 회색 구름층이 깔려 있었습니다. 해가 뜨기도 전에 저는 벌써 종달새 울음소리를 들었습니다. 우리가 런던에 도착하기 직전의 역에 가까이 갔을 때 해가 떴습니다. 회색의 구름층은 사라졌고, 제가 한 번도 본 적이 없는 단순하고 커다란 태양, 진짜 부활절의 태양이 떠 있었습니다. 밤에 내린 서리와 이슬 때문에 풀잎이 반짝거리더군요. 하지만 저는 여전히 우리가 출발했을 때의 땅거미 지는 시간이 더 좋습니다.

토요일 오후에는 해가 질 때까지 갑판에 머물렀습니다.

물은 상당히 짙은 푸른색이었고 하얀 포말을 일으키는 파도가 눈으로 볼 수 있을 정도로 꽤 높게 일렁였습니다. 해안은 이미 시야에서 사라지고 없었습니다. 하늘은 구름 한 점 없이 온통 옅은 파란색이었고, 지는 해가 물 위로 반짝이는 빛의 줄무늬를 만들었습니다. 그건 정말이지 웅장하고 장엄한 광경이었답니다. 하지만 사람에게 훨씬 더 깊은 감동을 주는 것은 더 소박하고 더 고요한 것들인 것 같습니다.

램스게이트로 가는 열차는 제가 런던에 도착한 지 두 시간 뒤에 떠났습니다. 기차로 네 시간 반 정도 걸리는데, 가는 길이 무척 아름답습니다. 중간에 상당히 언덕이 많은 지역을 지나갔는데, 기슭에는 풀이 듬성듬성 나 있고 꼭대기에는 떡갈나무 숲이 자리 잡고 있어서 우리나라의 모래 언덕을 생각나게 하더군요. 언덕 사이에 대부분의 집들과 마찬가지로 담쟁이덩굴이 무성하게 덮인 회색 교회가 있는 마을이 있었습니다. 과수원에는 꽃이 활짝 피었고 밝은 파란색 하늘에는 회색과 흰색의 구름이 떠 있었습니다.

우리는 캔터베리도 지나갔는데 중세 건축물이 많고 특히 성당이 아름답고 오래된 느릅나무가 둘러싸고 있는 도시였습니다. 그 도시를 다룬 그림을 종종 봤답니다.

상상하시겠어요, 저는 도착하기 한참 전부터 창밖으로 램스게이트를 내다보고 있었습니다.

1시에 스톡스 씨 댁에 도착했습니다. 그는 외출 중이었는데 밤에 돌아올 거라고 했습니다. 그가 없는 동안에 런던에서 교사로 일하는 그의 아들(스물세 살이라고 합니다.)이 그의 업무를 대신하고 있었습니다. 저녁식사를 할 때 스톡스 부인을 만났습니다. 그곳에서 열 살부터 열네 살까지의 소년 스물네 명이 지내고 있었습니다.(그들이 저녁식사를 하는 모습을 보는 건 기분 좋은 광경입니다.) 그러니까 학교는 그리 크지 않습니다. 창으로 바다가 내다보이더군요. 저녁식사 후에 우리는 바닷가를 산책했습니다. 무척 아름답더군요. 해안의 집들은 대부분 노란색 돌로 지어졌는데 단순한 고딕 양식이고 백향목과 다른 짙은 상록수들로 가득한 정원이 있습니다. 항구에는 배가 많이 정박해 있고, 항구를 둘러싼 석조방파제 위로 사람들이 걸어 다닙니다. 그리고 훼손되지 않은 바다, 몹시 아름다운 바다가 있습니다. 어제는 모든 것이 잿빛이었습니다. 우리는 밤에 학생들과 교회에 갔습니다. 교회 벽에 이렇게 적혀 있더군요. "보라, 이 세상이 끝날 때까지 내가 항상 너희와 함께하리라."

학생들은 8시에 잠자리에 들고 6시에 일어납니다.

열일곱 살 된 보조교사도 한 명 있는데, 그 친구와 학생 네 명과 저는 근처의 다른 집에서 잡니다. 저는 그 집에 있는 작은 방을 쓰는데 벽에 복제화를 좀 붙일 예정입니다.

이제 오늘은 이 정도로 할게요. 우리가 함께 보낸 날들은 무척이나 즐거웠습니다! 모든 것이 감사하고 또 감사합니다. 모두에게 사랑과 악수를 보냅니다.

사랑하는 빈센트

편지 보내주셔서 고맙습니다. 지금 막 그 편지들이 도착했답니다. 이곳에서 며칠 지내면서 스톡스 씨를 만나고 나면 곧 다시 편지 쓰겠습니다.

생일 축하한다

테오에게,

좋은 날이 다시 돌아왔구나. 생일을 맞아 네가 최고로 행복하기를, 그리고 해가 갈수록 우리가 서로 사랑하는 마음이 더욱 커지기를 바란다.

우리가 어린 시절의 추억뿐만 아니라 다른 것도 아주 많이 공유하고 있다는 게 무척 기쁘다. 지금 너는 내가 얼마 전까지 근무했던 매장에서 일하고 있고, 내가 알고 있는 많은 사람들과 장소들을 너도 알고 있고, 너 역시 자연과 미술을 아주 많이 사랑하니까.

스톡스 씨가 휴일이 지나면 학교 전체를 런던에서 세 시간 거리에 있는 템스 강변의 작은 마을로 옮길 생각이라고 말하더라. 거기서는 학교를 약간 다르게 운영할 텐데 아마 규모도 좀 확장할 것 같다.

이제 어제 우리가 산책했던 이야기를 들려줄게. 우리는 바다가 좁은 물줄기와 이어지는 곳까지 계속 산책했는데, 중간에 어린 옥수수 밭을 지나갔고 길가에는 산사나무 울타리가 쭉 이어져 있었다. 도착하니 왼편으로 모래와 돌로 된 이 층 높이의 가파른 산등성이가 보이고, 그 꼭대기에 옹이투성이의 오래된 산사나무 관목들이 자리 잡은 게 보이더라. 검은색과 회색 이끼가 덮인 줄기와 가지들은 모두 바람에 쓸려 한 방향으로 굽어 있었다. 딱총나무 관목도 조금 있었고.

우리가 걸어 다니던 땅바닥은 커다란 회색 돌과 백악, 조개껍데기들로 온통 덮여 있었다. 오른편에는 연못처럼 잔잔한 바다가 자리 잡고 있었는데 해가 지고 있는 투명한 회색 하늘의 빛을 반사하고 있었다. 썰물 때여서 물은 많이 빠져 있었다.

어제 네 편지를 받았다. 편지 보내줘서 고맙다. 빌럼 팔키스도 그곳 지점 직원이라니 무척 기쁘구나. 그에게 내 인사를 전해다오. 다시 한 번 너와 함께 스헤베닝언으로 가는 숲길을 걸었으면 좋겠다.

오늘 하루 행복하게 지내고 내 소식을 묻는 모두에게

내 사랑을 전해다오. 나를 믿어라.

너를 사랑하는 형, 빈센트

　다시 한 번 생일 축하한다, 동생아. 행복하고 번성하는 한 해가 되기를 기원한다. 지금 우리는 아주 중요한 시기를 거치고 있다. 앞으로 많은 것들이 이 시기를 어떻게 보내느냐에 달려 있으니까. 모든 것이 다 잘 되기를 바란다.
　따뜻한 악수를 보낸다. 잘 지내라.

파리는 지금 가을이라 아름답겠지.
작년에는 일요일마다 글래드웰과 함께
가능한 한 많은 친구들의 집을 찾아다녔고
가능한 한 많은 교회를 돌아다녔다.
그럴 때면 아침 일찍 나가서 밤늦게 집에 돌아오곤 했지.
가을밤 밤나무에 둘러싸인 노트르담 성당은 무척 멋지다.
하지만 파리에는 가을과 교회보다 더 아름다운 것이 있다.
그건 바로 가난한 사람들이다.
나는 그곳의 가난한 사람들 생각을 자주 한다.

1876년 10월 3일, 아일워스
테오에게 보낸 편지에서

복음의 전도자가
되기 위해

1877년 3월 22일, 도르드레흐트

테오에게,

네가 여행하는 중에 내가 보낸 편지를 받았으면 좋겠다. 암스테르담에서 우리가 함께 보낸 날들은 얼마나 즐거웠던지. 나는 네가 탄 기차가 시야에서 사라질 때까지 가만히 서서 바라보았다. 우리는 벌써 이렇게 오랜 친구가 되었구나. 이맘때 쥔더르트에서 아버지와 함께 초록색 어린 옥수수가 자라는 검은 들판으로 종달새 노랫소리를 들으러 갔던 때 이후로 우리는 정말 많은 산책을 함께 해왔구나.

아침에 나는 코르 숙부와 함께 스트리커르 이모부 댁에 갔었다. 거기서 너도 아는 문제를 놓고 긴 대화를 나눴어. 그리고 저녁 6시 반에 코르 숙부가 나를 배웅해주셨다. 아름다운 밤이었고 모든 것에 풍부한 표정이 나타나는 듯했다. 거리는 고요했고, 런던에서 늘 그러듯 안개가 조금 끼어 있었다. 우리는 꽃시장도 지나갔는데, 꽃과 담쟁이덩굴, 전나무, 산사나무 울타리는 정말 마음에 든다. 그런 것들은 아주 초기부터 우리와 함께 있었으니까. 나는 우리가 암스테르담에서 무슨 일을 하고 무슨 이야기를 나누었는지 식구들에게 들려주기 위해 집에 편지를 썼단다.

집에 돌아오니, 에턴에서 보낸 편지가 와 있더라. 지난 일요일에 아버지 몸이 좋지 않아서 캄 목사님이 아버지 대신 설교를 하셨단다. 내가 당신의 뒤를 이어 목사가 될 수 있기를 아버지가 진심으로 갈망하신다는 걸 알고 있다. 아버지는 항상 내게 그런 기대를 하셨지. 아아, 그렇게 될 수만 있다면 얼마나 좋을까. 신의 은총이 함께하기를.

내 계획에 대해 너에게 편지를 쓰는 동안에 생각이 더 분명하고 확실해졌다. 우선 나는 "당신의 말씀을 따르는 것은 나의 운명입니다."라는 말을 생각한다. 나는 성경에 적힌 보물들을 소유하고, 그 모든 옛이야기들을 철저하고 정성스럽게 공부하고, 무엇보다 그리스도에 대해 알려진 것을 배우기를 바라는 마음이 무척이나 크다. 내가 기억하는 한, 모든 점에서 기독교 가정인 우리 집안에는 대대로 복음을 전하는 사람이 항상 있었다. 그 집안의 한 사람이 이제 그 일을 하도록 부름을 받았다고 느끼면 안 될 이유가 어디 있겠니? 그리고 그가 자기 계획을 분명히 밝히고 목표에 도달할 방법을 찾으면 안 될 이유는 또 무엇이겠니? 아버지와 할아버지의 정신이 내게 깃들기를, 기독교인이 되고 기독교에 헌신하는 일꾼이 될 기회가 내게 주어질 수 있기를, 그리고 내 삶이 점점 더 아버지와 할아버지의 삶과 비슷해지기를 바라는 것, 그것이 나의 간절한 기도이고 갈망이다. 그래, 오래된 와인이 좋다. 나는 새 와인을 원하지 않는다.

테오야, 내 동생, 내가 사랑하는 동생아, 나는 꼭 그렇게 되고 싶다는 간절한 열망이 너무 크다. 하지만 내가 어떻게 그렇게 될 수 있을까? 내가 복음의 전도자가 되기 위해 이 길고 힘겨운 공부를 마칠 수만 있다면 얼마나 좋을까.

네 여행에 행운이 따르기를 빈다. 곧 편지해라. 굳은 악수를 보낸다. 잘 지내라. 항상……

너를 사랑하는 형, 빈센트

부활절에 에턴에 올 수 있게 노력해봐라. 다시 함께 시간을 보내면 얼마나 좋겠니.

우리도
그런 지지를
추구하자

테오에게,

어제 받은 편지, 고맙다. 시간이 좀 나서 오늘 답장을 쓴다.

우리가 판 데어 호프 미술관에 갔을 때 부르거Burger의 책에 대해 이야기 나누었던 것이 기억나서 우편으로 그 책을 보낸다. 그 속에서 도레의「유디트와 홀로페르네스」를 모사한 목판화와 네 수집품 중에 있는 브리옹의 작품을 모사한 목판화도 볼 수 있을 거다. 수집을 계속해라. 그러면 머지않아 훌륭한 수집품을 갖추게 될 게다. 그리고 부디 내가 거기에 조금이라도 기여하게 해다오. 나는 이런 작은 것으로나마 너와 계속 이어지고 싶은 마음이 간절하다. 내 조그만 방에 들어갈 때마다 벽에 붙여놓은 복제 그림들이 너를 떠올리게 한다. 형제간의 사랑이 강한 지지의 형태로 평생 계속된다는 것은 오래된 진실이다. 우리도 그런 지지를 추구하자. 경험이 우리 사이의 유대를 강하게 해줄 수 있도록 서로에게 진실하고 솔직해지자. 그리고 지금 그런 것처럼 어떤 비밀도 갖지 말자.

지난번 편지 고마웠다. 너는 "아직 끝나지 않았어."라고 말했지. 아니야, 그건 가능하지 않을 거다. 네 가슴이 마음을 털어놓고 짐을 내려놓고 싶어 할 테니까. 네 정신은 그녀와 아버지로 나뉘겠지. 나는 그녀보다 아버지가 너를 더 많이 사랑한다고, 아버지의 사랑이 더 큰 가치를 가진다고 생각한다. 그건 순금과도 같단다.

아이는 아버지를 신뢰하네,
아버지는 신뢰할 만한 분이니까,
신의 왕국에서도 지상에서도
아버지보다 더 가까이 있는 자 누구겠는가.
[네덜란드 찬송가]

내가 이 시험에
성공할 수만 있다면!

1877년 4월 16일, 도르드레흐트
테오에게

오늘 오후에는 오랫동안 걸어 다녔다. 산책이 필요하다
고 느꼈거든. 처음에는 대교회 주변을 돌아다니다가 신교
회를 지나 둑길을 따라 걸었다. 역 근처를 걸을 때면 멀리
로 방앗간이 늘어서 있는 것이 보이는 길이다. 이런 독특
한 풍경과 주변 환경이 아주 인상적이어서 마치 "두려워하
지 말고 용기를 내라."라고 말하는 것 같더라.

아아, 하나님과 복음을 위해 봉사하는 데 내 삶을 더 온
전하게 바칠 방법을 찾을 수 있기를. 그렇게 되기 위해 나
는 계속 아주 겸손한 마음으로 기도하고 있고, 내 기도를
들어주실 거라고 생각한다. 인간의 입장에서 말하자면, 그
런 일은 일어날 수 없다고 말하겠지. 하지만 내가 그 문제
를 진지하게 고민하면서 인간에게 불가능한 것의 표면을

뚫고 들어갈 때, 그때 내 영혼은 하나님과 교감한다. 말씀을 주시는 분에게는 그것이 가능하다. 그분은 명령하시고 굳건하게 서 계시는 분이거든.

아아! 테오야, 내 동생 테오야, 내가 이 시험에 성공할 수만 있다면! 그동안 내가 시도했던 모든 일에서 실패했기 때문에 오는 무거운 압박감을 벗어던질 수만 있다면, 내가 듣거나 느낄 수 있는 책망의 화살들을 벗어날 수만 있다면, 그리고 그 길에서 충분히 성장하고 꾸준히 걸어가는데 필요한 기회와 힘이 내게 주어질 수만 있다면, 아버지와 나는 더없이 열렬하게 주께 감사드릴 것이다.

로스 가족에게 악수와 다정한 인사 전해다오.

언제나 너를 사랑하는 형, 빈센트

하지만 나는
계속 나아갈 거다

1877년 5월 30일, 암스테르담
테오에게

네 편지의 한 구절이 내 마음을 건드렸다. "난 이 모든 일에서 멀리 떨어진 곳으로 도망갔으면 좋겠어. 내가 그 모든 일의 원인이고, 모든 사람에게 슬픔만 가져다주고 있어. 나 혼자서 나 자신은 물론이고 다른 사람들에게까지 이 모든 고통을 가져다준 거야." 똑같은 감정, 더도 덜도 아니고 정확히 똑같은 감정이 내 마음속에도 있기 때문에 네 말이 내 마음을 건드린 거다.

나도 과거를 떠올리면 그런 생각이 든다. 내가 극복하기 힘들 것 같은 어려움들이 가득한 미래, 내가 좋아하지 않고 그래서 내가, 아니 더 정확히 말하면, 나의 사악한 자아가 회피하고 싶어 하는 어려운 공부를 많이 해야 할 미래를 생각할 때도 그렇다. 내가 성공하지 못한다면 잘못이 어디에 있는지 잘 알고 있을 많은 사람들이 나를 바라보고 있다고 생각할 때도 마찬가지다. 그들이 소소한 비난을 하지는 않겠지. 하지만 그들은 올바르고 고결하고 순수한 모든 것에서 확실하게 시험을 거치고 단련이 된 사람들이라 그들의 얼굴에 나타나는 표정이 이렇게 말하는 것 같을 게다. 우리는 너를 도왔고 네게 빛을 비춰주었다. 너를 위해 우리는 가능한 한 모든 노력을 다했다. 그런데 너는 진정으로 노력한 거냐? 우리의 힘든 노력에 대한 보상과 결실이 무엇이냐?

생각해봐! 내가 이 모든 것을 생각할 때, 그리고 너무 많아서 다 언급할 수도 없지만 그와 비슷한 아주 많은 다른 일을 생각할 때, 우리가 살아가는 동안에 결코 줄어들지 않는 그 모든 어려움들과 근심거리들을 생각할 때, 슬픔과 실망과 실패의 두려움과 치욕에 대해 생각할 때, 나 역시 이 모든 것에서 멀리 떨어진 곳으로 도망치고 싶다는 갈망을 느낀다!

하지만 나는 계속 나아갈 거다. 신중하게, 그런 것들에 저항할 힘을 갖게 되기를 바라면서, 나를 위협하는 그 비난들에 대답하는 법을 알기 위해서, 내게 불리해 보이는 모든 것에도 불구하고 여전히 내가 지금 추구하고 있는 목표에 도달하게 될 거라고 믿고서, 그리고 만일 하나님께서 원하신다면 내가 사랑하는 사람들과 내 뒤를 이을 사람들의 애정을 얻게 되리라는 믿음을 가지고.

"축 처진 손을 들어 올리고 힘없는 무릎을 펴라."(이사야 35:3)라고 했다. 그리고 사도들이 밤새 일했는데도 물고기를 전혀 잡지 못했을 때 "더 깊은 곳으로 나아가 너의 그물을 다시 바다로 던져라."라는 말씀을 들었다.

때때로 내 머리는 너무 무겁고, 머리에 열이 나고 생각이 혼란스러울 때도 많다. 그래서 내가 어떻게 그 어렵고 방대한 공부를 머릿속에 집어넣게 될지 잘 모르겠다. 몇 년을 감정적으로 살아왔기에 단순하고 규칙적인 공부에 익숙해지고 꾸준히 해내기가 항상 쉽지는 않단다. 하지만 나는 계속 나아갈 거다. 만일 우리가 지쳤다면 그건 이미 길을 많이 걸어왔기 때문 아닐까? 그리고 만일 인간이 정말로 지상에 자신의 전쟁터를 갖고 있다면, 지치고 머리가 불타오르는 것 같다고 느끼는 것은 우리가 고군분투하고 있다는 표시 아닐까? 우리가 어려운 과업을 애써 행하고 좋은 일을 실현하려 노력할 때 우리는 올바르게 싸우고 있는 것이다. 그리고 우리가 큰 악에서 벗어나 있다는 것이 그 직접적인 보상이다.

하나님께서는 고난과 슬픔을 보신다. 그분은 그 모든 것에도 불구하고 도와주신다. 하나님에 대한 믿음은 내 안에 확고하게 존재한다. 그것은 상상도, 나태한 믿음도 아니다. 그것은 그렇게 참되고, 살아계신 하나님은 존재한다. 그분은 우리의 부모님과 함께하시고, 또한 그분의 눈이 우리를 향하고 있다. 나는 하나님이 우리 인생을 계획하셨기에 우리가 전적으로 우리 자신에게만 속하지 않는다고 확신한다. 이 하나님은 다름 아닌 그리스도다. 우리가 성경책에서 읽는 분, 그분의 말씀과 역사가 항상 우리 마음 깊은 곳에 존재한다. 만일 내가 과거에 내 모든 힘을 거기에 쏟았더라면, 그래, 나는 지금 더 멀리까지 나아가 있겠지. 하지만 지금이라도 그분은 강력한 버팀목이 되어주실 것이다. 우리의 삶을 견딜 수 있게 만들고, 우리가 악을 멀리하게 하고, 모든 것이 선한 목적에 기여하게 하고, 우리의 마지막을 평화롭게 만드는 것은 그분의 힘이다.

세상과 우리 안에는 커다란 악이 존재한다. 끔찍한 것들이지. 우리가 많이 두려워하고, 내세에 대한 확고한 신념을 가질 필요성을 느끼고, 하나님에 대한 믿음 없이는 우리가 살 수 없으며 그런 삶을 견딜 수도 없다는 사실을 깨닫기 위해 나이가 지긋해지도록 기다릴 필요는 없다. 그런 믿음이 있다면 우리는 오랫동안 계속 나아갈 수 있다.

내가 아에르선*의 주검 옆에 서 있을 때, 죽음의 안온함과 위엄과 엄숙한 침묵이 우리 살아 있는 사람들과 어찌나 대조되던지 우리 모두 그의 딸이 아주 간명하게 "아버지는 우리가 여전히 져야 하는 삶의 짐에서 놓여나셨어요."라고 했던 말이 진실하게 느껴지더라. 하지만 우리는 이 오래된 삶에 아주 큰 애착을 갖고 있다. 때로 영혼이 우리 내면 깊숙이 가라앉거나 혼란에 빠질지라도 의기소침한 기분에 빠진 다음에는 마치 아침이면 노래하지 않을 수 없는 종달새처럼 마음과 영혼이 크게 기뻐하는 행복한 순간들을 만나기 때문이다. 그리고 우리가 사랑했던 사람들의 기억은 남아 있어서 살아가는 동안 밤마다 다시 우리에게 돌아온다. 그들은 죽은 것이 아니라 잠들었다. 보물 같은 그들의 기억을 모아야 한다.

악수를 보낸다. 빨리 편지해라.

너를 사랑하는 형, 빈센트

● 고향 동네의 가난한 일용직 노동자. 이 편지를 쓰기 얼마 전에 사망해서 빈센트가 밤새 고향으로 내려갔다.

내가 어떤 사람이 되고 싶은지 아니?
우리 아버지와 비슷한 일을 할 수 있도록
목사가 되는 것이란다.
그러면 나는 하나님께 깊이 감사드릴 것이다.

1877년 5월 31일, 암스테르담
테오에게 보낸 편지에서

주머니에 항상 돈이
두둑하지 못해도
그리 유감스럽지 않다

함께 보내준 우표들 잘 받았다. 정말 고맙다. 전에 내가 헤이그에 가서 드로잉 전시회를 볼 수 있도록 우편환을 보낼 거라고 하더니, 그 우편환이 일요일인 오늘 도착했구나. 무척 고맙고 너의 따뜻한 마음 씀씀이도 고맙지만, 돈은 돌려보내려 한다. 네가 편지에 쓴 아름답고 흥미로운 작품들을 보고 싶긴 해도 보러 가지 않을 생각이거든.

나는 이미 바른에도 가지 않겠다고 거절했다. 무엇보다 일요일에는 교회에 갔다가 글도 쓰고 공부도 좀 하는 게 좋을 것 같아서다. 그다음 이유는 스트리커르 이모부께 여행 경비를 달라고 말씀드려야 하기 때문이다. 아버지가 필요할 때 내 마음대로 쓰라고 보내주신 돈을 이모부가 맡아두고 계시거든. 가능하면 그 돈을 적게 쓰고 싶다. 만일 헤이그에 간다면 바른에도 가야 할 테고, 그러면 한 번으로는 충분하지 않을 것 같다. 어쨌든 나는 가지 않는 게 낫겠다. 게다가 동생아, 네게도 그 돈이 필요하다는 걸 알고 있다. 하지만 정말이지 아주 많이 고맙다.

주머니에 항상 돈이 두둑하지 못해도 그리 유감스럽지 않다. 갖고 싶은 것이 셀 수 없이 많아서, 만약 돈이 있다 해도 아마 금방 책을 사거나, 없어도 잘 지낼 수 있는 다른 것들을 사는 데 다 써버릴 것이다. 게다가 그런 것들은 꼭 필요한 공부에서 내 관심을 분산시킬 게 뻔하다. 지금도 집중을 방해하는 것들에 맞서 싸우는 게 늘 그렇게 쉽지만은 않은데, 돈까지 있으면 상황이 더 나빠지지 않겠니. 이곳 지상에서 인간은 항상 가난하고 궁핍하게 지낼 수밖에 없다는 것을 나는 잘 알고 있다. 우리는 오직 신 안에서만 부유해질 수 있으며, 그것은 누구도 빼앗아갈 수 없는 재산이다. 게다가 우리가 제일 좋은 책이나 잡다한 물건들을 사는 것 말고 더 나은 곳에 돈을 쓸 수 있는 시간이 올 것이다. 우리가 자신의 가정을 꾸려서 돌보고 생각해야 할 식구들이 생기면, 그때는 젊은 시절에 돈을 너무 많이 써버렸다고 후회하게 되지 않겠니.

사랑이
존재하는 곳

1877년 9월 18일, 암스테르담
테오에게

월요일 저녁에 나는 보스와 케이 부부와 함께 시간을 보냈다. 그들은 진심으로 서로를 사랑한다. 그래서 사랑이 존재하는 곳에 신께서 은총을 내리신다는 것을 쉽게 이해할 수 있었다. 그가 계속 전도사로 남을 수 없다는 것은 크게 유감스럽지만 그래도 참 멋진 가정이다. 그들은 저녁에 따스한 등불을 밝혀놓은 작은 거실에 나란히 앉아 있었는데, 바로 옆 침실에서 잠자던 그들의 아들이 번번이 깨어나서 엄마에게 뭔가 요구하곤 하더라. 그런 모습을 보노라니 그 자체로 한 편의 전원시 같았다. 하지만 그들도 불안과 잠 못 드는 밤들, 공포와 고민거리로 계속되는 날들을 경험했다.

가장 훌륭한 선물

1877년 12월 9일, 암스테르담

테오에게,

더 이상 미루지 말고 네게 편지를 써야겠다고 느꼈다. 특히 네게 고마운 게 세 가지나 있거든. 우선은 네 장이나 되는 네 다정한 편지, 정말 고맙다. 그건 내게 가장 훌륭한 선물이다. 아직 내게도 이 지상에서 살아가고 걸어 다니는 형제가 있다고 느끼는 것은 힘이 되기 때문이다. 생각할 일, 할 일이 많을 때, 우리는 가끔 그런 느낌을 갖게 된다. 나는 어디 있는 거지? 내가 뭘 하는 거야? 나는 어디로 가는 걸까? 그러고는 머리가 빙글빙글 도는 느낌을 받는다. 하지만 그럴 때 내가 잘 알고 있는 너의 목소리를 듣거나 잘 알고 있는 글씨를 보면 내 발밑에 다시금 단단한 바닥이 자리 잡는 것을 느낀다.

두 번째로는 에두아르 프레르를 다룬『갈러리 콩탕포렌 *Galerie Contemporaine*』지에 대해 네게 감사해야겠다. 무척 흥미로운 내용이 많아서 그걸 갖게 되어 기쁘다. 또 우표 열 장을 보내준 것도 고맙다. 정말 너무 많이 보냈구나. 그렇게까지 할 필요는 없는데. 모든 것에 대해 따뜻한 악수를 보낸다.

그런데 아직도 산타클로스에 대해 할 말이 남아 있단다. 에턴에서 아주 다정한 편지를 받았는데 그 속에 장갑을 살 돈도 들어 있더라고. 내게 아직 쓸 만한 장갑이 있는 까닭에 그 돈으로 슈틸러의 스코틀랜드 지도를 샀단다.

마음과 영혼을
얻은 여자에게
더 매력을 느낀다

1878년 1월 9일, 암스테르담
테오에게

코르 숙부가 오늘 내게 제롬의 「프리네」를 좋아하지 않
는지 물어보셨단다. 나는 차라리 이스라엘스나 밀레*의 소
박한 여자나 에두아르 프레르의 늙은 여자를 보는 쪽이 더
좋다고 대답했다. 프리네처럼 아름다운 몸을 가지는 게 대
체 무슨 소용이 있겠니? 동물들도 그런 건 가지고 있다. 어
쩌면 사람보다 더 많이 가지고 있을지도 모르지. 하지만
영혼, 이스라엘스나 밀레나 프레르가 그린 사람들 속에 살
아 있는 그런 영혼은 동물들이 결코 갖지 못하는 것이다.

● 장 프랑수아 밀레(Jean-François Millet, 1814-1875). 프랑스의 화가. 초상화가로 시
  작했으나 생활이 어려워 파리의 교외인 바르비종으로 가서 직접 농사를 지으
  며 가난한 농촌 사람들의 일상을 사실적이면서도 종교적인 경건함이 느껴지게
  그렸다.

인생이 우리에게 주어진 것은 영혼이 더 풍요로워지라고 그런 것 아닐까? 설사 겉모습이 좀 훌륭하지 못하더라도? 나는 제롬이 그린 인물에게 거의 어떤 공감도 느낄 수가 없다. 그 안에서 영성의 흔적을 찾을 수 없기 때문이다. 노동을 했다는 사실을 보여주는 손이 이런 인물의 손보다 훨씬 아름답다. 이런 아름다운 소녀와, 파커Parker나 토마스 아 켐피스 같은 남자들 혹은 메소니에가 그린 사람들 사이에는 훨씬 더 엄청난 차이가 존재한다. 사람이 그토록 이질적인 두 가지를 동시에 사랑하고 공감할 수는 없다. 그건 한 번에 두 주인을 섬기는 것만큼 힘든 일이다.

그러자 코르 숙부가 내게 아름다운 여인이나 소녀에게 아무런 매력을 느끼지 않는지 물어보시더라. 나는 못생기거나 늙었거나 가난하거나 혹은 어떤 식으로든 불행하지만 경험과 슬픔을 통해 마음과 영혼을 얻은 여자에게 더 매력을 느낄 것이고 그런 여자와 만나는 쪽이 더 좋다고 대답했다.

아버지께서
이곳에 다녀가셨다

1878년 2월 10일, 암스테르담

테오에게,

지금은 일요일 밤이고 나는 또 네게 편지를 쓰려 한다. 네 답장을 받고 싶은 마음이 너무 간절하기 때문이다. 빨리 다시 편지를 써다오. 네 생각을 정말 자주 한다. 너도 즐거운 일요일을 보냈기를 바란다.

너도 알다시피 아버지께서 이곳에 다녀가셨다. 아버지가 와주셔서 무척 기뻤단다. 우리는 함께 멘데스와 스트리커르 이모부, 코르 숙부, 메이어스 가족을 만나러 갔었다. 하지만 아버지의 이번 방문 중에 가장 즐거웠던 기억은 우리가 내 작은 방에서 함께 몇 가지 과제를 수정하고 여러 가지 일에 대해 이야기를 나눈 것이다. 시간이 얼마나 빨리 흘러가버렸는지 상상할 수 있겠지. 나는 아버지를 역까지 배웅하고 기차가 시야에서 사라지는 것을, 심지어 그 연기까지 사라지는 것을 바라본 후에야 다시 집으로 돌아와 내 방으로 들어갔다. 그러자 낮에 보던 책과 학습서들이 놓여 있는 작은 탁자 근처에 서 계시던 아버지의 모습이 보이는 것 같더라. 우리가 아주 금방 다시 만나게 될 것을 알고 있으면서도 나는 아이처럼 울음을 터뜨렸다.

• • •

오늘 집으로 돌아와서 카이사르에 대한 책을 한 쪽 정도 번역했다. 오후에는 스트리커르 이모부 댁에 들렀고. 요즘은 그 집에 꽤 자주 간다. 얀 숙부가 집을 비우셨는데 아버지까지 다시 돌아가셔서 집이 너무 썰렁하거든.

오늘은 이곳에 안개가 자욱하다. 다행히 아버지가 계신 동안에는 날씨가 좋아서 우리는 산책을 많이 할 수 있었다. 아마도 얀 숙부는 화요일에 돌아오실 것 같다.

대부분의 사람들이 그렇듯 너도 연초에는 많이 바쁠 거라고 추측한다. 시험이 가까워질수록 내 상황은 점점 더 심각해지고 있다. 아침에 날이 더 일찍 밝으면 좋을 텐데.

아버지가 네게 마리스의 그림을 찍은 사진을 잊지 않고 주셨니? 지금은 그 자리에 반 호이언의 「도르드레흐트」를 목판화로 제작한 그림이 걸려 있다. 저번에 나는 다시 그 그림을 보러 미술관에 갔었단다. 정말 아주 훌륭한 그림이다. 네가 다시 이곳에 온다면 지난번에 우리가 렘브란트의 작품을 살펴봤던 것처럼 함께 미술관에 가서 뒤러의 동판화들을 죽 훑어보고 싶다. 스헤베닝언은 이런 흐린 날 몹시 아름답겠지. 거기 자주 가니? 아마 헤이그의 미술관에 있는 라위스달의 그림 같을 거다. 혹시 오래전에 『쿤스트크로닉*Kunstkronyk*』지에 실렸던 그 그림의 석판화를 가지고 있니? 아주 좋은 그림이다.

마우베*는 어떻게 지내니? 그가 잘 지냈으면 좋겠다. 최근에 그를 만난 적이 있니?

요즘 나는 스트리커르 이모부에게 일주일에 두 번 수업을 받는다. 이모부가 정말 똑똑하시기 때문에 그 수업에서 얻는 것이 아주 많단다. 이모부가 수업할 시간을 낼 수 있어서 다행이다.

자, 동생아, 마음으로부터 따뜻한 악수를 보낸다. 이제 공부를 시작해야겠다. 빨리 편지 쓰고, 항상 나를 믿어다오.

● 안톤 마우베(Anton Mauve, 1838-1888). 네덜란드의 사실주의 화가. 풍경화와 네덜란드의 시골 생활을 담은 그림을 주로 그렸다. 반 고흐의 이종사촌 예트 카르벤투스의 남편으로, 반 고흐가 화가가 되기로 결심했을 때 많은 조언과 도움을 주었다.

　　　　　　　　　　　너를 사랑하는 형, 빈센트

　마우베를 만나거든 내 인사를 전해다오. 잘 자라, 동생
아, 내가 12시가 되도록 편지를 쓰고 있었구나.

쓰레기마차를
모는 말들

1878년 11월 15일, 라컨

테오에게,

우리가 함께 보냈던 날 밤에 있었던 일을 너에게 들려주고 싶어 다시 편지를 쓴다. 그날은 순식간에 지나가버렸구나. 다시 너를 만나 이야기를 나눈 것은 내게 큰 기쁨이었다. 한순간에 지나가버리는 그런 날이, 그토록 짧은 기쁨이 결코 잊을 수 없도록 우리 기억 속에 남아 있는 것은 축복이다. 우리가 작별 인사를 하고 나서 나는 가장 빠른 길 대신 강변길을 따라 걸어서 돌아왔다.

이곳에는 온갖 종류의 작업장들이 있는데, 특히 밤에 불빛이 비칠 때면 그곳은 그림처럼 보인다. 우리 자신이 각자의 영역에서 자기에게 주어진 일을 하고 있는 노동자인지라, 그 작업장들은 우리에게 그들 나름의 방식으로 말을 건다. 우리가 제대로 듣기만 한다면 그들은 "낮 동안에 일해라. 누구도 일할 수 없는 밤이 올 것이다."라고 말한다.

거리의 청소부들은 늙은 흰말들이 끄는 수레와 함께 집으로 돌아가고 있었다. 길게 늘어선 이 수레들은 강변길 초입의 진창 속에 서 있었다. 늙고 하얀 말들 중에는, 어쩌면 네가 알고 있을 수도 있는 오래된 애쿼틴트를 떠올리게 하는 말들도 있었다. 그리 큰 예술적 가치는 없는 판화지만 그 작품은 나에게 감동을 주었고 깊은 인상을 남겼다. 내가 말하는 작품은 「말의 일생」이라 불리는 판화 연작의 마지막 작품으로, 오래도록 힘겨운 노동을 이어온 삶으로 인해 여위고 쇠약하고 죽도록 지친 늙은 흰말을 묘사하고 있다. 너무 힘든 일을 너무 많이 한 것이다. 그 불쌍한 동물은 전혀 인적이 없는 적막한 장소에 서 있다. 말라비틀어진 건초가 듬성듬성 흩어진 평지인데, 폭풍으로 부서지고 구부러지고 비틀어진 고목이 여기저기 서 있다. 바닥에는 해골이 하나 놓여 있고, 뒤쪽으로 멀리 떨어진 곳에 하얗게 바랜 말의 백골이 도축업자가 살고 있는 헛간 근처에 놓여 있다. 하늘 위에서 폭풍우가 몰아치고, 춥고 음산한 날이다. 날씨는 잔뜩 흐리고 우중충하다.

언젠가는 우리도 그렇게 죽음의 그림자가 드리워진 계

곡을 지나가야 하며 '인생의 마지막은 눈물이거나 백발'이
라는 사실을 알고 느끼는 모든 사람에게 깊은 충격을 줄
수밖에 없는, 슬프고 아주 우울한 장면이다. 그 배후에 놓
여 있는 것은 오직 신만이 이해할 수 있는 거대한 수수께
끼지만, 그분은 말씀을 통해 죽은 자들의 부활이 존재한다
는 사실을 완벽하게 드러내신다.

가련한 말은 늙고 충직한 종처럼 참을성 있고 온순하게,
하지만 용감하게 굴하지 않고 서 있다. "근위대는 죽을지언
정 항복하지 않는다."라고 말했던 노장 근위병처럼 말은 자
신의 최후의 순간을 기다린다. 오늘 밤 쓰레기마차를 모는
말들을 보았을 때 나는 나도 모르게 그 판화를 떠올렸다.

지저분하고 때에 찌든 옷을 입은 마부들 본인도 거장
드 그루°가 「가난한 사람들의 자리」에서 그렸던 가난한 사
람들의 긴 줄, 아니 더 정확히는 가난한 사람들의 무리보
다 훨씬 더 깊이 가난에 빠져서 아예 뿌리내리고 있는 것
처럼 보였다.

우리가 고독, 가난, 고통 등의 이루 다 헤아릴 수 없고

● 샤를 드 그루(Charles de Groux, 1825~1870). 벨기에의 화가, 판화가. 사회적 사실
주의 회화의 선도자로 꼽힌다.

말로 설명하기 힘든 침통한 이미지, 모든 것의 종말 혹은 극한의 이미지를 볼 때면 언제나 신에 대한 생각이 우리 마음속에 떠오른다는 사실이 나를 놀라게 한다. 그건 참 묘하다. 적어도 내겐 그렇다. 아버지도 "내게 교회 묘지보다 더 설교하기 좋은 장소는 없다. 거기서는 우리 모두 대등한 입장에 서게 되거든. 더구나 우리는 늘 그 사실을 자각하고 있으니까."라고 말씀하시지 않았니.

이곳 사람들에게는
소박하고 선량한
뭔가가 있다

1879년 3월, 보리나주

테오에게,

아버지가 이곳에 왔다 가신 지 얼마 지나지 않아서 네가 아버지와 어머니를 깜짝 방문했다는 이야기를 두 분에게 전해 들었다. 아버지가 와주셔서 정말 기뻤단다. 우리는 함께 보리나주에 있는 목사 세 명을 찾아갔고, 눈 속을 걸어가서 한 광부의 집을 방문했다. 그리고 '세 개의 언덕'이라 불리는 탄광에서 석탄을 캐 올리는 것도 보았다. 아버지는 성경 연구 모임 두 곳에도 참석하셨다. 그 짧은 시간 동안 우리가 정말 많은 일을 했지. 나는 아버지가 보리나주에 대해 깊은 인상을 받았고 그걸 쉽게 잊지 않으실 거라고 생각한다. 특이하고 놀랍고 그림 같은 이 지역을 방문한 사람은 누구든 그럴 수밖에 없을 게다.

네게 편지를 쓴 지도 오래되었구나. 만일 신의 도움으로 이곳에서의 일이 성공한다면 언젠가 꼭 나를 보러 와야 한다. 혹시 네가 다시 파리로 가야 하거나 출장 가는 일이 있을 때 말이다.

지난번에 나는 오랜 세월 탄광에서 일해온 나이든 남자의 집에서 몽스 남쪽에 있는 모든 탄광맥의 목록을 발견했는데 모두 155개가 있더라. 이 지역과 이곳 사람들은 매일 내게 점점 더 매력적으로 비친다. 이곳에 있으면 마치 광야나 모래언덕에 있는 것처럼 편안한 감정이 느껴진단다. 이곳 사람들에게는 소박하고 선량한 뭔가가 있다. 고향을 떠난 사람들은 향수에 잠기기 마련이지만, 반대로 향수병을 앓는 외국인들에게는 자신이 이곳에 속한다는 느낌이 들 수도 있을 것 같다.

마우베와 마리스는 어떻게 지내? 요즘도 그림을 많이 봤니? 봄이 가까워지고 있구나. 그게 새로운 소재거리를 가져다줄 거다. 이스라엘스는 올겨울에 무슨 작업을 했어? 그들이라면 이곳에서 그들의 마음을 끄는 것들을 정말 많이 발견했을 거야. 하얀 말이 끄는 수레가 부상당한 사람을 탄광에서 집으로 옮기는 광경을 볼 때면 이스라엘스의 「조난당한 사람」을 떠올리게 된단다. 그렇듯 이곳에는 매

순간 사람을 몹시 감동시키는 뭔가가 있다.

빨리 다시 편지 보내다오. 그리고 네가 내게 화가들 이야기를 할 때 비록 내가 오랫동안 그림을 전혀 보지 못하긴 했어도 아직은 네 이야기를 이해할 수 있다는 사실을 기억해라.

나는 내 집으로 쓰고 싶은 작은 집을 하나 빌렸다. 하지만 지금은 작업장과 서재로만 사용하고 있다. 아버지는 내가 드니의 집에서 하숙을 하는 게 더 낫다고 생각하시고 나도 그렇게 생각한다. 아직도 그곳에는 벽에 붙여놓은 복제화들을 비롯해서 내 물건이 조금 남아 있다. 이제 몇몇 환자들과 다른 사람들을 방문하러 나가야겠다.

즐거운 시간 보내고 빨리 내게 편지 써라. 마우베를 만나거든 내 인사 전해주고. 로스 가족에게도.

봄이 오는구나. 종달새가 노래하고 숲에서는 특히 오리나무의 나뭇가지들과 새싹들이 자라기 시작했다. 아버지가 여기 계실 때는 모든 것이 눈으로 덮여 있었다. 그래서 아버지는 눈 속에서 시커먼 탄전과 검은 굴뚝들이 만들어내는 특이한 효과를 보실 수 있었다. 이곳의 많은 장소들이 보스봄의 드로잉 「쇼퐁텐」을 떠올리게 한다.

잘 있어라, 마음으로부터 악수를 보낸다. 나를 믿어다오.

탄갱에서
여섯 시간을
보내보니

1879년 4월, 와슴

테오에게,

또다시 내 소식을 전할 때가 되었구나. 네가 며칠 에턴에 들렀다가 출장을 떠났다는 소식은 집에서 전해 들었다. 즐거운 여행이 되길 바란다. 네가 조만간에 모래언덕에 들르고 어쩌면 스헤베닝언에도 들르겠다는 생각이 드는구나. 이곳의 봄도 멋지단다. 언덕이 있어서 마치 모래언덕에 서 있는 듯 착각하게 되는 장소들이 있거든.

얼마 전에는 탄갱에서 여섯 시간을 보내며 아주 흥미로운 탐험을 했다. 마르카스라고, 이 근방에서 가장 오래되고 가장 위험한 탄갱으로 꼽히는 곳이란다. 내려가거나 올라가다가 혹은 유독한 공기나 가스폭발, 누수, 갱도 붕괴 등의 이유로 많은 사람들이 그 안에서 죽었기 때문에 악명이 높은 곳이다. 그곳은 무척 음울한 곳이어서 처음에는 주변 모든 것이 음산하고 삭막해 보이더라.

광부들은 대부분 열병으로 마르고 핼쑥하다. 그들은 지치고 수척하고 모진 풍상에 찌들고 너무 일찍 늙어버린 것처럼 보인다. 이곳 여자들도 전반적으로 수척하고 찌들어 보인다. 탄광 주변에는 가난한 광부들의 오두막과 연기에 검게 그을린 죽은 나무 몇 그루, 가시나무 울타리, 거름더미, 쓰레기더미, 쓸모없는 석탄더미 등등이 있다. 마리스라면 그 장면을 멋진 그림으로 그려냈겠지. 나도 이곳이 어떤 모습인지 네게 보여주기 위해 머지않아 스케치를 해볼 생각이다.

내겐 훌륭한 안내자가 있었는데, 벌써 삼십삼 년 동안이나 이곳에서 일해온 남자다. 친절하고 인내심이 강한 그는 모든 것을 잘 설명해주었고 내게 제대로 보여주려고 노력했다.

우리는 함께 700미터 아래로 내려가서 땅속 세계의 숨겨진 구석구석을 탐험했다. 출구에서 가장 먼 곳에 자리 잡은 채굴장(광부들이 작업하는 공간)은 은닉처(숨겨진 곳, 사람들이 탄을 찾는 장소)라고 불린단다.

이 탄광은 다섯 층으로 이루어져 있는데, 위의 세 층은 고갈되어서 폐쇄되었다. 더는 석탄이 나오지 않아서 이제 거기서는 채굴 작업이 진행되지 않는다는 뜻이지. 탄갱을 그린 그림은 새롭고 전례가 없는 그림, 즉 전에 한 번도 본 적이 없는 그림이 될 게다. 거친 목재 버팀목이 받치고 있는 상당히 좁고 낮은 통로에 줄지어 나 있는 구덩이들을 상상해봐라. 그 구덩이마다 마치 굴뚝청소부처럼 꼬질꼬질하고 시커멓고 거친 리넨 작업복을 입은 광부가 한 명씩 들어가서 작은 등의 약한 불빛에 기대어 바삐 석탄을 캔다. 광부가 똑바로 서 있을 수 있는 구덩이도 있지만 바닥에 누워서 작업해야 하는 구덩이도 있다.(오른쪽으로 OOOOO갱, 직선으로 OOO갱) 그 구조는 벌집의 벌방과 거의 비슷하기도 하고, 지하 감옥의 어둡고 음산한 통로와도 비슷하고, 한 줄로 늘어선 작은 방직기 같기도 하고, 혹은 농부들이 가지고 있는 빵 굽는 오븐을 한 줄로 세워놓은 것과 더 비슷해 보이거나, 혹은 지하 묘소에 있는 칸막이 같다. 굴 자체는 브라반트 농가의 커다란 굴뚝 같다.

물이 어디선가 새고 있고, 광산용 램프 불빛이 반사되어서 종유 동굴에서처럼 독특한 효과를 만들어낸다. 광부들 중 일부는 채굴장에서 일하고 다른 사람들은 자른 석탄을 시내 전차처럼 레일 위를 달리는 작은 수레에 싣는다.

이 일은 대부분 아이들이 하는데 남녀 가릴 것 없이 다 참여한다. 700미터 땅속 저 아래쪽에 약 일곱 마리의 늙은 말들이 있는 마구간 마당도 있다. 말들은 석탄을 실은 작은 수레를 지상으로 끌어올리는 장소인 적치장까지 수도 없이 끌고 가는 일을 한다. 또 어떤 광부들은 갱도가 붕괴되는 것을 막기 위해 오래된 갱도를 보수하거나 탄광맥으로 가는 새로운 갱도를 건설한다. 지상으로 올라온 선원들이 바다를 그리워하는 향수병에 걸리듯, 자신을 위협하는 온갖 위험과 고난에도 불구하고 광부는 땅 위보다 땅 아래에 있고 싶어 한다. 이곳 마을들은 황량하고 활기 없고 버려진 것처럼 보인다. 삶은 지상이 아니라 지하에서 진행되기 때문이다. 이곳에서 몇 년을 살아도 탄갱으로 내려가보지 않는다면 결코 실상을 제대로 알지 못할 것이다.

이곳 사람들은 상당히 무식하고 교육을 받지 못했다. 그들 대부분이 글을 읽지 못한다. 하지만 동시에 그들은 총명하고 힘든 일을 재빨리 해낸다. 용감하고 솔직한 그들은 키가 작지만 어깨는 떡 벌어졌고, 눈은 움푹 들어갔고, 우울해 보인다. 그들은 많은 일을 능숙하게 해내고 지독하게 열심히 일한다. 그들은 신경질적인 기질을 가졌다. 약하다는 의미가 아니라 아주 세심하다는 뜻이다. 그들은 군림하려 드는 사람들에게 깊이 뿌리박힌 선천적인 증오와 강한 불신을 드러낸다. 광부들과 함께할 때는 광부의 성격과 기질을 가져야 하고, 허세 부리는 자존심이나 과시욕이 없어야 한다. 그러지 않으면 결코 그들과 잘 지내거나 그들의 신뢰를 얻을 수 없을 것이다.

혹시 저번에 내가 가스폭발로 아주 심한 부상을 입은 광부에 대해 이야기했었니? 하나님께 감사하게도 그는 이제 회복해서 다시 외출도 하고 운동을 위해 약간 먼 곳까지 걸어 다니기 시작했다. 그의 손은 여전히 힘이 없어서 일할 수 있을 정도로 손을 사용할 수 있게 되려면 시간이 좀 필요하겠지만, 위험에서는 벗어났다. 그때 이후로 장티푸스와 그들이 바보 열병이라 부르는 악성열이 많이 돌았다. 이 열병은 아주 끔찍한 악몽을 꾸게 하고 의식을 혼미하게 만든다. 그래서 아파서 몸져누운 사람이 다시 많아졌다. 여위고 허약하고 비참한 사람들이다.

한 집에서는 온 식구가 열병에 걸렸는데도 거의 혹은 전혀 도움을 받지 못해서 환자들이 환자를 간호해야 했다. '가난한 사람들의 친구는 가난한 사람들'이라는 말도 있듯이, 어떤 여자가 "이곳에서는 아픈 사람이 아픈 사람을 보살핀다."라고 하더라.

최근에 좋은 그림을 본 적이 있니? 나는 네 편지를 간절히 기다린다. 요즘 이스라엘스는 작업을 많이 했니? 마리스와 마우베는?

며칠 전에 수망아지 한 마리가 이곳 마구간에서 태어났다. 작고 귀여운 망아지는 금세 자기 발로 꼿꼿하게 서더라. 이곳 광부들은 염소를 많이 키운다. 그리고 집집마다 아이들이 있다. 토끼도 광부들의 집에서는 아주 흔하다.

환자 몇 명을 방문해야 해서 나가봐야 한다. 이제 그만 써야겠다. 시간이 나거든 살아 있다는 표시로 빨리 네 소식을 듣게 해다오. 로스 가족에게 내 인사 전해주고 혹시 마주치거든 마우베에게도 인사 전해다오. 많은 행복을 빈다. 항상 나를 믿어다오. 마음으로부터 악수를 보낸다.

너를 사랑하는 형, 빈센트

탄갱으로 내려가는 일은 썩 유쾌하지 않은 느낌을 주더라. 내려가려면 우물에 있는 양동이와 비슷한, 일종의 바구니나 우리 같은 곳에 들어가야 하는데, 그 우물의 깊이가 500-700미터나 되어서 바닥에서 올려다보면 지상의 빛이 마치 하늘에 떠 있는 별만 해 보인다.

처음으로 바다 한가운데로 나가는 배를 탄 것과 비슷하

지만 그보다 더 기분 나쁜 느낌이었다. 다행히도 그게 오래 지속되지는 않는다. 광부들은 이제 그런 느낌에 익숙해졌는데도 여전히 극복할 수 없는 두려움과 공포감을 느낀다고 한다. 그런 감정이 그들 안에 남아 있는 것은 타당하고 당연하다.

그래도 일단 내려가고 나면 최악의 상황은 끝나고, 눈앞에 펼쳐지는 것들이 그런 수고를 충분히 보상해준다.

아직 배울 것이
많이 남아 있다

그림을 잘 그리려면 비례, 명암, 원근법 같은 것들을 알아야 한다. 그런 지식 없이는 아무 성과 없이 힘만 들이고 아무것도 만들어내지 못할 것이다. 따라서 나는 그렇게 행동했던 것이 옳았다고 생각하며, 올겨울에는 해부학에도 약간 돈을 들이려 한다. 더 이상은 미룰 수 없다. 그러지 않으면 결국 비용이 더 들게 될 것이고 그건 시간 낭비가 될 것이다.

네 생각도 그러리라 믿는다.

드로잉을 잘하는 법을 배우려면 힘겹고 어려운 분투가 필요하다.

내가 이곳에서 좀 지속적인 일을 찾을 수 있다면 더 좋겠지만 사실 그것까지는 감히 바라지도 않는다. 아직 배울 것이 많이 남아 있다.

얼마 전에 반 라파르트˚씨를 만나러 가서 이야기를 나누고 왔다. 그는 현재 트라베르시에르 가 6a에 살고 있다. 잘생긴 남자더구나. 그의 작품은 펜과 잉크로 그린 작은 풍경화 몇 점밖에 보지 못했다. 생활방식으로 판단하건대 그는 틀림없이 부유한 것 같다. 경제적인 격차 때문에 그가 나와 함께 생활하고 작업할 수 있는 사람인지는 잘 모르겠다. 그러나 나는 꼭 그를 다시 만나러 가려 한다. 그는 매사를 진지하게 받아들이는 사람이라는 인상을 주더라.

• • •

네가 생각을 하면 할수록 내게 더 예술적인 환경이 시급하게 필요하다는 사실을 깨달을 거라고 생각한다. 아무도 방법을 알려주지 않으면 어떻게 그림 그리는 법을 배울 수 있겠니? 아무리 계획이 훌륭해도 더 앞서 있는 예술가들과의 접촉 없이는 성공할 수 없다. 성장할 수 있는 기회를 갖지 못한 채 좋은 계획을 세우는 것만으로는 충분하지 않으니까.

● 안톤 반 라파르트(Anton van Rappard, 1858-1892). 네덜란드의 화가. 테오의 권유로 반 고흐가 그를 방문하면서 서로 알게 되었다. 반 고흐가 반 라파르트에게 보낸 수십 통의 편지가 남아 있다.

내가 평범한 예술가들에 속하기를 바라면 안 된다는 네 생각에 대해 무슨 말을 하면 좋을까? 그건 전적으로 네가 평범하다고 부르는 것이 무엇이냐에 달려 있다. 나는 내게 가능한 일을 하겠지만, 단순한 의미에서의 **평범함**을 나는 결코 경멸하지 않는다. 평범한 것을 경멸한다고 표준 이상으로 올라갈 수 없는 건 확실하다. 내 생각에는 적어도 평범한 것을 존경하는 것에서 시작해야 한다. 그것만으로도 이미 뭔가 중요한 의미가 있으며 엄청난 어려움을 겪고서야 거기 도달할 수 있다는 사실을 알아야 한다.

요즘은 드로잉 기술을 익히고 있다.
이것이 나를 부자로 만들어줄 수
없다는 것은 잘 알고 있다.
하지만 드로잉에 더 능숙해져서
정기적인 일을 좀 하게 된다면,
한 달에 생활하는 데 필요한 최소한의 금액인
100프랑 정도는 어떻게든 벌 수 있겠지.

1881년 4월 2일, 브뤼셀
테오에게 보낸 편지에서

다시 사랑하기

1881년 7월 9일, 에텐
테오에게

나의 친구에게,

이 편지는 오직 너만 보라고 쓴 거니까 혼자만 간직해다오, 그럴 거지?

테오야, 내 지난번 편지가 네게 다소 기묘한 인상을 주었다 해도 난 놀라지 않을 거다. 하지만 그 인상으로 네가 전체적인 상황을 좀 알게 되었기를 바란다. 나는 목탄으로 길고 곧은 선을 그려서 전체적인 비례와 분할된 평면들을 보여주려 했던 거다. 꼭 필요한 보조선들이 그려졌을 때, 그때 우리는 손수건이든 날개든 펼쳐서 목탄을 털어내고 더 내밀한 세부사항들을 그리기 시작할 수 있겠지.

그래서 이 편지는 저번보다 더 내밀하고 덜 거칠고 덜 모난 어조로 쓰려 한다.

우선 나는 '아니, 절대 안 된다'라는 대답을 많이 들었음에도 식어버리지 않을 정도로 진지하고 열정적인 사랑이 존재한다는 사실이 놀라운지 네게 물어보고 싶다.

내 생각에는 이것이 놀랍기는커녕 아주 자연스럽고 합당하게 여겨질 것 같다.

왜냐하면 사랑은 지극히 긍정적이고 지극히 강하고 지극히 현실적이어서 사랑하는 사람이 그 감정을 철회하는 것은 자신의 생명을 죽이는 것만큼이나 불가능하기 때문이다. 만일 네가 이 말에 "하지만 자기 삶을 스스로 끝내는 사람들도 있어."라고 말한다면, 나는 그저 "나는 정말이지 내가 그런 성향을 가진 사람이라고 생각하지 않는다."라고 대답하겠다.

인생이 아주 소중해졌고 내가 사랑한다는 사실이 무척 기쁘다. 내 삶과 내 사랑은 하나다. "하지만 형은 '아니, 절대 안 된다'라는 대답을 들었잖아."라는 것이 너의 대답이었지.

그 말에 대한 내 대답은 "친구, 나는 '아니, 절대 안 된다'라는 대답을 내 가슴에 꼭 품어서 녹여야 할 얼음덩어리로 여긴다네."이다.

얼음덩어리의 차가움과 내 가슴의 따뜻함 중 어느 쪽이

이길지 결정하는 것은 아직 내가 어떤 정보를 줄 수 없는 미묘한 문제다. 만일 다른 사람들이 "그 얼음은 녹지 않을 거야."라거나 "어리석기는."이라거나 혹은 그런 류의 더 뛰어난 빈정거림 외에 더 나은 말을 할 수 없다면, 그 문제에 대해 아무 말도 하지 않았으면 좋겠다. 만일 내 앞에 있는 것이 그린란드나 노바 젬블라에 있던, 높이와 두께와 너비가 몇 미터나 되는지 알 수 없을 정도로 큰 빙산이라면 그 거대한 것을 움켜쥐고 녹이기 위해 내 가슴에 갖다 대기는 어렵겠지.

그러나 그렇게 거대한 크기의 얼음산이 내 진로를 가로막으며 나타나는 것을 아직 한 번도 본 적이 없다. 다시 말해서, '아니, 절대 안 된다'를 내세우는 그녀의 얼음산은 수 미터 높이와 두께와 너비도 아니고, 만일 내가 정확하게 측정했다면 쉽게 움켜잡을 수 있을 정도다. 그러니 나는 내 행동에서 '어리석음'을 볼 수 없다. 나는 '아니, 절대 안 된다'라는 얼음덩이를 내 가슴에 갖다 댄다. 내게 다른 선택은 없다. 게다가 내가 그 얼음을 녹여서 사라지게 만들기 위해 노력하겠다는데, 대체 누가 그것을 반대할 수 있단 말이냐??? 어떤 자연과학이 그들에게 얼음은 녹을 수 없다고 가르쳤는지 정말 수수께끼일 따름이다.

반대하는 사람이 너무 많아서 몹시 슬프긴 해도 그것을 놓고 우울해하거나 용기를 잃을 마음은 없다. 천만의 말씀이다.

우울해할 사람들은 그러라고 해라. 나는 우울함이라면 이제 지긋지긋하니까 봄날의 종달새처럼 기뻐하기만 할 거다! 나는 '다시 사랑한다'라는 노래 외에 다른 노래는 부르지 않을 테다! 테오야, 너는 '아니, 절대 안 된다'라는 대답이 좋니? 나는 너도 그걸 좋아하지 않을 거라고 생각한다. 하지만 그것을 좋아하는 사람들이 있는 것 같다. 그들은 아마 무의식적으로—'당연히 최고의 호의를 가지고 나를 위해서'—그 얼음을 내 가슴에서 떼어내는 데 전념한다. 그들은 무의식적으로 내 열렬한 사랑에 자기들이 생각하는 것보다 더 차가운 물을 끼얹고 있는 셈이다.

하지만 친구, 찬물을 아무리 많이 갖다 부어도 내 사랑을 금방 식힐 순 없을 거라고 생각한다네……

짧은 시간 안에 그녀가 더 부유한 다른 청혼자를 받아들였다는 소식을 들을 마음의 준비를 해야 할 거라고, 그녀가 상당히 멋있어져서 분명 청혼을 받게 될 거라고, 만일 내가 (최고의 한계선인) '형제자매' 이상의 관계를 원한다면 그녀는 분명 나를 싫어하게 될 거라고, 그리고 '그 사이

에(!!!) 내가 더 나은 기회를 놓쳐버린다면(!!!)……' 정말 유
감스러울 거라고 빈정대는 것이 가족을 배려하는 행동이
라고 생각하니?

'그녀가 아니면 안 된다'라는 말을 할 줄 모르는 남자가
사랑이 뭔지나 알까?…… 그들이 내게 그런 식의 말을 했
을 때 나는 진심으로, 내 온 영혼을 다해, 내 온 마음을 다
해, '그녀가 아니면 안 된다'고 느꼈다.

어쩌면 어떤 사람들은 "네가 '그녀가 아니면 안 된다'라
고 말할 때 너의 약점과 욕망, 어리석음, 세상에 대한 무지
가 드러난다. 네 활에 다른 활시위를 걸고 네 의사를 분명
하게 밝히지 마라."라고 말할지도 모른다. 어림도 없는 소
리! 차라리 나의 이런 약점이 나의 강점이 되게 할 테다.
나는 '다른 누구도 아닌 그녀'에게 의존할 거다. 설사 그런
일이 가능하다 할지라도 나는 그녀와 무관한 사람이 되는
것을 원하지 않는다.

그러나 그녀는 다른 사람을 사랑해왔고, 그녀의 생각은
항상 과거에 있다. 그녀의 양심은 심지어 새로운 사랑의
가능성을 생각하는 것만으로도 괴로워하는 것 같다. 그러
나 너도 알겠지만 '사랑했다가 사랑하지 않게 되었다가 다
시 사랑한다.'라는 속담도 있다.

"다시 사랑한다, 내 소중한 사람, 몇 배나 더 사랑하는 사람, 내 연인."

나는 그녀가 항상 과거를 생각하고 있으며 거기에 헌신적으로 매달리는 모습을 보았다. 그때 나는 생각했다. 비록 내가 그녀의 감정을 존중하고 그녀의 깊은 슬픔이 나를 감동시키고 마음 아프게 하지만, 그럼에도 그 속에는 어떤 체념이 들어 있는 거라고.

그러니 내 마음을 약하게 만들어서는 안 되고, 오히려 강철로 만든 칼날처럼 확고하고 꿋꿋해져야 한다. 나는 옛 것을 대신하는 것이 아니라 자기만의 자리를 가질 자격이 있는 '새로운 것'을 키우려고 노력할 것이다.

나는 그렇게 시작했다. 처음에는 투박하고 서툴렀지만 그래도 확고했다. 그리고 "케이, 나는 나 자신처럼 당신을 사랑해요."라는 말로 끝맺었다……. 그러자 그녀가 말하더라. "아니, 절대 안 돼요."

'아니, 절대 안 돼요'의 반대는 뭘까? 다시 사랑하기! 누가 이길지는 내가 말할 수 없다. 신만이 아실 테니까. 내가 아는 건 '나는 내 신념을 고수하는 게 더 좋다'는 것, 이것 하나뿐이다. 이번 여름에 그런 일이 있었을 때, 비록 내가 각오하지 않은 건 아니었음에도 처음에는 사형 선고만큼이나 끔찍한 충격이었고 한동안 나를 완전히 짓뭉개버렸다.

그런데 말로 다 표현할 수 없는 영혼의 고통 속에서, 마치 한밤을 비추는 밝은 빛처럼 어떤 생각이 내 안에서 일어났다. 체념할 수 있는 사람은 그렇게 하라고 내버려두자. 하지만 신념을 가진 사람은 계속 그걸 간직하게 하자! 그래서 나는 체념하지 않고 믿으면서 일어났고, '그녀가 아니면 안 된다'는 생각 외에 다른 어떤 생각도 하지 않았다.

너는 '만일 형이 그녀를 얻는다 해도 뭘 먹고살 거야? 그게 없으면 아마 형은 그녀를 얻지 못할 거야.'라고 말하겠지. 그러나 아니다, 그런 식으로 말해서는 안 된다. 사랑하는 사람은 살아간다. 살아가는 사람은 일한다. 그리고 일하는 사람은 빵을 갖게 될 것이다.

그러니 나는 이 모든 일이 진행되는 동안 계속 침착함과 자신감을 유지하고 있으며, 그것이 내 작업에 영향을 미친다. 나는 내 작품이 그 어느 때보다 마음에 드는데 그건 오직 내가 성공하게 될 것이라고 느끼기 때문이다. 내가 대단한 인물이 될 거라서가 아니라 '평범'하기 때문이다. 평범이라는 말로 내가 의미하는 것은, 내 작품이 건전하고 합리적이고, 존재할 권리가 있으며, 어떤 목적에 도움이 된다는 뜻이다.

진정한 사랑만큼 인생의 현실을 깨닫게 하는 것은 없다고 생각한다. 그런데 인생의 현실을 진정으로 알고 있는 사람이 길을 잘못 들게 될까? 나는 그렇지 않다고 생각한다. 그 독특한 감정을, 그 특이한 사랑의 발견을 무엇에 비교하면 좋을까? 남자가 진심으로 사랑에 빠지면 그건 정말이지 새로운 반구를 발견한 것과 같다.

그렇기에 너도 사랑에 빠졌으면 좋겠다. 그러려면 한 여성이 네 인생으로 들어와야 한다. 다른 모든 일이 그렇듯이 구하는 자가 얻는다. 실제로 얻기 위해서는 우리 자신의 장점보다 행운이 필요하지만 말이다.

네가 누군가를 발견하는 것은 크게 놀라운 일이고, 그리고─그리고─그리고─만일 네가 그때 '네, 좋아요'가 아니라 '아니, 절대 안 돼요'라는 대답을 접한다면 처음에는 유쾌하기는커녕 참담할 것이다. 하지만 얀 숙부의 현명한 말처럼, 악마는 결코 그림에서 보는 것만큼 검지 않다. '아니, 절대 안 돼요'도 마찬가지다.

네가 이 편지를 받아서 읽고 나거든, 이미 답장을 보내지 않은 이상 꼭 곧바로 답장해다오. 나는 네게 모든 것을 말했고 이제 네 편지를 몹시 간절히 기다린다. 내가 한 말을 네가 나쁘게 받아들일 거라고 생각하진 않는다. 그보다는 네가 '그녀가 아니면 안 된다'의 일반적인 필요성에 대해 거의 똑같은 생각을 하고 있을 거라 믿는다.

어떻든 빨리 편지해라. 그리고 나를 믿어다오.

진심을 다해, 빈센트

인생에서
가장 큰 사업

1881년, 에턴
테오에게

    아버지와 어머니는 마음이 아주 따뜻한 분들이지만, 우리의 깊은 내면까지 다 헤아리지는 못하며 너나 내가 처한 상황도 거의 이해하지 못하신다. 물론 두 분은 온 마음을 다해 우리—특히 너—를 사랑하신다. 그리고 우리도, 너만큼이나 나도, 두 분을 정말이지 아주 많이 사랑한다. 아아, 하지만 두 분은 우리에게 실질적인 조언을 주지 못하는 경우가 많고, 최고의 선의를 갖고 있으면서도 우리를 이해하지 못하는 때가 있다. 물론 그건 우리 잘못도, 그분들 잘못도 아니다. 세대 차와 의견 차, 각자 처한 환경의 차이 때문이니까……. 그러나 어떤 일이 있어도 집이 우리의 안식처이며 앞으로도 계속 그러리라는 사실에 대해 우리는 감사해야 한다. 어쩌면 너는 내가 이렇게 솔직하게 인정할 거라 기대하지 않았을지도 모르겠다만, 우리 쪽에서 집을 존중해야 한다는 사실에 대해서는 나도 너와 같은 의견이다.

그렇지만 부모님이 있는 우리 집이 아무리 좋고 아무리 필요하고 아무리 없어서는 안 될 것이라 해도, 더 훌륭하고 더 필요하고 더 필수적인 안식처가 존재한다. 그건 바로 우리가 각자 '어느 누구와도 바꿀 수 없는 그녀'와 함께 꾸릴 우리 자신의 따뜻한 가정이다.

바로 그렇기에, 이득이 큰 거래를 성사시키는 사업가인 네게도 가장 큰 사업은 너만의 '유일한 그녀'와 네 가정을 꾸리는 일이다.

내 생각에는 이것이야말로 네가 마음에 새겨두어야 할 핵심이고, 너의 용기와 힘, 에너지, 삶에 대한 사랑을 다른 어떤 '회복제'보다 더 생기 있게 유지시켜주고 매일 한층 새롭게 만들어줄 자극제다. 오늘 받은 네 편지의 어떤 표현들 때문에 나는 지금 너에게 다른 어느 때보다 더 주의를 기울여야 할 특별한 이유라도 있는 것처럼 더 활기차고 현명하게 행동하라고, 그들이 너의 입지를 위협하고 있거나 마치 네가 다른 곤경이나 위험의 순간에 처한 듯이 행동하라고 말하고 있는 거다. 너는 이제 스물여섯 살, 새롭게 시작할 시기임을 잊지 마라. 네 인생에서 가장 큰 사업을 성사시켜야 한다! 무엇보다 젊은 여자들을 더 진지하고 세심하게 살펴보도록 주의함으로써 너 자신을 근본적으로 쇄신하고, 혹시 너의 '유일한 그녀'가 그들 가운데 있는 건 아닌지 알아내도록 신경 써야 한다.

· · ·

그래, 나는 이제껏 아버지와 어머니에 대해 좀 불평을 해왔다. 하지만 두 분이 그 사실을 조금도 모르고 있으며, '다시 사랑하기'에 대해서도 전혀 이해하지 못하고, 내가 그만하라고 할 때까지 그저 내 사랑을 '시기적으로 부적절하고 점잖지 못하다.'라고 말씀하셨다는 사실만 제외하면, 두 분은 내게 아주 다정하고 그 어느 때보다 친절하시다. 그러나 나는 부모님이 여러 가지 것들에 대한 내 생각과 의견을 더 잘 이해하셨으면 좋겠다. 그분들은 나라면 결코 체념할 수 없을 것들을 체념하는 사고방식을 가지셨다. 어쩌면 네가 '아니, 절대 안 된다'라는 거절을 대수롭지 않게 언급하는 편지를 보내준다면 아주 효과적일 것이라는 생각이 든다. 이번 여름에 어머니께서 한마디만 거들어주셨더라도 나는 사람들 앞에서는 말할 수 없는 많은 것을 그녀에게 이야기할 기회를 얻을 수 있었을 것이다. 하지만 어머니는 아주 단호하게 거절하셨다. 오히려 내게 그나마 남아 있던 가능성까지 모두 차단해버리셨지.

그러고는 동정심이 가득한 얼굴로 내게 많은 위로의 말을 건네셨다. 어머니가 나를 위해, 내가 체념할 힘을 얻기를 바라는 멋진 기도를 올리셨을 거라고 확신한다.

하지만 지금까지도 어머니의 기도는 응답받지 못했나 보다. 오히려 나는 행동할 힘을 얻었거든.

행동을 원하는 남자라면 어머니가 아들이 체념하기를 바라며 기도하는 것을 쉽게 받아들일 수 없다는 걸 너도 이해할 것이다. 게다가 그녀의 위로의 말은 이 상황에 좀 어울리지 않는다고 생각한다. 그가 절망하기는커녕 반대로 마음 깊은 곳에서부터 "나는 결코 절망의 굴레를 받아들이지 않겠다."라고 말하는 한에서는 말이다. 어머니가 나를 위해 기도하기보다는 내가 그녀와 은밀한 대화를 나눌 기회를 만들어주셨더라면 좋았을 텐데. 그리고 '아니, 절대 안 된다'에 동의하는 대신에 케이가 어머니와 은밀한 대화를 나누면서 자기 속마음을 털어놓았을 때 좀 더 호의적으로 내 편을 들어주셨더라면 좋았을 것이다. 이런 이야기를 네게 하는 것은 네가 아버지와 어머니에게 강력하게 한마디 해주는 것이 분명 내게 큰 도움이 될 거라고 이야기하기 위해서다. 왜냐하면, 동생아, 우리는 단순히 형제이

기만 한 것이 아니라 친구이고 서로 잘 통하는 영혼을 가
졌기 때문이다. 그렇지 않니?

그녀의 마음이
열릴 때가 있을까?

1881년 9-11월, 에턴
테오에게

'절대 안 된다'라는 케이의 대답은 전에 몰랐던 것들을 알게 해주었다. 첫 번째는 내가 얼마나 무지한가이고, 두 번째는 여자들에게는 그들만의 세계가 있다는 점이고, 그 외에도 많은 것들이 있다. 또한 최소한의 생계 수단이 존재한다는 사실도 알게 되었다. 만일 사람들이 (헌법에서 "모든 사람은 유죄가 입증되기 전까지 무죄로 간주된다."라고 규정하고 있듯이) 어떤 사람이 최소한의 생계 수단도 갖지 못했다고 입증되기 전까지는 그에게 그런 수단이 있을 것으로 간주한다면, 나는 그들이 사려 깊다고 여길 것이다. 그들은 이렇게 말할 수 있다. 나는 그를 볼 수 있고 그가 나에게 말을 하니 이 사람은 존재하고 있다. 게다가 그가 특정 상황, 예를 들어 '문제가 되는 상황'에 관심을 보인다는 사실 자체가 그의 존재를 증명해준다. 이처럼 그의 존재가 내게 분명하고 확실하므로 나는 이 존재가 그가 어떤 방식으로든 소유하고 있으며 그것을 얻기 위해 그가 일하고 있는 어떤 수단들 덕분이라는 것을 자명한 공리로 받아들일 것이다. 따라서 나는 그가 그런 생계 수단 없이 존재한다고 의심하지 않겠다. 이런 식으로 말이다.

그러나 사람들은 그런 식으로 추론하지 않는다. 특히 암스테르담에 있는 어떤 사람은 더더욱 그렇다. 그들은 문제가 되는 그 사람의 존재를 믿기 위해 그가 가진 수단을 보고 싶어 한다. 그들에게는 그 사람의 존재가 그의 생계 수단을 입증해주지 않는 것이다. 글쎄, 그렇다면 현재로서는 그에게 '화가의 손'을 보여줄 수 있을 뿐이다. 그걸로 그를 공격하거나 위협하기 위해서가 아니다. 어쨌든 우리는 '화가의 손'을 가능한 한 잘 활용해야 한다.

그렇지만 '아니, 절대 안 된다'라는 난제는 이것으로 결코 풀리지 않는다. 종종 어떤 충고를 정반대로 실행하는 것이 아주 유용해서 우리에게 만족감을 줄 때가 있다. 그러니 많은 경우에 조언을 구하는 것은 참 유용하다. 하지만 들은 그대로 적용할 수 있어서 안팎을 뒤집거나 거꾸로 뒤집을 필요가 없는 조언도 있다. 그런 조언은 아주 드물지만 무척 바람직하다. 그것이 상당히 특수하기 때문이다. 전자에 해당하는 조언은 도처에서 무수히 찾아볼 수 있지만 후자는 귀하다. 전자는 전혀 비용이 들지 않아서 몇 톤씩 공짜로 집까지 배달된다. "하지만!!!"

사랑하는 빈센트가

나는 이 편지를 반대되는 충고로 끝맺을까 한다.

네가 사랑하게 되거든 아무 거리낌 없이 사랑해라. 아니, 더 정확히 말하자면, 사랑에 빠지면 거리낌을 갖고 생각하게 되지 않을 것이다.

게다가 사랑하게 되면 너는 미리부터 성공을 확신하지 않을 것이고 '불안에 떠는 영혼'이 될 것이며 그럼에도 미소 지을 것이다. 사랑을 놓고 영혼의 전투를 벌이기도 전에, 폭풍우와 천둥이 몰아치는 험난한 바다에서 생사의 갈림길을 헤매기도 전에, 자기 확신이 지나쳐서 그녀는 내 것이라고 성급하게 상상하는 남자는 진짜 여자의 마음이 무엇인지 알지 못한다. 그는 진짜 여자에 의해 아주 특별한 방식으로 그게 뭔지 깨닫게 될 것이다. 나도 더 어렸을 때 내가 사랑에 빠졌다고 생각했는데 반만 진실이고 반은 환상이었다. 그 결과는 여러 해 동안 겪어야 했던 굴욕이다. 이 모든 굴욕이 허사가 아니었기를 바란다.

나는 '나락에 떨어졌던 한 사람'으로서 쓰라린 경험과 힘들게 얻은 교훈을 바탕으로 이야기하고 있다.

행운아야! 문제가 무엇이고 너를 괴롭히는 게 무엇이냐? 어쩌면 지금까지는 네가 진정한 행운아가 아니었을지 모르지만 이제는 그렇게 되는 올바른 길 위에 서 있다고 생각한다. 네 편지의 어조로 그렇게 짐작할 수 있다.

테오야, 젊은 처녀들의 아버지는 다들 현관 열쇠라고 부를 수 있는 것을 갖고 있다. 베드로와 바울이 천국의 문을 열었듯이 방금 말한 현관문을 열 수도 있고 잠글 수도 있는 아주 끔찍한 무기란다. 글쎄, 이 도구가 '문제의' 딸들 각자의 마음에도 들어맞을까? 현관 열쇠로 그 마음이 열리거나 잠길까? 나는 그렇게 생각하지 않는다. 오직 신과 사랑만이 한 여자의 마음을 열거나 닫을 수 있을 테니까. 동생아, 그녀의 마음이 열릴 때가 있을까? 그녀가 나를 받아들여주게 될까? 나는 알 수 없는 대답, 신만이 아실 테지.

모든 인간은
실수할 수 있는 존재

1881년 11월 2일, 에턴
반 라파르트에게

뭔가 잘못된 것을 찾아내는 것이 내게 즐거움을 준다고 생각하지 말게. 그건 나를 슬프게 하고 너무 고통스럽게 만들어서 가끔은 그냥 내 속에 담아둘 수가 없네. 나도 몹시 속상하다네.

나도 '눈에 불을 켠' 내 모습을 보는 것이 좋진 않지만, 어쩌다 내가 그렇게 하고 있는 걸 발견할 때가 있네. 하지만 그럴 때 난 그걸 그냥 내버려두지 않고 고치려고 노력했네.

그렇게 '불을 켠 눈'이 얼마나 끔찍한지 직접 경험해서 잘 알고 있기 때문에 나는 똑같은 문제로 힘들어하는 다른 사람들에게 공감하네.

제발, 제발 내가 광신자나 편파적인 인간이라고 생각하

지 말아주게. 물론 다른 모든 사람들과 마찬가지로 내게도 어느 한쪽 의견을 지지할 용기가 있고, 살다 보면 부득이 그렇게 할 수밖에 없는 상황에 처할 때도 있네. 그런 상황에선 자기 마음을 말하고 자기 의견을 솔직하게 밝히고 그것을 고수할 수밖에 없겠지.

그러나 우선은 매사에 부인할 수 없이 좋은 면을 찾으려고 최선을 다한 후에, 오직 도저히 피할 수 없는 상황에서만 나쁜 면도 보려고 신경 쓴다네. 비록 내가 항상 그렇게 하는 데 성공하진 못했어도, 노력하면 결국에는 대체로 온건하고 일반적이고 편견 없는 판단에 도달할 수 있다고 감히 믿고 있네. 그렇기에 항상 자신이 옳다고 생각하는 사람, 남들에게도 자신을 항상 올바른 사람으로 여기라고 요구하는 사람을 만나는 것은 내게도 살면서 피할 수 없는 작은 골칫거리네. 나는 내가 실수할 수 있는 인간임을 깊이 확신하고 있으며 동시에 모든 인간의 자식들이 실수할 수 있는 존재라고 굳게 믿고 있기 때문이네.

이제 자네 얘기로 돌아가세. 나는 자네도 삶에 있어서뿐만 아니라 특히 예술에 있어서 매사에 한층 온건하고 폭넓고 편견 없는 판단을 추구한다고 믿네. 그러니 내가 도덕적 관점에서든 예술적 관점에서든 자네를 바리새인으로 여기는 일 따위는 결코 없네.

그러나 그 모든 것에도 불구하고, 분명 정직한 의도를 가진 자네와 나 같은 사람들도 결코 완벽하지는 않아서 아주 심각한 실수를 할 때가 종종 있으며, 주변 환경과 상황의 영향을 받을 수밖에 없네. 그러니 만일 우리가 아주 꿋꿋하게 자기 자리를 지키고 서 있어서 넘어지지 않도록 조심할 필요가 없다고 생각한다면, 그건 우리 자신을 속이는 걸세.

자네와 나는 '우리가 잘 서 있다고 생각'하지. 그러나 만일 우리가 좋은 자질을 좀 갖고 있다고—그건 맞는 말일세—확신한 탓에 무모하고 부주의해진다면, 그건 우리에게 불행이 될 걸세. 우리가 가진 좋은 자질에 너무 많은 중요성을 부여하는 것은, 설사 그런 자질을 가진 것이 사실이라 할지라도 우리를 위선으로 이끌 수 있네.

아카데미에서든 다른 어디서든 자네가 전에 보여주었던 그림들과 비슷하게 개성적인 누드 습작들을 제작하고 있을 때, 내가 밭에서 감자 캐는 사람들을 그리고 있을 때, 그럴 때 우리는 좋은 일을 하고 있는 것이고, 그런 작업을 통해 우리는 발전할 것이네. 그러나 내 생각에 우리는 자신이 올바른 길 위에 있다고 깨달았을 때 특히 더 우리 자신을 의심하고 경계해야 하네. 그러고는 이렇게 이야기해야 하지. 조심해야겠어. 나는 일이 잘되고 있는 것 같을 때 조심하지 않으면 그걸 망칠 수도 있는 인간이니까. 우리가 얼마나 주의해야 하는 걸까???…… 그건 나도 정확히 말할 수 없지만 아까 언급했던 경우는 조심하는 것이 꼭 필요하다고 확신하네. 왜냐하면 나 자신이 씁쓸한 경험들을 통해 직접 고통과 수치심을 느끼면서 지금 강조하고 있는 것들을 알게 되었기 때문이네. 내가 실수할 수 있는 인간임을 알고 있는 것이 많은 실수를 범하지 않도록 도와줄 수는 있겠지만, 그렇다고 내가 결코 큰 실수를 범하지 않게 아예 차단해주지 못하는 건 분명하네. 그러나 우리는 넘어지면 다시 일어서지 않는가……!

우리는 때로 가슴을
비웃는 경향이 있지만

1881년 11월 12일, 에턴

테오에게,

네가 보낸 11월 6일자 편지에 적힌 한 문장이 별개의 대답을 요구하는구나.

너는 이렇게 말했지. "지금 상황에서 내가 형이라면 용기를 잃지 않을 거야. 하지만 그 일과 상관없는 사람들과 관련된 문제는 그냥 내버려둘 거야. 이런 태도가 지금 간섭하고 있는 사람들을 놀라게 해서 그들을 무장 해제시킬 거라고 생각해." 내가 과거에 그런 전략을 이미 한 번 이상 시도하지 않았더라면 그것이 새로운 방법이고 가장 훌륭한 무기라고 생각했을 것이다. 하지만 지금의 나는 이렇게 말할 수밖에 없구나. 그래, 나도 그런 것은 알고 있었다. 하지만 지금 네가 또 뭘 알고 있니? 방어적인 태도를 보이는 것만으로는 충분하지 못한 상황들이 항상 존재한다는 것을 잊지 마라. 특히 적의 전략이, 내가 기껏해야 방어적인 태도로 기다리는 것 외에는 아무것도 할 수 없을 거라는 다소 경솔한 추정에 기반을 두었을 때는 더욱 그렇다.

테오야, 만일 네가 나와 같은 종류의 사랑에 빠진다면—동생아, 네가 왜 다른 종류의 사랑을 하겠니?—그렇다면 너도 상당히 새로운 것을 직접 발견하게 될 거다. 우리처럼 주로 사람들과 어울리며—너는 대규모로, 나는 소규모로—일을 처리하는 사람들은 대부분의 일을 머리로 해결하는 데 익숙하다. 어느 정도의 사교 수완과 어느 정도의 예리한 계산으로 처리하는 거지. 그런데 사랑에 빠지면, 놀랍게도 우리에게 행동하라고 몰아대는 또 다른 힘이 존재한다는 걸 알게 될 거다. 그건 바로 가슴이다.

우리는 때로 가슴을 비웃는 경향이 있지만 그 진실성은 부정할 수 없다. 특히 사랑에 빠지면 '이런 상황에서는 내 의무가 무엇인지 머리에 물어보지 않을 거야, 내 가슴에 물어보겠어.'라고 말하게 되는 것이다.

네가 설마 우리 부모님이나 그녀의 부모님을 '그 문제와 아무 상관없는' 사람들로 여기기를 기대하는 건 아닐 거라 믿는다. 오히려 나는 그들과 이따금씩 그 문제를 놓고 이야기를 나누는 것이 쓸데없는 일이라고 생각하지 않는다. 특히 지금 상황이 그런 것처럼 그들의 태도가 긍정적이지도 부정적이지도 않을 땐 더 그렇다. 그들은 찬성하는 쪽이든 반대하는 쪽이든 공개적으로 아무것도 하지 않는다. 그들이 어떻게 이런 상황을 견딜 수 있는지 이해가 되질 않는다. 그건 차갑지도 따뜻하지도 않은 것과 같고, 항상 비참한 일이다.

아아, 소중한 시간이 이런 식으로 얼마나 많이 흘러가버리겠니!

• • •

스무 살이었을 때 나는 어떤 종류의 사랑을 느꼈을까? 분명히 설명하기 어렵구나. 그때 나의 육체적 욕망은 아주 약했다. 아마 몇 년 동안 엄청나게 가난하게 지내고 힘든 일을 해서 그렇겠지. 하지만 지적인 욕망은 강했다. 그건 내 사랑에 대한 보답으로 아무것도 요구하지 않았고 어떤 동정도 원하지 않았다는 뜻이다. 그저 주기만을 원했고 받기를 원하지 않았다. 어리석고, 잘못되었고, 과장되었고, 자만했고, 무모했다. 왜냐하면 사랑할 때 우리는 주기만 할 것이 아니라 받기도 해야 하기 때문이다. 그리고 그 역으로, 우리는 받기만 해서는 안 되고 주기도 해야 한다.

• • •

　편지지 세 장을 거의 다 채웠는데도 아직 부탁할 말이 남아 있다. 동생아, 그녀를 한 번만 더 만나보고 싶다. 그녀에게 다시 한 번 말해봐야겠다. 지금 바로 그렇게 하지 못한다면, 은혼식 때 어떤 일이 생길지 나도 모르겠다. 그러면 내게 큰 손해가 되겠지. 자세하게 설명하라고 요구하지 마라. 만일 너도 사랑에 빠지면 이해하게 될 테니까. 지금은 네가 사랑하고 있지 않기 때문에 그걸 네게 분명하게 이해시킬 방법이 없다.

　테오야, 암스테르담으로 갈 여비가 필요하다. 꼭 필요한 차비 정도밖에 없다 해도 나는 갈 테다. 아버지와 어머니는 내가 당신들을 그 문제에 끌어들이지만 않는다면 반대하지 않겠다고 약속하셨다.

　동생아, 만일 돈을 보내준다면 하이케the Heike든 뭐든 네가 원하는 드로잉을 많이 그려주마. '아니, 절대 안 돼요'가 녹기 시작하면 그 드로잉들이 더 나빠지지 않을 것이다. '다시 사랑하기'는 '다시 그리기'를 위한 최상의 비결이기도 하기 때문이다.

남자라면
참을 수 없는 일

1881년 11월 18일 금요일, 에턴
테오에게

소중한 동생아,

이따금씩 내 감정을 터뜨릴 수 없다면 나는 끓어올라 터져버릴 것만 같다. 내가 그 일을 혼자만 간직해야 한다면 너무 속상할 것 같아서 네게 이야기하려 한다. 다 털어 놓을 수만 있다면, 그러면 그게 그리 슬프지 않은 게 될지도 모르니까.

너도 알다시피, 아버지, 어머니와 나는 [케이의] '아니, 절대 안 된다'라는 대답과 관련해서 해야 할 일과 하지 말아야 할 일에 대한 의견이 다르다. 글쎄, 한동안 "무례하다." 라거나 "시기가 적절하지 않다."라는 상당히 강한 표현을 들은 후에(네가 사랑에 빠졌는데 그들이 네 사랑을 무례하다고 말한다고 상상해봐. 너라면 당당하게 분개하면서 '그만하세요!'라고 말하지

102

않겠는지.) 나는 그런 표현을 더 이상 사용하지 말라고 강하게 요구했다. 그러자 그런 표현은 중단되었는데 대신 다른 문장이 나타났다. 이제 그들은 내가 "가족 간의 유대를 끊어놓는다."라고 말한다.

글쎄, 나는 그들에게 진지하게, 끈기 있게, 그리고 열성적으로 이건 그런 경우가 결코 아니라고 몇 번이나 말했다. 그게 잠시는 도움이 되었지만 그 후 그들은 다시 시작하더구나.

내가 '그녀에게 편지를 썼다'는 사실이 나에 대한 진짜 불만이었다. 그러나 그들이 너무 경솔하게 마구 '가족 간의 유대를 끊어놓는다'라는 끔찍한 표현을 고집스럽게 계속 사용하기에 나도 다른 방법을 썼다.

며칠 동안 부모님께 말 한마디 하지 않고 두 분을 아는 체도 하지 않았거든. 내가 원하는 태도는 아니지만 가족 간의 유대가 정말로 끊어지면 어떨지 부모님이 느끼게 해주고 싶었다. 물론 그들은 내 행동에 놀라서 그 이유를 물어보시더라. 그래서 내가 대답했단다. 보세요, 만일 우리사이에 애정이 없다면 바로 이럴 거라고요. 하지만 다행히도 그런 유대는 존재하고 있고 그리 쉽게 깨지지 않을 거예요. 두 분께 부탁드리는데, '유대를 끊어놓는다'라는 표현이 얼마나 끔찍한지 생각해보시고 이제 더 이상 그런 말을 하지 마세요.

그러자 아버지는 몹시 화를 내고 저주의 말을 뱉으며 내게 방에서 나가라고 명령하셨다. 적어도 정확히 그렇게 들렸다! 아버지는 화가 나면 모든 사람이 당신께 굴복하게 만드는 데 익숙하다. 심지어 나도 그랬으니까. 하지만 이번에는 나도 그가 화를 내는 대로 내버려두겠다고 굳게 결심했다. 아버지도 화가 나서 내게 집을 떠나는 게 나을 것 같으니 다른 곳으로 가라는 의미의 말을 하셨다. 하지만 그건 홧김에 한 말이니 거기에 그리 큰 의미를 부여하진 않는다.

내 모델들과 내 작업실이 여기에 있다. 다른 곳에서 산다면 돈이 더 많이 들 테고 내 작업은 더 어려워지고 모델비도 더 많이 들 게다. 하지만 부모님이 내게 진심으로 나가라고 하신다면 나가야겠지. 남자라면 참을 수 없는 일이 있다.

만일 '미쳤다'거나 '가족의 유대를 깨뜨리는 놈'이라거나 '무례하다'는 말을 계속 들어야 한다면, 몸 안에 심장을 가진 남자라면 온 힘을 기울여서 항변할 것이다. 물론 나도 아버지와 어머니께 한두 가지 말씀드렸다. 예를 들어, 두 분은 이 연애사건과 관련해서 아주 많이 잘못하는 거라고, 그들의 심장이 굳어버렸고 더 점잖고 인간적인 사고방식에 완전히 닫혀 있다고 말이다. 간단히 말해서 두 분의 사고방식이 내게는 편협하게 느껴진다고, 충분히 관대하지도 너그럽지도 않다고 말씀드렸다. 또한 만일 우리가 자신의 사랑을 숨기도록 강요받고 마음의 요구에 복종하는 것이 허락되지 않는다면 내게는 신이 단지 공허한 소리에 불과하다는 말씀도 드렸다.

글쎄, '무례하다'거나 '관계를 끊어놓는다'는 소리를 들었을 때 내가 가끔 분노를 억제하지 못했다는 건 솔직히 인정한다. 하지만 그런 소리가 끝도 없이 계속되는데 과연 어느 누가 그 속에서 침착함을 유지할 수 있겠니?

어쨌든 아버지는 벌컥 화를 내면서 저주보다 더 나을 게 없는 말을 중얼거리셨다. 하지만 나는 작년에도 이미 그런 종류의 말을 들었는데, 하나님께 감사하게도 정말로 저주를 받기는커녕 내 안에서 새로운 삶과 새로운 에너지를 만들어낼 수 있었다. 그러니 이번에도 똑같이 되거나 작년보다 더 강하게 그렇게 될 거라고 전적으로 확신한다.

테오야, 나는 그녀를 사랑한다. 다른 누구도 아닌 그녀만을, 영원히. 그리고…… 그리고…… 그리고…… 테오야, 비록 아직까지는 결코 온전히 활동하지 않는 '것처럼 보이지만', 내 안에 구원의 느낌이 존재한다. 마치 그녀와 내가 더 이상 둘로 나뉘지 않고 영원히 하나로 결합된 것만 같다는 느낌이다.

내 드로잉들 받았니? 어제 나는 아침 일찍 주전자를 위에 매달아놓은 난로에 불을 붙이는 농촌 소년을 다룬 드로잉을 그렸다. 난로에 불붙은 장작을 올려놓는 노인의 드로잉도 하나 그렸고. 내 드로잉에는 아직도 거칠고 너무 수수한 측면이 있다고 말하게 되어서 유감스럽지만 나는 그녀가, 그녀의 영향력이 분명 이것을 부드럽게 해줄 거라고 생각한다.

그래, 동생아, 나는 아버지의 저주를 그리 심각하게 받아들일 이유가 없다고 생각한다. 어쩌면 아버지와 어머니가 들으려 하지 않는 것을 느끼게 만들기 위해 내가 너무 거친 방법을 사용한 건지도 모르겠다. 글쎄, 네게 악수를 보낸다. 나를 믿어다오.

항상 너를 생각하는 빈센트

예술가가 되기 위해서는
사랑이 필요하다

1881년 11월 18일 금요일 밤, 에턴
테오에게

　부모님과 나의 의견 충돌이 우리가 함께 지낼 수 없을 정도로 큰 건 아니다. 하지만 아버지, 어머니가 점점 나이 들수록, 너나 내가 더 이상 공유할 수 없는 편견과 구태의연한 생각들에 매달리신다. 아버지는 내가 미슐레●나 빅토르 위고가 쓴 프랑스 책을 가지고 있는 모습을 보면 도둑과 살인자를 생각하거나 '부도덕'을 생각하신다. 하지만 그건 너무 우스꽝스럽다. 물론 나는 그런 의견에 너무 신경 쓰지 않는다. 그래서 아버지께 종종 이렇게 말씀드렸다. 그러시면 그냥 그 책을 읽어보세요. 몇 줄이라도 좋아요. 그

● 쥘 미슐레(Jules Michelet, 1798-1874). 프랑스의 역사학자. 『프랑스사』, 『프랑스 혁명사』 같은 저서가 있다.

러면 아버지도 감명을 받으실 거예요. 하지만 아버지는 완강하게 거절하셨다. 요즘 내 마음속에 사랑이 뿌리를 내리면서 나는 미슐레의 책 『사랑과 여자』를 다시 읽었다. 그러자 많은 것이 분명해지더라. 아마 그 책을 읽지 않았다면 여전히 수수께끼로 남았겠지. 나는 아버지께 지금 상황에서 내가 둘 중 어느 쪽을 따라야 할지 선택해야 한다면, 아버지의 조언보다 미슐레의 조언에 더 큰 가치를 부여한다고 솔직하게 말씀드렸다.

그러자 부모님은 한 종조부 이야기를 꺼내시더라. 그분은 프랑스 사상에 물들어서 술 마시는 것을 좋아하게 되었다는구나. 그러니까 나도 똑같이 그렇게 될 거라고 넌지시 비치시는 거지.

그게 웬 소리란 말이냐!

아버지, 어머니는 나를 잘 먹이고 입히는 등등의 일을 위해 모든 것을 다하셨다는 점에서 내게 아주 친절하시다. 나는 당연히 그것에 대해 아주 깊이 감사드린다. 하지만 인간이 밥과 물과 잠만으로 충분하지 않다는 사실은 부정할 수 없다. 인간은 더 고귀하고 더 높은 것을 갈망한다. 그래, 인간은 분명 그런 것 없이 살 수 없다.

내게 없으면 살 수 없는 더 고귀한 감정은 케이에 대한 사랑이다. 부모님은 그녀가 싫다고 말했으니 네가 포기해야 한다고 주장하신다. 반대로, 나는 그래야 할 필요성을 전혀 이해할 수 없다. 나는 체념하고 그녀나 그녀의 부모님께 편지 쓰는 일을 포기하느니 차라리 지금 막 시작한 작업과 이 집이 주는 모든 안락함을 포기할 것이다.

글쎄, 내가 이 문제에 대해 너에게 편지를 쓰는 것은, 적어도 내 작업은 확실히 너와 관련이 있기 때문이다. 너는 내가 성공하도록 돕기 위해 이미 많은 돈을 내놓은 사람이니까. 지금 나는 잘 해내고 있고, 작업이 진전을 보이고 있고, 전망이 보이기 시작했다. 그래서 이렇게 말하는 거다. 테오야, 이 일이 나를 위협하고 있다. 나는 조용히 계속 작업하는 것 이상을 요구하지 않는다. 하지만 아버지는 나를 집에서 쫓아내고 싶으신 것 같다. 적어도 오늘 아침에는 그렇게 말씀하셨다.

네가 강하게 한마디 해주는 게 어쩌면 이 문제를 해결할 수 있을지도 모른다. 너는 내 말을 이해하겠지. 작업을 하고 예술가가 되기 위해서는 사랑이 필요하다. 적어도 자기 작품 속에 감정을 담고 싶어 하는 사람이라면, 먼저 자신이 직접 그것을 느끼고 자신의 마음을 받아들이고 살아야 한다.

나는 백 번이라도
다시 일어날 테다

1881년 11월 19일, 에턴
테오에게

소중한 동생에게,

방금 네 편지를 받았다. 공감해줘서 고맙고 '표를 살' 돈을 보내줘서 고맙다. 그리고 비록 내가 실제로 받을 자격이 있는 것보다 더 호의적이긴 하지만, 내 드로잉들에 대한 네 의견을 들려줘서 고맙다. 내 작품에 대한 생각을 계속 보내다오. 네 논평이 나에게 상처를 줄까 두려워하지 마라. 나는 그런 비판을 공감의 증거로 받아들이고, 입에 발린 칭찬보다 천배는 더 소중하게 여길 테니까. 너는 내게 실질적인 이야기를 해준다. 나는 네게서 현실적이 되는 법을 배워야 한다. 그러니 많이 설교해다오. 나는 변화를 거부하지 않는다. 그리고 대화가 간절히 필요하다.

• • •

만일 네게도 혹시 연애 문제가 있다면 전부 얘기해다오. 내 신중함을 믿어라. 만일 내가 '넘어진 적' 없이 항상 꿋꿋하게 서 있었다면 네게 아무 도움도 되지 않겠지만, 내가 마음의 고통이라는 깊고 신비한 우물 속에 빠져봤기 때문에 연애에 관한 실질적인 조언을 해줄 수도 있을 게다. 나는 내 드로잉과 현실적인 문제들에 대해 네게 도움을 구한다. 그런 것처럼 연애의 어려움들과 관련해서는 내가 너에게 도움이 될 수 있을지 누가 알겠니.

나 자신은 미슐레에게서 많은 것을 배운다. 『사랑과 여자』를 꼭 읽도록 해라. 그리고 만일 구할 수 있거든 해리엇 비처 스토의 『내 아내와 나』와 『우리 이웃들』, 커러 벨*의 『제인 에어』와 『셜리』도 읽어라. 그 사람들은 나보다 더 많은 이야기, 더 좋은 이야기들을 너에게 들려줄 수 있다.

현대 문명의 맨 앞에 서 있다고 볼 수 있을 남자들과 여자들, 예를 들어 미슐레와 비처 스토, 칼라일과 조지 엘리엇 같은 이들이 너에게 외친다.

"오, 이 사람아, 자네가 누구든 자네 가슴 안에 있는 심장으로 우리가 현실적이고 영원하고 진실한 것의 기초를

● 샬럿 브론테(Charlotte Brontë, 1816-1855)의 필명.

세우도록 돕게. 한 가지 일에만 종사하고, 한 여자만 사랑하게. 현대적인 직업을 택하고, 자네 아내가 자유로운 현대적 영혼을 갖게 하고, 그녀를 옭아매는 끔찍한 편견들로부터 해방시켜주게. 자네가 신께서 원하시는 일을 한다면 신께서 도우리라는 것을 의심하지 말게. 신께서는 오늘날 우리가 도덕을 개혁하고 영원한 사랑의 빛과 불을 새롭게 함으로써 세상을 개혁하기를 원하신다네. 이런 수단들로 자네는 성공할 것이고, 상황에 따라 그 숫자는 많거나 적겠지만 자네 주변 사람들에게 선한 영향을 미칠 것이네."

내 생각에 이것은 미슐레가 우리 모두에게 한 말이다. 우리는 이제 완전히 자란 남자고, 우리 세대의 일반사병들 속에 그 일원으로 서 있다. 우리는 부모님이나 스트리커 이모부와 같은 세대에 속하지 않는다. 우리는 옛날보다 현대에 더 충실해야 한다. 옛것을 돌아보는 것은 치명적이다. 나이 든 사람들이 우리를 이해하지 못한다 해도 그걸로 속상해해서는 안 되고, 그들의 의지에 반해 우리 자신의 길을 가야 한다. 나중에는 그들도 자진해서 '그래, 결국 네가 옳았다.'라고 말할 것이다.

어쩌면 너는 내가 어떤 것들에 대해 상당히 박식하다고 생각하겠지만, 다른 많은 것들에 대해서는 아주 어리석고 무지하다는 것을 발견하게 될 거다. 이렇게 과열되고 정신 없이 돌아가는 현대를 살아가다 보니 우리는 무척 편향적이 되었다. 하지만 그렇다고 우리가 처녀에게 청혼할 권리까지 의심해야 하고 결국에는 우리의 성공을 미심쩍어해야 할까?

지나친 자기 확신은 분명 뻔뻔스러운 짓이겠지만, 우리는 영혼의 고뇌가 헛되지 않다고, 나 자신의 온갖 나약함과 결점들에도 불구하고 나만의 전투를 치를 것이라고 확실하게 믿을 수 있다. 나는 가능한 한 훌륭하게 싸울 것이다.

설령 아흔아홉 번 넘어진다 해도 나는 백 번이라도 다시 일어날 테다.

나는 이제
진지한 작품들을
만들기 시작했다

1881년 12월, 에턴
테오에게

헤이그로의 여행은 내가 아무런 감정 없이 떠올릴 수 없는 중요한 사건이었다. 마우베를 찾아갈 때는 가슴이 약간 두근거리더라. 그도 적당한 평계를 대며 약속을 취소하려 할지, 아니면 이곳에서는 내가 다른 대접을 받게 될지 마음이 불안했거든. 그런데 그는 모든 점에서 실질적이고 친절하게 나를 도우면서 용기를 북돋워주었다. 하지만 내 행동이나 말이 다 좋다고 인정한 건 아니었다. 오히려 그 반대였지. 그러나 그가 내게 "이런저런 것은 옳지 않아."라고 말할 때면 동시에 "그걸 이런저런 방식으로 해보게."라는 말을 덧붙였다. 그건 단순히 비판하기 위해 비판하는 것과는 상당히 다르다. 만일 누군가 네게 "자네는 병에 걸렸네."라고 말한다면 그건 너에게 큰 도움을 주지 못한다.

하지만 그가 "이러저러한 일을 하면 자넨 회복될 걸세."라고 한다면 그의 충고는 잘못된 것이 아니라 너를 도와준다.

그 덕에 나는 그를 떠나기 전에 유채 습작과 수채화 몇 점을 완성했다. 물론 그 그림들이 걸작은 아니다. 하지만 그 속에 건강하고 진실한 뭔가가 있다고, 적어도 전에 그린 것들보다는 그런 특징을 더 많이 가지고 있다고 믿는다. 그래서 나는 이제 진지한 작품들을 만들기 시작했다고 생각한다. 물감과 붓 같은 조금 더 기술적인 자원들을 원하는 대로 쓸 수 있게 되니 모든 것이 새롭게 여겨지는구나.

이제는 그것을 실행에 옮겨야겠지. 그리고 그럴 때 첫 번째 과제는 충분한 거리를 유지할 수 있을 정도로 큰 방을 찾는 것이다.

마우베는 내 습작들을 보더니 곧바로 "자네는 모델과 너무 가깝게 앉았어."라고 말했단다. 많은 경우 그것은 비례를 제대로 측정할 수 없게 만든다. 그러니 그것은 내가 가장 먼저 처리해야 할 문제임이 분명하다.

• • •

마우베는 내가 몇 달만 더 고생하면 3월경 그에게 돌아갔을 때는 팔 수 있을 만한 그림을 그릴 수 있겠다고 말한다. 하지만 나는 여전히 아주 힘든 시기를 보내고 있다. 모델과 작업실, 드로잉과 유화 재료들을 위한 비용은 늘어나는데 나는 아직 아무것도 벌어들이지 못하는구나.

아버지께서 꼭 필요한 비용에 대해서는 걱정할 필요 없다고 말씀하셨다는 건 사실이다. 마우베가 아버지께 드린 말씀과 내가 돌아올 때 가져온 습작들, 드로잉들 덕분에 무척 기뻐하셨던 것도 사실이고. 그러나 아버지께서 그 돈을 지불해야 하다니 정말이지 무척 유감스럽다고 생각한다. 물론 우리는 일이 잘 풀리기를 바라고 있지만, 내 마음속에는 여전히 무거운 짐이 남아 있다. 왜냐하면 내가 이곳에 온 이후로 아버지는 어떤 식으로든 내 덕에 이득을 본 게 없으시기 때문이다. 게다가 아버지가 나를 위해 코트나 바지를 산 것도 한 번 이상이다. 그런 것들이 필요하긴 했지만 차라리 그런 것들 없이 사는 쪽이 더 나았을 것이다. 아버지께 돈을 쓰게 하고 싶진 않았다. 특히 문제의 코트나 바지가 잘 맞지도 않았고 그다지 쓸모가 없기 때문이다. 글쎄, 이런 것도 사람이 살면서 겪는 자잘한 걱정거리 중 하나겠지.

게다가 전에도 이야기했듯이, 나는 온전히 자유롭지 않은 것이 싫다. 비록 내가 아버지에게 동전 한 닢 쓰는 것까지 말 그대로 보고해야 하는 것은 아니지만 아버지는 내가 무엇에 얼마를 쓰는지 항상 정확하게 아신다. 내게 비밀은 전혀 없지만 모든 사람 앞에 내 손바닥을 펼쳐 보여주고 싶지는 않다. 설사 내게 비밀이 있다 해도 내가 공감하는 사람들에게는 비밀이 아니다. 그러나 아버지는 내가 너나 마우베에게 느끼는 감정을 똑같이 느낄 수 있는 사람이 아니다. 물론 나는 아버지를 사랑한다. 하지만 그건 내가 너나 마우베에게 느끼는 것과는 상당히 다른 감정이다. 아버지는 나를 이해하거나 내게 공감하지 못하신다. 그리고 나는 아버지의 사고방식을 받아들일 수 없다. 그것은 나를 억누르고 질식시킬 것이다. 나도 미슐레나 발자크나 엘리엇을 읽는 것처럼 때로 성경을 읽는다. 하지만 나는 성경에서 아버지와는 무척 다른 것들을 보며, 아버지가 당신만의 학구적인 방식으로 거기서 끌어내는 것을 나는 전혀 발견할 수가 없다.

길건 짧건 우리가 따라야 할 길은 이미 정해져 있다.
바로 자연을 깊숙이 꿰뚫어 보는 것이다.

1882년 2월, 헤이그
테오에게 보낸 편지에서

인생은
살 만한 것

1882년 3월, 헤이그
테오에게

내 마음을 매우, 매우 깊이 감동시킨 일이 있었다. 저번에 모델에게 오늘은 오지 말라고 이야기해뒀었다. 이유는 말하지 않았지. 그런데 그 불쌍한 여자가 찾아왔더라고. 내가 뭐라고 했지. 그랬더니 "알아요. 하지만 오늘은 포즈를 취하러 온 게 아니에요. 혹시 선생님이 저녁으로 드실 거리가 있는지 보러 왔을 뿐이에요."라고 하더구나. 그녀가 내게 콩과 감자 한 접시를 가져온 거야. 이런 일이 있어서 결국 인생이 살 만한 건가 보다.

밥벌이

1882년 3월, 헤이그
테오에게

네가 바라는 대로 이번 주에 테르스테이흐에게 빌린 10 길더를 바로 갚았다.

C.M.의 주문에 대해서는 지난 편지에 이미 이야기했었지. 그 일은 이렇게 일어났다. 아마 C.M.이 나를 만나러 오기 전에 테르스테이흐와 이야기를 나누었던 모양이야. 그가 '밥벌이하는' 문제에 대해 똑같은 말로 이야기를 시작하더라고. 그 순간 충동적으로 대답이 재빨리 튀어나와버렸다. 정확하게 이렇게 말했다고 기억한다.

"밥벌이를 한다…… 무슨 의미인가요? 밥벌이를 한다는 건가요, 아니면 밥값을 한다는 건가요? 밥값을 하지 못하는 것, 다시 말해서 밥을 먹을 자격이 없는 것, 그건 분명 범죄예요. 정직한 사람은 모두 밥을 먹을 자격이 있으니까요. 하지만 밥을 먹을 자격이 있는데도 불행히도 밥벌이를 할 수 없는 것은 불운입니다. 그것도 커다란 불운. 그러니까 만약 숙부께서 '넌 빵을 먹을 자격이 없어.'라고 말씀하시는 거라면 저를 모욕하시는 겁니다. 하지만 제가 항상 밥값을 벌지는 못한다는, 다소 정당한 말씀을 하시는 거라면—가끔 저는 밥을 먹지 못하니까요—좋아요, 그건 맞는 말일 수 있겠네요. 하지만 그런 말씀을 하신들 무슨 소용이 있답니까? 하시고 싶은 말씀이 그게 전부라면, 그건 저를 조금도 더 나아지게 하지 못하는걸요."

그러자 C.M.은 더 이상 '밥벌이' 이야기를 하지 않더구나.

그렇지만 한 번 더 뇌우의 조짐이 있었다. 내가 표현에 대해 이야기하면서 우연히 드 그루의 이름을 언급했을 때, C.M.이 퉁명스럽게 "그런데 너는 드 그루가 사생활 때문에 평판이 나쁜 걸 알고 있니?"라고 하더라고.

너도 상상할 수 있겠지만 C.M.은 거기서 미묘한 문제를 건드렸고, 아슬아슬한 논쟁의 장으로 뛰어들었다. 정직한 샤를 드 그루에 대해 그런 말을 하다니 참고 들어줄 수가 없었다. 그래서 이렇게 대답했다.

"제가 볼 때는, 예술가가 그의 작품을 대중에게 보여주더라도 자기 사생활의 내밀한 갈등(그건 예술 작품을 창작하는 일과 관련된 특유의 어려움들과 직접적이고도 불가피하게 관련이 있다.)
은 혼자만 간직할 권리가 있는 것 같습니다. 그가 아주 친한 친구에게 그 문제를 털어놓고 싶어 하는 경우가 아니라면 말입니다. 거듭 말하지만, 그의 작품이 나무랄 데가 없으니 비평가가 그 사람의 사생활을 파헤칠 필요가 있었겠지요. 드 그루는 밀레나 가바르니처럼 거장입니다."

물론 C.M.은 가바르니가 거장이라고 생각한 적이 한 번도 없었다. (C.M.이 아닌 다른 사람이었다면 나는 더 간략하고 강력하게 내 뜻을 표현했을 것이다. 이렇게 말이다. '예술가의 작품과 그의 사생활은 출산한 여자와 그 아이의 관계와 같습니다. 당신은 그녀의 아이를 볼 수 있지만 혹시 핏자국이 있는지 보기 위해 그녀의 속옷을 들춰서는 안 됩니다. 분만한 여자를 찾아가서 그런 행동을 하는 건 아주 무례한 짓이 될 겁니다.')

C.M.이 노여워할까 봐 은근히 겁이 났는데, 다행히도 상황이 더 좋은 쪽으로 굴러갔다. 화제를 바꾸기 위해 내가 작은 습작들과 스케치들을 모아놓은 포트폴리오를 꺼냈거든. 그는 작은 드로잉 하나가 나올 때까지 아무 말도 하지 않더라. 내가 전에 밤 12시에 브라이트너와 산책하다가 토탄시장에서 바라본 신교회 근처의 유대인 지구를 스케치한 드로잉이었다. 다음 날 아침에 그것을 펜으로 다시

공들여 작업했단다. 율스 바크하위전이 그 작은 그림을 본 적이 있는데 바로 어딘지 알아봤단다.

"이런 식으로 도시 정경을 좀 더 많이 그릴 수 있겠니?"

C. M.이 묻더라.

"네, 전 모델하고 작업하다가 지치면 기분 전환으로 가끔 도시 정경을 그려요. 바닷가 어시장 그림이 있어요."

"그럼 내게 열두 점을 그려다오."

내가 대답했지.

"좋습니다. 하지만 이건 거래니까 지금 바로 가격을 정해야 할 것 같아요. 전 이 크기의 작은 드로잉의 가격을 연필이든 펜이든 한 점에 2.5길더로 정해놨어요. 터무니없다고 생각하세요?"

그가 말했어.

"아니다. 하지만 만일 그림이 괜찮으면 네게 암스테르담의 정경을 그린 그림 열두 점을 더 주문하마. 그때는 네가 돈을 좀 더 받을 수 있도록 내가 직접 가격을 정하겠다."

아아, 내가 좀 두려워하던 방문이었는데 제법 성공적으로 끝났다고 생각한다.

• • •

C.M.의 주문은 우리에게 한 줄기 희망의 빛을 던져준다.

나는 최선을 다해 드로잉 작업을 하면서 그 안에 개성을 집어넣기 위해 노력할 것이다. 아무튼 너도 그 그림들을 보게 될 것이다. 동생아, 나는 이런 거래를 더 많이 할 수 있을 거라고 생각한다. 작은 드로잉을 5프랑에 살 구매자를 찾을 수도 있지 않겠니. 조금만 더 연습하면 매일 한 점씩 그릴 수 있을 것 같다. 생각해봐라, 만일 그 그림들이 잘되면, 매일 빵 한 덩이와 모델에게 줄 1길더를 벌 수 있게 된다. 낮이 긴 여름철이 다가오고 있다. 나는 아침이나 저녁 시간에 나의 '식권'—빵과 모델비를 벌어줄 드로잉이라는 뜻이란다—을 만들고, 낮 동안에는 모델을 데리고 진지하게 작업한다. C.M.은 내가 직접 찾아낸 고객이다. 어쩌면 네가 두 번째 고객을 찾는 데 성공할 수도 있을 테고, 테르스테이흐도 화가 좀 풀리고 나면 세 번째 고객을 찾아줄 수 있을지도 모른다. 그렇게 되면 우리는 모든 준비가 끝나는 셈이다.

반은 이방인
반은 골칫덩이

1882년 4월, 헤이그
테오에게

그래, 어머니가 아프시다는 걸 알고 있다. 우리 집이든 다른 집이든 그 외에도 다른 슬픈 일들이 많다는 사실도 안다.

나도 그런 일에 무감각하진 않다. 만일 내가 그런 것을 느끼지 못한다면 「슬픔」을 그릴 수 있었을 거라고 생각하지 않는다. 하지만 지난여름 이후로 부모님과 나 사이의 불화가 고질병이 되어버린 건 확실해 보인다. 너무 오랫동안 우리 사이에 오해와 소원함이 있어왔기 때문이다. 이제는 그게 너무 지나쳐서 양쪽 모두 고통스러워한다.

만일 우리가 오래전부터 서로를 더 잘 이해하면서 살아가려 노력했다면, 부모 자식이 화합해야 한다는 사실을 늘 염두에 두고 기쁨과 슬픔을 나누려 노력했다면, 서로에게 더 큰 도움이 될 수 있었을 것이다. 물론 우리가 일부러 이런 실수를 저지른 건 아니고, 대부분 어려운 환경과 여유 없는 생활의 불가항력이었다고 생각해야겠지. 이제 나는 아버지와 어머니에게 반은 이방인이고 반은 골칫덩이에 지나지 않는다. 내 쪽에서도 집에 있을 때면 외롭고 허전한 느낌이 든다. 생각과 하는 일이 너무 달라서 우리는 무심결에 서로를 짜증나게 한다. 그러나 그건 정말 본의가 아니다. 무척 서글픈 감정이다. 하지만 우리 인생과 이 세상에는 그런 불만족스러운 관계들로 가득하며, 서로를 비난하는 것은 정말이지 도움이 되기보다 해만 끼친다. 때로 그런 경우 할 수 있는 최선의 행동은 서로를 피하는 것이다. 그러나 나는 뭐가 제일 좋은 건지 모르겠다. 그걸 알면 좋을 텐데.

그래, 부모님은 당신들 일에서 위안을 얻고 나도 내 일에서 위안을 찾는다. 왜냐하면, 동생아, 그 모든 자질구레한 걱정거리들에도 불구하고 나는 아주 열심히 작업하고 있기 때문이다.

나는 화가의 손을
가졌다

1882년 4월, 헤이그

테오야,

나는 마우베에게 "당신이 말씀하셨던 그 두 달이 오래
전에 지난 것을 알고 계신가요? 이렇게 서로 싸우느니 차
라리 악수를 나누고 각자 자기 길을 갑시다."라고 쓴 편지
를 보냈다. 그런데 그 후로 그에게서 아무런 연락도 없고
나는 슬픔으로 질식할 것만 같다.

너도 잘 알다시피 나는 마우베를 사랑하기 때문이다. 너
무 힘들어서 그가 내 마음속에 그리게 했던 그 모든 행복
마저 수포로 돌아갈 것만 같다. 내 드로잉이 좋아질수록
더 많은 어려움과 대립을 접하게 될 것이 두렵다. 특히 내
가 바꿀 수 없는 문제들로 인해 내가 많이 시달릴 게 분명
하다. 첫 번째 문제는 내 외모와 말하는 방식, 복장이다. 그

다음 문제는, 내가 항상 대부분의 화가들과 다른 영역에서 활동할 것이라는 점이다. 나중에 내가 돈을 더 벌게 된 후에도 내가 사물을 이해하는 방식이나 내가 다루고 싶은 주제들이 끊임없이 그렇게 할 것을 요구하기 때문이다.

땅을 파는 사람들을 그린 작은 스케치를 같이 보낸다. 그걸 왜 보내는지 들려줄게. 테르스테이흐가 내게 이렇게 말했다. "자넨 과거에 실패했으니 이번에도 실패할 걸세. 처음부터 다시 시작해도 달라지지 않을 거야." 아니, 그렇지 않다. 지금은 꽤 달라졌으니까. 게다가 그런 추론은 정말이지 궤변에 불과하다.

내가 사업이나 전문적인 공부에 적합하지 않다는 사실이 내가 화가가 되기에도 적합하지 않다고 입증하는 건 결코 아니다. 오히려, 만일 내가 목사나 미술품 거래상이 될 수 있었다면 아마 나는 드로잉과 유화에 적합한 사람일 수 없겠지. 그런 식으로 체념하거나 해고되지도 않았을 테고.

나는 그림을 그만둘 수 없다. 나는 정말로 화가의 손을 가졌다. 네게 물어보자. 내가 그림을 시작한 이후로 한 번이라도 의심하거나 망설이거나 흔들린 적이 있었니? 내가 계속 밀고 나갔다는 건 너도 잘 알고 있다고 생각한다. 당연히 나는 그 전투에서 차츰 더 강해졌다.

동봉한 스케치 얘기로 다시 돌아가자. 그 그림은 빗속에 모래언덕에서 그렸다. 나는 진창이 된 거리에 서서 온갖 잡음과 혼란 속에서 작업했다. 내가 '움직이는' 대상을 포착하기 위해 노력하고 있다는 걸 보여주기 위해 너에게 그 그림을 보낸다.

• • •

나는 예의를 모르는 인간, 건방지고 점잖지 못한 인간일까?

들어보렴, 내 생각에 예의는 인간을 향한 선의에 바탕을 두고 있다. 가슴속에 심장을 가진 모든 사람이 느끼는, 다른 사람을 돕고 누군가에게 보탬이 되고자 하는 욕구에 바탕을 둔 거다. 그리고 종국적으로는 함께 살아가고 혼자가 되지 않으려는 욕구에 바탕을 둔 것이지. 나는 내 최선을 다하고 있다. 다시 말해서 나는 열심히 그림을 그리고 있다. 사람들을 성가시게 하기 위해서가 아니다. 사람들을 즐겁게 해줄 것들, 그들이 관찰할 가치가 있지만 그 사실을 잘 모르고 있는 것들을 바라보게 만들기 위해서 그리는 거다.

테오야, 나는 내가 사회에서 격리되어야 할 정도로, 혹은 테르스테이흐가 말하듯 '헤이그에 머무는 것을 허용할 수 없을' 정도로 그렇게 건방지고 무례한 괴물이라고는 믿을 수 없다.

내가 그림 그리는 사람들과 함께 지내는 것이 나 자신을 낮추는 일이냐? 내가 노동자들, 가난한 사람들의 집을 찾아가거나 그들을 작업실로 불러들이면 내가 낮아지는 거냐?

나는 직업상 그렇게 하는 것이 필요하다고 생각한다. 그림에 대해 아무것도 이해하지 못하는 사람들만이 그 말에 반대할 수 있을 것이다.

물어보자. 『그래픽Graphic』이나 『펀치Punch』 같은 간행물을 위해 일하는 삽화가들이 어디서 모델을 얻을까? 런던의 가장 가난한 골목길을 돌아다니며 직접 물색하지 않을까? 그러냐 아니냐?

또 그들이 사람들에 대해 가지고 있는 지식은 그들이 처음부터 가지고 태어난 걸까, 아니면 사람들 속에서 살아가면서 많은 사람들이 간과하는 것들에 주목하고 그들이 잊어버린 것들을 기억함으로써 얻게 되었을까?

마우베나 테르스테이흐를 만나러 갈 때 나는 원하는 대로 마음을 표현할 수 없었다. 어쩌면 나는 내게 이롭기보다는 해를 끼치는 행동을 한 것 같다. 그들이 내가 말하는 방식에 더 익숙해졌으면 화를 내지 않았을 텐데.

그래도 나를 대신해서 그들에게 사정 설명을 해주고, 혹시 내가 말이나 행동으로 그들에게 상처를 주었다면 나를 용서해주기를 바란다고 말해다오. 내가 할 수 있는 것보다 더 좋은 말로, 필요한 만큼 충분한 품위와 예의를 갖추고서, 최근 몇 달 동안 그들이 나에게 얼마나 많은 슬픔과 고민, 고통을 가져다주었는지 이야기하렴. 이런 근심걱정으로 그 시간들이 내게 얼마나 길게 느껴졌는지 모른다고 말이다. 그들이 이 사실을 깨닫게 해다오, 그들은 그걸 모른다. 그들은 내가 무신경하고 무심하다고 생각한다.

네가 그렇게 해준다면 내게 큰 도움이 될 것이고, 나는 이런 식으로 일이 해결될 수 있다고 생각한다.

나는 그들이 그저 있는 그대로 나를 받아들여줬으면 한다. 마우베는 내게 친절했고 더할 나위 없이 많이 도와주었다. 하지만 그건 겨우 이 주일에 불과했다. 그건 너무 짧다.

잘 있어라, 테오야, 네가 할 수 있는 일을 해다오. 내가 불운 대신 행운을 조금만 가졌더라도 네게 이런 짐을 지울 필요는 없었을 거다. 이번에는 이 정도로 하자. 나를 믿어다오.

진심을 담아, 빈센트

• • •

예술적인 문제에서 의견 차이가 있다고 다른 사람의 입에서 빵을 빼앗거나 그의 사생활 때문에 다른 친구들까지 그에게 등을 돌리게 만드는 조치를 취하는 것이 정직한 무기라고 생각하지 않는다.

가끔은 종종 내게서 빵을 가져가버리는 사람에게 싸움을 걸고 싶었다. 하지만 생각했지, 아니, 나는 그렇게 할 수 없다고. 그냥 참아야겠다고. 그러지 않으면 그는 먹을 게 전혀 없을 테니까. 이해할 수 있겠니? 하지만 '기품 있는 태도'를 가지신 분들은 그 문제를 다르게 생각하는 것 같구나.

오래 살아남을
드로잉들

1882년 5월, 헤이그
테오에게

내 작품 속의 어떤 것도 내가 실패할 것이라고 보여준다고 생각하지 않는다. 내가 계속 작업하고 최선을 다할 수만 있다면 말이다. 게다가 나는 작업 속도가 느리거나 대충하는 사람도 아니다. 나는 드로잉에 열중하게 되었고, 점점 더 거기에 매진하고 있다. 뜻이 있는 곳에 길이 있다고 했다.

그런데 뜻이 있는 곳에 길이 있다 해도 그것은 상호적이어야 한다. 내 안에 있는 뜻은 분명 뭔가를 만드는 것이다. 그런데 나에게 공감하거나 공감할 수도 있는 사람들 안에 있는 뜻은 그 뭔가를 사거나 파는 것임에 틀림없다. 뜻이 거기에 있다면 길을 찾을 수 있다고 생각한다.

그러나 만일 모든 사람이 테르스테이흐처럼 '팔 수 없

고' '매력 없는' 것이라고 말한다면 엄청나게 짜증날 것 같다. 물론 그렇다 해도 나는 '팔 수 없고' '매력 없는' 단점을 극복하기 위해 한층 더 열심히 노력할 것이다.

• • •

너는 결과가 어떻게 될지 전혀 알 수 없는 상태에서, 다른 사람들이 돕기를 거절했을 때, 나를 돕기 시작했다. 나를 돕는 것이 어리석다고 생각하는 사람들에게 네가 아주 침착하게, 형을 도우면서 손해 본 것이 아무것도 없다고 말할 수 있도록 좋은 결과가 나왔으면 좋겠다. 이런 생각은 내가 훨씬 더 열심히 작업하게 자극한다. 나는 네가 드로잉을 조금씩 받기 시작할 때가 되었다는 생각이 들어서 매달 드로잉을 좀 더 보내려 한다. 하루에 드로잉을 다섯 점씩 완성하는 날도 있지만, 스무 점 그리면 그중 한 점 정도만 성공적이라고 생각해야 한다. 그러나 스무 점 중에서 성공한 한 점은 우연이 아니다. 그걸 확신할 수 있다. 이제 매주 한 점 정도는 오래 살아남을 거라고 내가 느낄 만한 드로잉이 나올 것이다.

지금으로서는 '오래 살아남을' 그 드로잉들을 이곳에서 동정심이나 자선을 베풀 마음으로 사주려 하는 누군가에게 10길더 받고 팔기보다는 네가 간직하는 쪽이 더 낫다.

이곳에서는 다들 기법을 가지고 비판한다. 하지만 그들은 영국 드로잉에 대해 하나같이 똑같이 진부한 이야기들만 한다. 오직 베이센브루흐만이, 내가 그에게 나는 사물을 펜 드로잉처럼 본다고 말하자 "그럼 자네는 펜으로 그림을 그려야겠군." 하고 말했다.

베이센브루흐는 작은 그림이 아니라 크게 그린 「슬픔」을 보았고 내게 그 그림에 대해 기분 좋은 말을 해주었다. 그래서 내가 큰 「슬픔」에 대해 그렇게 대담하게 말할 수 있었던 것이다. 나는 다른 사람들에게 이렇다 할 만한 '지도나 가르침'을 받지 못하고 독학했다. 그러니 겉으로 봤을 때 내 기법이 다른 사람들의 것과 다른 것은 놀랄 일도 아니다. 그러나 그게 내 작품이 계속 팔리지 않을 이유는 되지 못한다. 나는 크게 그린 「슬픔」과 「연해지의 노파」, 「노인」 그리고 그 외에도 몇몇 그림은 언젠가 구매자를 찾게 될 것이라고 강하게 확신한다. 하지만 어쩌면 나중에 그 작품들을 약간 더 손봐야 할 수도 있을 것 같다. 나는 「가로수길Laan van Meerdervoort」을 다시 공들여 작업했다. 내 앞에 검은 메리노 드레스를 입은 여인의 드로잉이 한 점 놓여 있다. 네가 그 그림을 며칠 가지고 있어보면 그림에 사용된 기법을 수긍하고 그게 다른 식으로 제작되지 않아

다행이라고 생각할 것이라 확신한다. 나도 처음에는 영국인들의 드로잉을 이해하지 못했지만 '거기에 익숙해지려고 노력했고', 그랬던 것을 후회하지 않는다.

나는 미래에 대한
거창한 계획이 없다

1882년 5월 11일, 헤이그

사랑하는 테오에게,

오늘 네게 드로잉과 스케치들을 약간 보냈다. 네게 이야기했던 그 일 때문에 내가 작업을 못 하는 게 아니라는 걸 보여주고 싶었다. 나는 오히려 작업에 완전히 빠져서 그것을 즐기고 있으며 용기를 간직하고 있다.

내가 한 말 때문에 네가 화를 내지 않았으면 좋겠는데, 아직 네 답장을 받지 못해서 상당히 초조하구나. 내가 크리스틴과 함께 지내는 걸 네가 반대할 거라고 생각하지는 않는다. 그런 이유로, 혹은 체면 때문에, 혹은 내가 모르는 다른 어떤 이유 때문에, 네가 나를 완전히 저버릴 거라고 믿지도 않는다. 하지만 마우베와 테르스테이흐와 그런 일이 있은 이후로 나는 가끔 슬픔에 잠겨, 어쩌면 테오도 같

은 행동을 할지 모른다는 생각을 한다는 걸 너는 상상할
수 있겠니?

어쨌든 나는 네 편지를 간절히 기다린다. 물론 네가 많
이 바쁘고, 편지를 보낸 지 그리 오래되지 않았다는 건 잘
알고 있다. 그러나 네가 아이가 있는 여자와 함께 지내게
되면 직접 그런 경험을 하게 될 게다. 하루가 일주일 같고
일주일이 한 달보다 더 길게 느껴지는구나. 내가 요즘 답
장을 받지 못하면서도 이렇게 자주 편지를 쓰는 이유는 그
래서다.

네게 옆집을 빌릴 예정이라는 얘기를 했었지. 너무 쉽
게 부서져버릴 것 같은 지금 집보다 그 집이 더 적당해서
란다. 하지만 너는 분명 내가 뭔가를 단정적으로 요구하
는 게 아니라는 걸 이해할 거다. 그렇지? 난 그저 네가 이
제까지처럼 내 편으로 남아주기를 바랄 뿐이다. 비록 어떤
사람들은 반대로 생각하겠지만, 내 행동이 나 자신을 끌어
내리거나 명예를 더럽혔다고 생각하지 않는다. 내 일은 사
람들의 가슴속에 놓여 있다고, 나는 땅바닥과 가까운 곳에
있어야 한다고, 나는 인생의 깊숙한 곳을 붙잡아야 하며
많은 근심걱정을 통해 앞으로 나아가야 한다고 느낀다.

다른 방식은 생각할 수도 없다. 근심걱정에서 벗어나게

해달라고 요구하는 게 아니다. 단지 그런 근심걱정이 견딜 수 없는 수준이 되지 않기를 바랄 뿐이다. 내가 작업할 수 있고 너 같은 사람들의 공감을 유지할 수 있는 한 그런 상황이 되진 않을 것이다. 인생은 드로잉과 같아서 때로 우리는 재빠르고 결단력 있게 행동하고, 활기차게 어떤 일에 달려들어서 번개처럼 신속하게 윤곽을 따라 그려야 한다.

여기에 망설임이나 의심은 허용되지 않는다. 손은 떨지 말아야 하고 눈도 엉뚱한 곳을 헤매지 말고 앞에 놓인 것에 집중해야 한다. 그러고는 한없이 몰두해서 짧은 시간 동안에 종이나 캔버스 위에 전에 거기 없었던 어떤 것이 나타나게 해야 한다. 토론과 사색의 시간은 단호한 행동 이전에 있어야 한다. 행동 자체에는 반성이나 논쟁을 위한 여지가 거의 없다.

신속하게 행동하는 것은 남자의 역할이고, 그렇게 할 수 있으려면 그 전에 많은 일을 거쳐야 한다. 때로 비행기 조종사는 폭풍 때문에 사고를 당하기보다 그것을 이용해서 앞으로 나아가는 데 성공한다.

너에게 다시 한 번 말하고 싶은 것은, 나는 미래에 대한 거창한 계획이 없다는 것이다. 잠깐씩 근심 없는 삶과 성공에 대한 욕망이 내 안에서 솟아나는 것을 느낄지라도, 나는 매번 정답게 근심걱정과 고난으로 가득한 삶으로 돌아가며 이 길이 더 낫다고 생각한다. 거기서 배우는 것이 더 많기 때문이다. 그것은 내 지위를 떨어뜨리지 않으며, 죽음의 길도 아니다. 나는 작업에 몰두하고 있고, 너나—비록 지난겨울 우리가 의견을 달리하긴 했지만—마우베, 테르스테이흐 같은 사람들의 도움이 있으면 호화롭지는 않아도 땀을 흘려 얻은 빵을 먹으며 살아갈 수 있을 정도로 버는 데 성공할 것이라고 확신한다. 크리스틴은 내게 장애나 골칫거리가 아니라 도움을 주는 존재다. 만일 그녀가 혼자라면 아마 무너져버릴 것이다. 지금 우리가 살고 있는 이런 사회, 이런 시대는 약자를 지켜주기는커녕 그들을 밟아 뭉개고, 약한 여자가 넘어지기라도 하면 그녀를 바퀴로 짓뭉개버리기 때문에 여자를 혼자 지내게 내버려두어서는 안 된다.

나는 많은 약자들이 짓밟히는 것을 보았기 때문에, 진보와 문명이라 불리는 것의 진정성을 크게 의심한다. 이런 시대에도 문명을 믿지만 오직 진정한 인류애에 기반을 둔 종류일 때만 그렇다. 인간의 삶을 파괴하는 것은 그것이 무엇이든 야만적이라고 생각하며, 그런 것은 존중할 수 없다.

아버지가 나를 더
믿어주셨더라면

1882년 5월, 헤이그

    테오에게,

    너에게 다시 한 번 말해야겠다고 느낀 것이 있다. 지금 이때까지 내 삶에서 범죄의 성격을 띤 것은 아무것도 없었으며 내가 네덜란드 국민으로서 온전한 시민권을 소유하고 있음은 너도 잘 알고 있을 게다. 또한 나는 이 나라의 법에 저촉되는 것은 모두 피하기 위해 각별히 주의할 것이고, 따라서 괴롭힘을 당하거나 후견인의 감독 아래 놓이거나 그 비슷한 종류의 일을 당하지 않으리라는 사실도 말이다. 우리 가족들 사이에서 나에 대해 다양한 방식으로 꽤나 흉한 이야기들이 계속 오고간 것을 아주 잘 알고 있다. 대체 그런 이야기가 어디서 나온 건지 그 근원을 나는 알지도 못하는데 말이다. 그러나 그런 이야기를 했던 사람들이 판사나 뭐 그런 것 앞에서 그게 진실이라고 맹세할 용기가 있을지는 상당히 의심스럽다. 네가 네덜란드 헌법과 다른 법전들을 지니고 있는지 모르겠구나. 나 자신은 나와 관련된 어떤 문제가 법적으로 정당한지 불확실할 때면 계속해서 법전을 뒤져보았단다. 네덜란드 법만이 아니다. 심지어 어떨 때는 네덜란드의 규정을 프랑스나 영국의 헌법과 비교해보기도 했다. 최근에만 내가 법을 찾아봐야 했던 건 아니다. 내가 역사상의 어떤 시점을 공부했던 과거에도 그래야 했거든.

그러니 나는 사태가 자연스럽게 진행되기를 기다린다고 아주 침착하게 말할 수 있다. 그런 종류의 일이 일어나지 않기를, 설사 그럴 필요가 생겨도 가족들이 이성적이고 평화롭게 일을 처리할 마음임을 보여주기만을 바랄 뿐이다.

테오야, 가끔 나는 아버지가 상황을 제대로 살펴보지도 않고 너무 불확실한 전제들, 피상적인 인상이나 정보, 소문을 바탕으로 판단을 내리고 주장하는 바람에 그 판단이 별 영향을 미치지 못한다는 것을 깨닫곤 했다. 뿐만 아니라 어떤 조항을 다른 법률들과 관련짓지 않고 따로 떼어서 생각하기보다는 그것을 관련 조항들의 수정이나 설명과 결부시켜 이해해야 한다.

예를 들어 부모의 권리에 대한 법 총론에 '자식은 부모를 존경해야 한다.'라고 명시되어 있을 때, 버럭 화를 내면서 '너는 네 부모에게 충분한 존경심을 보이지 않는다.'라고 말하는 것만으로는 충분하지 않다. 법을 외쳐대기 전에 그것에 대해 깊이 생각해보고 정말로 그 아이의 행동에 불법적인 뭔가가 있는지 알아보려 노력해야 한다.

그런데 우리 가족 사이에서는 이렇게 무작정 소리치는 일이 상당히 자주 일어난다. 어떤 소문이 돌고 내용이 부풀려지고 극단적으로 과장될 때가 있다. 그러면 그들은 그 사람에 대한 의견을 형성하거나 해결책을 마련한다. 어떨 때는 정작 그 당사자는 전혀 모르는 채로, 혹은 그와 그 문제에 대해 이야기를 나누는 일도 없이, 그저 인상과 소문, 숙덕공론(셋 다 귀신이나 쥐버리라지, 특히 마지막 것!)만 신경 쓰면서 말이다. 덕망 높으신 우리 센트 숙부도 '정보'를 수집하는 버릇이 있는데 나는 결코 그것이 온당하다고 보지 않는다. 나 같은 경우, 집에서 그런 일이 벌어지는 것을 보았을 때 아버지께 그런 일에서 축복을 찾지 못할 것이라고 충분히 자주 말씀드렸다.

테오야, 만일 아버지가 나를 더 믿어주셨더라면, 조금만 덜 의심하셨다면, 우리 집이 얼마나 달라졌을지 생각해보렴. 아버지는 항상 오해만 하셨다. 아버지가 나를 오직 잘 못만 저지르는 놈으로 여기지 않고 내 진짜 의도를 이해하기 위해 더 큰 인내심과 선의를 보여주셨더라면 얼마나 좋았겠니. 만일 그랬다면 무엇보다 아버지가 나 때문에 슬픔을 덜 느끼셨을 테고 나에 대해 마음을 놓을 수 있으셨을 거다. 그리고 내가 슬픔을 느끼는 일도 많이 줄어들었겠지. 이런 생각 자체가 커다란 슬픔이기에 종종 차라리 집도, 부모도, 아무런 친척도 없는 쪽이 더 낫겠다고 생각했다.

한 가지는 확실하다. 그건 당사자를 소외시켜놓고 행동을 취하는 것은 잘못되었다는 것이다. 가족회의가 그 구성원의 일을 결정해도 된다고 믿지도 않는다. 피고인, 즉 가족회의가 열리게 된 원인이 되는 사람이 함께하지 않는 한 말이다. 가족회의라는 게 뭐냐? 대부분의 경우 음모를 꾸미는 것 이상이 아니며 때로는 가족으로서의 자부심을 확인하려는 것에 불과하다. 아무것도 아닌 일에 말만 많은 짓거리다.

정작 참석한 사람들이 법을 고려하지 않고 중요한 사안을 결정해서 그 해결책이란 것이 실제로 판사 앞에 놓인다면 아무런 효력을 발휘하지 못하는 경우도 종종 있다.

만일 내가 실제로 형편없거나 악하거나 이간질하는 사

람이거나 저급한 모사꾼이거나 무능력자라면 나는 정말로 두려워해야 하겠지. 그렇지만 나는 그런 사람이 아니니까 우리 가족이나 가족의 일부 구성원들이 시도할 수도 있을 어떤 일을 두려워할 필요가 없다고 굳게 믿는다.

어떤 일도 시도되지 않았으면 하는 것이 나의 간절한 바람이다. 어떤 일이 두려워서가 아니다. 나는 언쟁보다 평화를 사랑하기 때문이다.

나를 이해하는
모델

1882년 5-6월, 헤이그
반 라파르트에게

요즘 나는 내 모델에 크게 만족한다네. 자네가 내 작업
실에 왔을 때 본 여자 말일세. 그녀는 매일 더 많은 것을
배우고 있고 나를 이해하기 때문이지. 예를 들어, 뭔가 잘
못되면 나는 버럭 화를 내며 벌떡 일어나 "빌어먹을, 다 틀
렸잖아!"라거나 그보다 더 심한 말을 하네. 그런데 그녀는
대부분의 사람들이 으레 그렇게 하는 것처럼 개인적인 모
욕으로 받아들이지 않고 내가 진정하고 처음부터 다시 시
작하게 해주네. 적절한 빛과 올바른 포즈를 찾는 지루한
작업을 끈기 있게 견딜 줄도 알고. 그래서 나는 그녀를 다
정다감한 사람이라고 생각하네. 내가 야외 드로잉 작업을
하면서 인물의 키를 확인하고 싶을 때나 작은 인물의 바른
자세를 정하고 싶을 때, 예컨대 바닷가의 낚싯배를 배경으

로 인물을 어떻게 묘사할지 빛이 어디로 비치게 할지 정하고 싶을 때, 나는 "이런저런 시간에 거기 한번 서봐요."라고 말하기만 하면 된다네. 그러면 그녀가 거기 서 있거든.

아아, 그런데 안 좋은 소문이 많이 퍼져버렸네. 내가 항상 그녀와 함께 있으니까. 하지만 내가 왜 그걸 신경 써야 하겠나? 비록 못생기고(??) 시들어가는 여자지만 나는 그녀만큼 좋은 조수를 가진 적이 한 번도 없네. 내 눈에 그녀는 아름답네. 그녀에게서 정확히 내가 원하는 것을 발견하거든. 그녀의 인생이 힘겨웠고 슬픔과 역경이 그녀에게 흔적을 남겨놓았기 때문이네. 이제 나는 그녀와 함께 중요한 일을 할 수 있다네.

밭을 갈지 않으면 자네는 거기서 수확을 거둘 수 없을 걸세. 그녀는 경작된 밭이네. 그래서 나는 경작되지 않은 무수히 많은 다른 여자들보다 그녀에게서 더 많은 것을 발견하네.

상업적 가치
예술적 가치

1882년 6월, 헤이그
반 라파르트에게

자네가 친절하게도 내게 빌려줬던 2.5길더를 여기 이렇게 돌려보내네. 내 드로잉에 대한 편지를 받았는데 기대했던 것보다 훨씬 적은 보수를 받았다네. 일곱 장에 30길더 이상 받을 거라고 기대하진 않았네만, 고작 20길더에, 그런 드로잉들이 조금이라도 상업적인 가치가 있을 거라고 생각했느냐는 꾸지람만 덤으로 받았을 뿐이네.

쉽지 않은 세월이라는 건 자네도 알 거라고 생각하네. 이런 힘든 경험들(훨씬 더 나쁜 일들도 아주 많네. 다른 경우와 비교하면 이건 관대한 대접이라고 할 수도 있겠지.), 이런 경험들은, 맙소사, 아주 용기를 북돋워준다고 말할 수는 없겠네.

예술은 질투심이 강해서 우리에게 온 힘을 다 바치라고 요구하네. 그런데 우리가 가진 힘을 온통 예술에 쏟을 때

148

면 비현실적인 인간이라는 말을 듣게 되지. 그러니 입맛이 쓸 수밖에.

아아 좋네, 그래도 우리는 계속 작업하기 위해 노력해야 한다네.

나는 그에게 어떤 것의 상업적 가치를 내가 잘 알고 있는 척한 적은 없다고 대답했네. 상인인 그가 그 그림들이 상업적인 가치가 없다고 말했으니까 그의 말에 반대하거나 그것을 부정하고 싶지 않다고, 하지만 나는 개인적으로 예술적인 가치를 더 중요하게 여기며 가격을 계산하고 상업적 가치를 정하는 것보다 자연에 관심을 갖는 쪽이 더 좋다고 말일세. 결국 내가 그에게 그림 가격을 말하고 내 그림을 공짜로 주지 않은 것은 다른 모든 인간들처럼 나 역시 음식과 몸을 누일 곳과 기타 등등을 원하는 인간으로서의 욕구를 가지고 있기 때문이라고, 비교적 사소한 이 문제를 해결하는 것을 나의 의무로 여긴다고, 그가 원하지 않는데 억지로 내 작품을 강요하고 싶지 않으며, 그에게 드로잉을 새로 그려서 보내주거나 혹은 그가 주문을 취소하는 것까지도 받아들일 용의가 있다고도 말했네. 그러나 앞으로 어떤 일이 일어날지 나는 실제로 너무 잘 알고 있네. 나의 이런 행동이 배은망덕하고 무례하고 버릇없다고 들 하겠지. 이 일이 알려지면 나는 곧 이런 식으로 비난받게 될 걸세.

"암스테르담에 있는 네 숙부는 너에게 그렇게 잘 해주려 하고 더할 나위 없이 친절하게 대하면서 큰 도움을 주었는데…… 네 자만심과 고집 때문에…… 그에게 그렇게 배은망덕한 짓을 하다니 그건 네가 잘못한 거다. 기타 등등, 기타 등등."

이보게, 라파르트, 사실상 나는 이번 사건을 놓고 웃어야 할지 울어야 할지 모르겠네. 나는 이 일이 아주 특징적이라고 생각하네. 당연히, 그런 부유한 상인들은 품위 있고, 정직하고, 올바르고, 성실하고, 세심한 분들이겠지. 반면에 우리 같은 가난뱅이 악당들은 시골구석이나 길거리나 작업실에서, 때로는 아주 이른 아침에, 또 때로는 다들 잠든 한밤중에, 때로는 내리쬐는 태양 아래에서, 또 때로는 눈 속에서, 주저앉아 그림을 그리느라 섬세한 감정도, 실용적인 정신도 없고 무엇보다 '기품 있는 예의범절'도 모르는 놈들이네.

좋네, 그럼 그렇게 해줘야겠지!

나를 참을 수 없는
인간으로 바라보지
않았으면 좋겠다

1882년 7월 6일, 헤이그
테오에게

여러 가지 일들에 대해 쓰기 전에, 네 편지에서 파리의 밤을 묘사한 부분이 나를 무척 감동시켰다는 말을 하고 싶구나. 나 역시 '온통 회색빛을 띤 파리'를 보면서 검은 인물과 특유의 흰말이 만들어내는 매우 독특한 효과에 매혹되었던 때가 있는데, 네 편지를 읽으니 그 시절의 기억이 되살아나더라. 흔치 않은 회색의 미묘함에 최고의 가치를 부여해주는 효과였는데, 그 조화의 핵심은 어두운 분위기의 색조와 다양한 색감을 보이는 하얀색에 있었다.

그러다 병원에 있는 동안에 나는 우연히 '온통 회색빛을 띤 파리'를 뛰어난 필력으로 묘사한 한 예술가에게 깊은 감명을 받았다. 바로 에밀 졸라*의 『사랑의 한 페이지』를 읽었거든. 거기서 파리의 광경들이 아주 멋들어지게 그

151

려진 것을 볼 수 있었다. 네 편지의 간략한 구절과 상당히 비슷한 분위기란다. 그 작은 책을 읽고 나는 졸라가 쓴 책을 다 읽어야겠다고 마음먹었다. 아직은 졸라의 작품들 중 일부분만 알고 있을 뿐이지만 삽화도 그려보았단다. 내가 원한 것은 작고 늙은 농부를 묘사한 부분을 정확히 밀레의 드로잉처럼 그리는 것이었다.

동생아, 네 안에는 지독하게 예술적인 부분이 있다. 그것을 잘 길러라. 먼저 그것이 뿌리내리게 하고 그다음에 가지를 뻗게 하렴. 그것을 아무에게나 줘버리지 말고 너 자신을 위해 잘 간직해라. 그것에 대해 깊이 생각하고, 설사 이런 생각을 통해 그 강도가 저절로 더해져서 네 활동에서 다소 중요한 자리를 차지하게 되더라도 그것을 불행으로 여기지 마라. 어쩌면 내가 금단의 장소로 뛰어들고 있는지도 모르겠다. 그러니 오늘은 그 얘기를 그만하자.

한 가지 더, 너의 짧은 묘사 속에서 나는 만져질 듯하고 눈에 보이는 듯한 '색채'를 느꼈다. 비록 네가 너의 인

● 에밀 졸라(Émile Zola, 1840-1902). 프랑스 자연주의 문학을 대표하는 소설가, 극작가, 언론인. 당대의 사회상을 적나라하게 묘사해 정치적·사회적으로 논쟁을 불러일으키는 작품을 많이 남겼다.

상이 더 강건한 형태를 취하게 해서 모든 사람에게 보이고 만져지게끔 완성한 것은 아니지만 말이다. 창작의 진정한 고통과 고뇌는 네가 묘사를 중단한 지점에서 시작할 것이다. 하여튼 너는 지독하게 빼어난 창조적 지성을 갖고 있다. 물론 지금 당장은 네가 어디로도 더 나아갈 수 없을 게다. 네가 이런 부분과 관련해서 자신을 믿지 않기 때문이다. 그렇지 않았다면 분명 도랑을 건너뛰었을 테고, 그랬으면 너는 더한 모험을 했겠지. 하지만 이 정도로도 충분하다. 네 묘사에는 뭐라 말할 수 없이 좋은 것, 어떤 향기, 어떤 기억, 예를 들어 보닝턴의 수채화 같은 아련함이 느껴진다. 단지 그것이 아직은 옅은 안개에 싸여 있는 듯 어렴풋할 뿐이다. 언어로 그린 그림도 예술이라는 걸 알고 있니? 가느다랗게 올라오는 파란색이나 회색의 연기가 난로에 불을 피워놓았음을 가리키듯이, 어떨 때는 거기 숨어서 잠자고 있는 힘의 존재가 드러난단다.

내가 아팠을 때 아버지와 어머니가 해주신 일들은 정말 감사했다. 내가 곧바로 그 이야기를 네게 써 보낸 건 기억할 거다. 마찬가지로 테르스테이흐 씨의 방문도 고맙더라. 하지만 시엔sien과 관련된 일은 곧바로 부모님께 편지 쓰지 않고, 그저 내가 회복되었다는 사실만 간단히 알려드렸다.

지난여름과 지난겨울에 있었던 어떤 사건이 과거와 현재 사이에 철벽을 만들어놓았기 때문이다.

난 작년과 똑같은 방식으로 부모님의 조언이나 의견을 구할 마음이 없다. 이미 그때 인생에 대한 우리의 생각과 견해가 결정적으로 다르다는 사실을 확인했기 때문이다. 나의 가장 큰 소망은 평화를 유지하는 것이다. 부모님이 나를 늘 꿈만 꾸고 실행에 옮기지 못하는 녀석이라고 생각하면서 나와 대립하지 않았으면 좋겠다. 그리고 만일 두 분이 내가 매사를 너무 비현실적으로 바라보니까 당신들이 나를 '이끌어줄' 필요가 있다고 생각한다면 그건 오해라는 것을 확신시켜드리고 싶다.

생각해봐라, 테오야, 내가 부모님을 얕보거나 경멸하거나 앙심을 품어서, 혹은 자아도취에 빠져서 이런 말을 하는 게 아니다. 날 믿어다오. 그건 그저 부모님이 나를, 나의 장점은 물론이고 나의 단점도 전혀 이해하지 못한다는 사실을 네게 보여주기 위해서일 뿐이다. 두 분은 내 감정을 헤아리지 못한다. 그들과 논쟁하는 건 아무 소용없는 일이다. 이제 어떻게 해야 할까??? 네가 내 계획에 찬성했으면 좋겠구나. 일단 나는 다음달에 10길더나 15길더 정도 남겨놓을 수 있도록 살림을 잘 꾸려보려 한다. 그런 후에—그 이전은 아니다—두 분께 드릴 말씀이 있다는 편지를 쓸 거다. 그리고 아버지께 내가 교통비를 부담할 테니 한 번 더 이곳에 오셔서 며칠 동안 함께 지내자고 부탁드리는 거지. 그때 아버지께—아버지가 전혀 예상하지 못했을—시엔과 그녀의 아기를 소개하고 깨끗한 집과 내가 작업 중인 작품들로 가득한 작업실을 보여드리려 한다. 그때까지는 내가 많이 회복했으면 좋겠다.

말이나 편지보다는 이렇게 하는 편이 아버지에게 더 좋고 더 감동적이고 더 호의적인 인상을 줄 거라고 생각한다. 간단히 말해서 시엔과 내가 올겨울 그녀가 임신한 힘든 시기를 어떻게 견뎠는지, 그리고 비록 네가 시엔에 대한 이야기를 들은 것은 나중이지만 테오 네가 얼마나 충실하게 우리를 도왔는지 아버지께 말씀드리려 한다. 그녀는 나에게 아주 귀중한 존재라는 사실도 말씀드리고. 그건 무엇보다 상황이 우리 사이에 만들어놓은 사랑과 애착 때문이고, 두 번째는 그녀가 처음부터 선의와 지성과 상식을 총동원하여 내 작업을 돕기 위해 헌신했기 때문이다. 그러므로 우리는 내가 그녀를 아내로 맞아들이는 것을 아버지가 허락하시기를 진심으로 바란다는 말씀도 드려야겠지. 나는 '그녀를 맞아들인다'라고밖에는 표현할 수 없을 것 같다. 그녀를 내 아내로 만들어주는 것은 결혼식이 아니라 이미 존재하는 유대감, 우리가 서로 사랑하고 도우며 서로를 이해하는 감정이니까.

그리고 아버지가 내 결혼에 대해 무슨 말씀을 하실지 생각해보면, 분명 "그녀와 결혼해라."라고 하실 것 같다.

아버지가 내 앞에 놓인 새로운 미래를 생생하고 분명하게 느끼고, 이곳에서 당신의 예상과 상당히 다른 환경에 놓인 나를 보실 수 있었으면 좋겠다. 아버지에 대한 나의 감정을 재확인하고, 내 미래에 대해 큰 용기를 가지고, 나를 피후견인으로 만들거나 감시하에 두려 했던 일을 잊으시기 바란다. 어쩌냐, 테오야, 우리가 서로 잘 이해하도록 신속하고 실질적으로 일을 바로잡기 위해서는 방금 이야기한 것보다 더 빠르고 더 정직한 방법이나 수단을 나는 알지 못한다. 네 생각은 어떤지 들려다오.

말하기 어렵긴 하지만 내가 시엔에게 느끼는 감정이 어떤 것인지 네게 한 번 더 이야기하는 것이 불필요하다고 생각하지 않는다. 그녀와 함께 있으면 마치 그녀가 내 가정을 만들어주는 듯 집에 있다는 느낌, 우리의 삶이 하나로 짜여 있다는 느낌이 든다. 그것은 진심으로 느끼는 깊고 진지한 감정, 그녀와 나의 우울한 과거의 어두운 그림자가 없는 감정이다. 그 그림자에 대해서는 전에 네게 써 보낸 적이 있지. 마치 사악한 뭔가가 우리를 위협한 것처럼 우리는 평생 그것에 맞서 발버둥쳐야 했다. 하지만 이제는 그녀를 생각하면 크나큰 평온함과 광채와 유쾌함을 느끼며 내 앞에 곧은길이 놓여 있다고 느낀다.

알다시피 작년에 내가 케이에 대한 이야기를 편지에 많이 썼기 때문에 내 마음속에서 어떤 일이 진행되었는지 네가 알 거라고 생각한다. 그때 내가 내 감정을 많이 과장했다고 생각하지 마라. 나는 그녀에게 강렬하고 열정적인 사랑을 느꼈고 그건 시엔에 대한 사랑과는 상당히 달랐다. 하지만 내가 암스테르담에 갔을 때 케이는 내게 일종의 혐오감을 갖고 있으며 내 행동을 그녀를 강요하는 것으로 간주했으며 나를 보는 것조차 거절했다는 사실을, 그리고 '내가 그녀의 집에 들어서자마자 곧바로 그녀가 집을 나가버렸다'는 사실을 갑작스럽게 알게 되었다. 바로 그때, 처음으로 그녀를 향한 사랑이 치명타를 입었다. 이번 겨울 이곳 헤이그에서 현실에 눈을 떴을 때 나는 이 사실을 지각할 수 있었다.

그 당시에는 마음속으로 이루 표현할 수 없는 우울함을 느꼈다. 그건 아마 내가 뭐라 설명할 수 없을 것 같다. 나는 그때 "내게 자살은 항상 부정직한 인간의 행동으로 비쳤다."라는 밀레의 남자다운 말을 자주, 아주 자주 생각했던 걸로 기억한다.

내 안의 허무함, 말로 표현할 수 없는 비참함이 물에 뛰어들어 자살하는 사람들을 이해할 수 있겠다고 생각하게 만들었다. 그러나 나는 결코 이런 행동을 찬성할 수 없었다. 나는 아까 위에서 언급한 말에서 힘을 발견했고, 마음을 다잡고 일에서 치료제를 찾는 쪽이 훨씬 더 낫다고 생각했다. 너는 내가 이 생각을 어떻게 실행에 옮겼는지 알지. 아버지와 어머니가 그랬듯이 작년의 사랑을 환상으로 간주하는 것은 힘겨운, 아주 힘겨운, 그래, 정말이지 불가능한 일이다. 그러나 나는 "비록 미래에는 결코 그렇지 않겠지만 과거에는 그랬을 수도 있다."라고 말한다. 사랑은 환상이 아니었지만 우리의 관점이 달랐고 상황이 너무 바뀌어서 우리의 길이 합쳐지기는커녕 점점 더 멀리 갈라졌다.

이것이 그 문제에 대한 내 생각이다. 즉 과거에는 그런 일이 있을 수 있었지만 이제는 더 이상 가능하지 않다는 것이 나의 명확하고 진지한 생각이다. 케이가 나에게 혐오감을 느낀 것이 옳았을까? 내가 고집을 부린 것이 잘못이었을까? 분명히 말하지만 나는 잘 모르겠다. 나는 아무런 고통이나 슬픔 없이 그 일을 떠올리거나 쓸 수 없다. 단지 케이가 왜 그런 식으로 행동했는지, 우리 부모님과 그녀의 부모님이 왜 그토록 확고부동하고 위협적으로 그 사랑을 반대했는지 내가 이해할 수 있었으면 좋겠다. 그들이 반대하는 건 그들의 말을 통해서도 확실히 느껴졌지만 그보다는 따뜻한 관심과 공감을 전혀 보여주지 않음으로써 더 많이 표현되었다. 나는 이 마지막 말을 부드럽게 할 수가 없구나. 하지만 그게 내가 잊기를 원하는 그들의 감정이라고 생각해라.

이제 그것은 다 아물었는데도 여전히 예민한, 크고 깊은 상처와도 같다.

지난겨울에 내가 곧바로 새로운 '사랑'을 느낄 수 있었을까? 절대 그렇지 않다. 그러나 그런 인간적인 감정들이 내 안에서 꺼져버리거나 죽어버리지 않고 슬픔이 내 안에서 타인에 대한 공감의 욕구를 일깨운 것이 잘못일까??? 나는 그렇지 않다고 생각한다. 처음에 시엔은 그저 나만큼이나 외롭고 불행한 동료 인간일 뿐이었다. 하지만 그때는 내가 용기를 잃지 않았기에 그저 그녀에게 약간 실질적인 도움을 주고 싶었을 뿐이었는데, 이것이 내가 완강히 버틸 수 있게 도와주었다. 그리고 차츰 천천히 우리 사이가 달라졌다. 진정으로 서로가 필요해서 그녀와 나는 떨어질 수 없게 되었다. 우리의 삶이 점점 하나로 합해졌고, 그러자 그것은 사랑이 되었다.

시엔과 나 사이의 감정은 현실적이다. 그것은 꿈이 아니라 현실이다. 나는 내 생각과 에너지가 고정된 목표와 확실한 방향을 발견한 것이 커다란 축복이라고 생각한다. 내가 케이에게 느꼈던 것이 더 강한 열정일 수도 있고 그녀가 시엔보다 어떤 점에서 더 매력적일 수도 있다. 게다가 상황이 너무 심각했고 모든 것이 일을 하고 실용적인 되는 것에 달려 있었다. 그녀를 만난 처음부터 계속 그래왔다. 하지만 그렇다고 시엔에 대한 나의 사랑에 진실함이 부족한 것은 분명 아니다.

• • •

내가 설명하고 싶은 것은 이것이다. 시엔과 나 사이에 존재하는 것은 현실이다. 그것은 꿈이 아니라 실재다! 그 결과를 보렴. 이곳에 왔을 때 너는 좌절하거나 우울한 나를 보게 되지 않을 것이다. 넌 네 마음에 드는, 적어도 너를 기쁘게 하는 분위기 속으로 들어가게 될 것이다. 이곳은 이제 새로운 작업실, 한창 무르익은 신혼집이 되어 있거든. 신비주의나 비밀에 싸인 작업실이 아니라 실제 삶에 뿌리내린 작업실이다. 요람이 놓인 작업실, 아기 변기가 놓인 작업실, 거기서는 정체가 없고, 모든 것이 활동을 독려하고 재촉하고 자극한다.

• • •

우리가 뭔가를 그리려면 그것을 느껴야 한다는 것은 내게 불을 보듯 빤한 일이다. 만일 아이를 데리고 있는 어머니나 세탁부, 재봉사 등등 그것이 어떤 것이든 가정생활을 세밀하게 표현하고 싶다면 실제로 가정생활을 해야 한다. 지속적인 훈련을 통해 손은 점점 감정이 시키는 대로 따르는 법을 배워야 한다. 그 감정을 죽이려 하는 것, 즉 나 자신의 가정을 꾸리고 싶다는 강한 소망을 죽이려 하는 것은 자살과도 같다. 그래서 나는 종종 사람들의 간섭과 험담이 불러온 어두운 그림자들, 근심거리들, 어려움들에도 불구하고 '앞으로 가자'고 말한다. 테오야, 너의 적절한 충고대로 내가 그런 것을 멀리하고 있음에도 불구하고 그건 종종 내 마음을 슬프게 한다는 것만은 잘 알고 있어라. 그런데도 왜 내가 더 이상 그들에게 반박하지 않고 그냥 피하는지 아니? 나는 내 작업을 해야 하기 때문이다. 그 모든 험담과 우려가 나를 내 길에서 벗어나게 만들면 안 되기 때문이다. 그러니 내가 그들이 두렵거나 어떻게 대답해야 할지 몰라서 그것을 멀리하는 건 아니다. 더구나 내가 있을 때는 그들이 아무 말도 하지 않고, 심지어 결코 아무 말도 하지 않았던 척한다는 것을 자주 느꼈다.

너는 내가 속을 끓이지 않기 위해서, 내 작업 때문에, 그것을 멀리한다는 것을 알고 있으니까 내 태도를 이해하고 나를 겁쟁이로 여기지 않겠지. 그렇지?

내가 나 자신을 완벽하게 여긴다고 생각하거나, 많은 사람들이 나를 불쾌한 인간으로 여기는 데 내 잘못이 전혀 없다고 생각할 거라고 상상하지는 마라. 나는 종종 지독하게 우울하고, 짜증나고, 간절하게 공감을 갈구한다. 그러다 그것을 얻지 못할 때면 무심하게 행동하려 노력하면서 날카롭게 말하고, 심지어 불난 데 기름을 끼얹는 행동을 하곤 한다. 나는 사람들과 함께 있는 걸 좋아하지 않으며 종종 사람들과 섞여 이야기를 나누는 게 고통스럽고 힘겹게 여겨진다. 너는 그 원인이 뭔지 아니? 모든 원인은 아닐지라도 그 대부분의 원인이라 할 수 있는 것은 단순히 신경과민이다. 나는 육체적으로나 정신적으로 지독하게 예민해서, 내 건강이 많이 상했던 과거 비참했던 세월 동안 신경과민이 생겨났다. 아무 의사에게든 물어봐라. 그러면 추운 거리나 야외에서 지새운 밤들, 빵을 얻어야 한다는 불안감, 내가 직업이 없다는 데 대한 끊임없는 중압감, 친구들이나 가족들과 소원해진 관계, 이런 것들이 적어도 내 특이한 성질의 사분의 삼을 만들어냈으며, 그런 불유쾌한 기분이나 우울한 시간들이 그 탓임에 틀림없다고 즉시 이해할 것이다.

하지만 너를 포함해서 그것에 대해 깊이 생각하는 수고를 할 누구든 그것 때문에 나를 비난하지는 않기를 바라며, 나를 참을 수 없는 인간으로 바라보지도 않았으면 좋겠다. 나도 내 괴팍한 기질을 몰아내려 노력하지만 그렇다고 그게 바뀌지는 않는다. 그리고 설사 이것이 나의 나쁜 면일 수 있다 해도, 빌어먹을, 내겐 좋은 면도 있다. 그들은 내게 좋은 면도 있다고 생각해줄 수 없는 걸까?

나는 아무런 감정 없이
이 가구〔요람〕를 바라볼 수가 없다.
그것은 요람에 누운 아기와 함께
사랑하는 여자 옆에 앉아 있을 때
남자를 사로잡는 강렬하고 강력한 감정이다.
그녀가 누워 있고 그 옆에 내가 앉아 있는 장소가
병원이라 해도 거기에는 마구간에 아기가 누워 있었던
크리스마스 밤의 영원한 시가 담겨 있다.
네덜란드의 옛 화가들이나 밀레, 브르통이 이해했던 대로
어둠 속에 비치는 한 줄기 빛이고
어두운 밤하늘에 뜬 별이다.

1882년 7월, 헤이그

태오에게 보낸 편지에서

이제 그녀의 눈은
달라 보인다

1882년 7월, 헤이그
테오에게

네가 오늘 그녀를 봤다면 얼마나 좋았을까. 장담하건대 지난겨울 이후로 그녀의 외모가 상당히 많이 바뀌었는데, 정말 완벽한 변신이라 할 만하다. 그중 일부는 내 덕분이고, 그건 네 도움을 통해서라고 할 수 있다. 훨씬 더 많은 부분은 그녀를 치료했던 교수 덕분이고. 하지만 교수와 별 상관이 없는 부분은 우리 둘 사이의 강한 애착이 그녀에게 미친 영향이다. 여자는 사랑하고 사랑받을 때 변한다. 누구도 돌보지 않으면 여자는 사기를 잃고 매력도 사라져버린다. 사랑은 그녀 안에 있는 것을 끌어내며 그녀의 발전은 확실히 거기에 달려 있다. 자연은 나름의 자유로운 과정을 가지고 있으며 정상적인 방식으로 진행되어야 한다. 여자가 원하는 것은 한 남자와 함께 있는 것, 그와 영원히 함께

하는 것이다. 이것이 항상 가능하지는 않지만 다른 방식은 모두 자연에 위배된다. 이제 그녀는 지난겨울과 상당히 다른 표정을 짓고 있으며 그녀의 눈은 달라 보인다. 그녀의 시선은 차분하고 고요하며 얼굴에 행복의 표정, 평화와 고요의 표정이 어린다. 그녀는 여전히 고통에 시달리기 때문에 그런 모습이 더 감동을 준다.

결혼의
진정한 본질

1882년 7월, 헤이그
테오에게

결혼 문제와 관련해서 너는 그녀와 결혼하지 말라고, 시엔이 나를 속이고 있다고 말했지. 그때 나는 네게 동의할 수 없다고 대답했다.

하지만 너와 정면으로 대립하고 싶진 않았다. 네가 시엔을 더 잘 알게 된다면 점점 더 그녀를 좋아하게 될 거라고 믿었고 지금도 그렇게 믿고 있다. 그러면 그녀가 나를 속이고 있다거나 뭐 그런 생각을 당연히 더 이상 하지 않을 테니까. 그 후에 우리가 다시 결혼에 대해 이야기할 수 있을 거라고 생각했다. 내가 지난 편지에 그 문제를 터놓고 이야기하지 않았다는 사실도 너는 기억할 것이다.

그때는 그저 그녀와 나는 결혼을 약속했다고, 네가 그녀를 정부나 내가 결과에 신경 쓰지 않고 관계를 갖는 사람으로 여기기를 원치 않는다는 정도로만 말했었다.

　이제 다시 한 번 그 이야기를 하려 한다. 결혼 약속은 두 가지 측면을 갖는다. 첫 번째는 상황이 허락하면 바로 혼인신고를 하겠다는 약속이고, 두 번째는 그동안 서로 돕고, 서로 부양하고, 마치 이미 결혼한 것처럼 서로 소중히 여기고, 모든 것을 나누고, 전적으로 서로를 위해 살고, 어떤 일로도 갈라서지 않겠다는 약속이다. 지금 가족들에게 가장 중요한 문제는 아마 법적인 결혼일 게다. 실제로 그녀와 내게도 중요한 문제다. 하지만 그건 결혼의 진정한 본질에 비하면 부차적일 뿐이다. 그건 바로 우리 사이에 이미 존재하고 있으며 매일 자라나는 사랑과 신뢰다.

드로잉들을 빨리 팔기 위해
모든 노력을 다할 것이다

1882년 7월 일요일 아침, 헤이그

사랑하는 테오야,

네 편지와 동봉한 50프랑을 받았다. 둘 다 진심으로 고맙다. 그리고 네가 방문할 때의 세세한 일정을 알려주어서 무척 기쁘다. 네가 해야 할 일과 방문들로부터 자유로운 시간에는 우리가 함께 보내는 데 찬성하는 거지? 레이스베이크 방앗간에서 시간을 보냈던 나날로 돌아간 것 같은 마음으로 지내도록 둘 다 노력하자.

나는, 동생아, 비록 그 방앗간은 사라졌고 그 시간들과 나의 젊음도 다시 돌이킬 수 없게 흘러가버렸지만, 인생에는 좋은 점도 있어서 최선을 다해 인생을 진지하게 받아들이려 노력할 가치가 있다는 감정이 마음 깊숙한 곳에서 다시 솟아올랐단다. 어쩌면 이 감정이 지금보다 경험이 적었던 과거보다 더 굳건하게 뿌리내리고 있는지도 모른다. 아니, 확실히 그렇다. 이제 문제는 내 드로잉으로 그 시기의 시정詩情을 어떻게 표현할 것인가이다.

• • •

어떤 사람들이 갖고 있는 인류애에 대해서는 내가 이미 말한 적이 있었지. 예를 들어 졸라의 책에 나오는 프랑수아 부인 같은 사람 말이다. 내게 그렇게 모든 사람을 도우려는 자비로운 계획이나 목표는 없다. 그러나 (비록 자비라는 단어가 평판이 좋지 않다는 것을 아주 잘 알고 있음에도) 나는 항상 동료 인간들을 사랑하고자 하는 욕구를 느껴왔고 계속 느낄 것이라고 부끄러움 없이 말할 수 있다. 그것도, 이유는 알 수 없지만, 가급적 불행하고 버림받거나 고독한 존재를 사랑하고 싶은 욕구를 느낀다.

언젠가 나는 화상을 입은 가난하고 불쌍한 광부를 한 달 반에서 두 달 정도 간호한 적이 있다. 그해 겨울 내내 내 음식과 그 외 여러 가지를 그 불쌍한 노인에게 나누어 주었다. 그리고 지금은 시엔이 있다. 그러나 이제까지 나는 단 한 번도 이 모든 것이 어리석거나 잘못되었다고 생각한 적이 없다. 사람들이 대부분 서로에게 그토록 무심한 것을 내가 이해하지 못하는 것은 매우 자연스럽고 당연하다고 생각한다. 만일 내가 이렇게 하는 것이 잘못이라면, 너 역시 나를 그토록 충실하게 도왔으니 잘못을 저지른 셈이다. 하지만 다른 사람을 돕는 일이 잘못이라는 건 너무 부조리하잖아. 나는 항상 '네 이웃을 네 몸 같이 사랑하라'는 과장이 아니라 일반적인 상태라고 믿어왔다. 그렇게 되어야지. 나는 너의 친절을 악용하고 싶지 않기 때문에 내 드로잉들을 빨리 팔기 위해 모든 노력을 다할 것이다. 너도 알고 있겠지.

동생아, 그들은 네가 내게 돈을 그만 보내게 만들기 위해 너에게 온갖 암시를 줄 수 있다. 그 모든 암시들에도 너는 내가 좋은 화가가 될 거라고 믿고 있으니 나를 계속 돕겠다고, 그리고 나의 사생활과 사사로운 문제들은 내 자유로 남겨두었고 네가 나를 강요하거나 다른 사람이 내게 강요하는 것을 돕는 일은 없을 것이라고 조용히 대답하리라 확신한다. 그러면 그들도 곧 험담을 그만두겠지. 그들이 할 수 있는 유일한 일은 나를 낙오자 취급하면서 어떤 집단에서 배제하는 것이다. 그건 새로울 것도 없고 어떤 식으로도 나를 괴롭히지 못한다. 나는 더욱 더 예술에 집중할 것이다. 설사 돌이킬 수 없을 정도로 영원히 나를 저주하는 사람들이 있다 할지라도, 세상일이 으레 그렇듯 내 직업과 작품이 나에게 새로운 관계를 열어줄 것이고 그 관계는 오랜 편견으로 얼어붙고 무감각해지고 무익한 관계가 아니기에 훨씬 더 신선할 것이다.

그래, 동생아, 편지와 50프랑 고맙다. 그동안 내 드로잉이 말랐구나. 이제 다시 그걸 손봐야겠다. 지붕과 홈통의 선이 활을 떠난 화살처럼 멀리 뻗어나간다. 그 선들은 전혀 주저하지 않고 그렸단다.

잘 있어라, 악수를 보낸다.

진심을 담아, 빈센트

P.S. 졸라의 책을 가능한 한 많이 읽어라. 그의 책은 훌륭하고 매사를 명료하게 알려준다.

계속 작업하면서 결실을 거두고
매일 먹을 빵만 구할 수 있다면
나는 평생 가난하게 살아야 한다 해도
개의치 않을 것이네.

1882년 9-10월, 헤이그
반 라파르트에게 보낸 편지에서

나는 종종
로빈슨 크루소를
생각하네

1882년 9–10월, 헤이그
반 라파르트에게

밀레는 '예술에 자기 목숨을 걸어야 한다.'라고 말했네.
그렇다네, 예술은 그 사람의 온전한 희생을 요구하지. 나는
그 분투에 참여해왔고 내가 원하는 것을 잘 알고 있기에,
소위 '삽화적'이라고 불리는 것들에 대한 허튼소리가 나
를 잘못 이끌 수는 없네. 다른 예술가들과 나의 교류는 거
의 완전히 끊어져버렸네. 도대체 어떻게, 왜 그렇게 되었는
지 나는 정확히 설명할 길이 없네. 나에 대해 온갖 종류의
괴상하고 안 좋은 일들이 추측되고 이야기된다네. 그래서
가끔은 좀 쓸쓸함을 느끼지만, 다른 한편으로는 그로 인해
결코 변하지 않는 것들, 바로 자연의 영속하는 아름다움에
내 관심을 집중하게 되네. 나는 종종 로빈슨 크루소를 생
각하네. 그는 고립 속에서도 용기를 잃지 않았고, 직접 탐

색하고 힘들게 노동함으로써 그의 생활이 아주 활동적이고 생기 있게 유지될 수 있도록 자신을 위해 일련의 활동들을 만들어냈다네.

작은 삽화들을 제작한
화가들의 정열

1882년 9–10월, 헤이그
반 라파르트에게

나는 기분이 좀 언짢을 때면 그동안 수집한 목판화들 속에서 새로운 열정으로 작업에 달려들 자극제를 찾곤 하네. 이 친구들은 다들 생기를 불어넣는 에너지와 투지, 자유롭고 건강하고 유쾌한 정신을 보여주거든. 심지어 똥더미를 그린 그림에도 아주 고결하고 기품 있는 뭔가가 존재하네. 자네가 가바르니에 대한 책에서 그가 드로잉을 '하루에 여섯 점까지 그린 적도 있다'는 글을 읽을 때, 그리고 자네도 알고 있는 '사우스 홀랜드 카페South Holland Cafe의 탁자에서 발견하는' 이런 '작은 삽화들'을 제작한 화가들의 엄청난 생산성을 생각할 때, 그들 안에 분명 어마어마한 양의 정열과 불길이 존재한다고 생각할 수밖에 없지 않겠는가. 나는 이런 불길을 자기 안에 가지고서 계속 그것을 키

워나가는 쪽이 그것을 무시하며 바라보는 저 예술가들의 오만함을 가지는 쪽보다 훨씬 낫다고 생각하네.

그래서 '허용할 수 없는 선'에 대한 자네 친구의 추론, 아니 더 정확히는 비판적으로 비판하는(그걸 달리 어떻게 표현하면 좋겠나?) 자네 방문객의 추론이 대단히 별스럽고 특이하다고 생각하네. 기회가 닿는 대로 그에게 그의 지혜와 실력에 대한 나의 깊은 존경심을 전해주는 친절을 베풀어주겠는가? 비록 그 높으신 분을 알게 되는 특권과 기쁨을 직접 누리지는 못하겠지만, 나도 그런 종류의 남자들을 전혀 모르는 건 아니니 말일세…….

그냥 자네 친구에게 그 허용할 수 없는 선에 대해 이야기하면서 혹시 드 그루의 「식사기도」나 레오나르도 다 빈치의 「최후의 만찬」에 대해서도 반대하고 싶은지 물어보게. 그 작품들도 머리가 거의 직선을 이루는 구성이거든.

자네는 해리 퍼니스의 「한여름 밤의 꿈」을 아는가? 거기서는 사람들―노인, 거리의 부랑아, 술 취한 사람―이 공원의 밤나무 아래 벤치에서 밤을 보내는 모습을 보여주네. 도미에의 가장 아름다운 작품만큼 훌륭한 삽화네.

자네는 안데르센의 『동화집』이 눈부시게 장엄하다고 생각하지 않는가? 그는 확실히 뛰어난 삽화가이기도 하네!

내가 가끔 자네 작품을 볼 수 있으면 좋겠다고 말하는 건,
역으로 자네도 내 작품을 볼 수 있었으면 하고 바란다는 뜻이네.
나는 자네 의견에서 도움을 받을 수 있을 것이고,
자네도 각각의 드로잉들이 점점 하나의 전체를
형성하기 시작하는 것을 보게 될 것이며,
또한 우리가 여러 가지에 대해 이야기를 나누면서
그 작품들로 돈을 벌 방법을 찾으려
노력할 수 있다고 생각하기 때문일세.

1882년 9-10월, 헤이그
반 라파르트에게 보낸 편지에서

그렇게 그녀가
내게로 왔네

1883년 2월 초, 헤이그
반 라파르트에게

이제 자네 건강이 회복되었다는 편지를 받으니 지난여름 내가 건강을 회복하던 무렵이 생각나네. 그때부터 시작된 일이 하나 있는데 자네에게 그 이야기를 하고 싶네. 어쩌면 당시에도 자네에게 그 이야기를 편지에 썼을지도 모르지만, 확실하지가 않아서. 그해 여름 자네가 나를 찾아왔을 때 만났던 여자를 기억하는가? 내가 찾아낸 모델인데 임신한 걸 알게 되어서 더 열심히 그녀를 도와주려 한다고 말했었네.

내가 병에 걸린 건 바로 그 직후인데, 그때 그녀도 레이던의 병원에 입원했었네. 나는 내가 있던 병원에서 그녀로부터 자신이 큰 어려움에 처했다는 소식을 전하는 편지를 받았네. 그 전에도 겨울 동안 그녀가 아주 위중했던 적이 있었고 나는 내가 할 수 있는 일을 해주었다네. 그리고 이번에 나는 어떻게 할지 결정하느라 격렬한 내적 갈등을 겪었네. 내가 그녀를 도울 수 있을까? 그녀를 도와야 할까? 나 자신도 아팠고 미래는 너무 암울해 보였네. 그 모든 것에도 불구하고, 나는 의사의 만류를 뿌리치고 일어나서 그녀를 보러 갔네. 나는 7월 1일에 레이던의 병원으로 그녀를 찾아갔네. 그 전날 밤 그녀는 작은 사내아이를 출산했고 아기는 그녀의 침대 옆에 놓인 작은 요람에 누워 잠들어 있었네. 아이의 작은 들창코가 담요 밖으로 나와 있었지. 이 세상에서 무슨 일이 일어나고 있는지 모른 채로 말일세. 적어도 나처럼 가난하고 병든 화가는 그렇게 작은 아기가 아직 모르는 것을 조금 알고 있다네.

그래서 내가 어떻게 해야 했나? 그 순간 나는 어떻게 할 것인지 골똘히 생각해보았네. 불쌍한 산모는 아주 힘들게 아이를 출산했네. 살다 보면, 냉정을 유지하면서 '그게 나랑 무슨 상관이야?'라고 말하는 것이 죄악이 되는 순간이 있지 않은가?

어쨌든 나는 그 여자에게 말했네. "몸이 회복되거든 날 찾아와요. 당신을 위해 할 수 있는 일이 있다면 뭐든 하겠소." 아아, 나의 소중한 친구, 그 여자에게는 아이가 한 명

더 있었네. 병약하고 방치된 여자아이였지. 그건 내 능력을 넘어서는 약속이었네. 『그래픽』지 한 부를 구입하는 것과는 비교도 할 수 없을 정도로 훨씬 더 심각하게 말일세. 그러나 내가 어떻게 했어야 하겠나? 결국 인간은 몸 안에 마음을 가지고 있네. 때로 우리가 기회를 붙잡지 않는다면 우리는 살아 있을 자격이 없을 것이네. 그렇게 그녀가 내게로 왔네. 나는 당시 아직 제대로 완성되지 않아서 비교적 싸게 빌릴 수 있었던 집으로 이사했고, 지금도 거기 살고 있네. 옛날 작업실에서 두 집 건너 아래쪽에 있는 138번지네. 자, 이렇게 해서 우리는 여기 함께 있고, 유일하게 달라진 점이라고는 병원 요람에 있던 아기가 요즘은 더 이상 초반에 그랬던 만큼 잠을 많이 자지 않는다는 점뿐이네.

아기는 이제 7-8개월 되어서 아주 활기차고 힘이 넘치는 매력적인 아이가 되었네. 그들이 이사해 들어올 때 나는 중고가게에서 녀석의 요람을 사서 어깨에 메고 집으로 옮겨왔네. 그 암울했던 겨울 내내 이 어린 녀석이 이 집의 한 줄기 빛과도 같았네. 아이 엄마는 튼튼한 체질이 아닌 데다 집을 깨끗하게 유지하기 위해 힘들게 일해야 했지만, 그럼에도 그녀는 더 강해졌네. 그러니 보다시피, 나는 예술을 더 깊이 파고들려고 노력하는 동시에 삶 자체에 대해서도 똑같이 그렇게 했네. 그 둘은 함께 가는 것이니까.

예전 친구들이 더 이상 나를 만나고 싶어 하지 않는 불편함은 내가 감당해야 할 몫이었네. 그리 놀라운 일은 아니었지. 하지만 다행스럽게도 내 최고의 친구인 내 동생은 그렇지 않았네. 동생과 나는 형제라기보다 친구에 더 가까운 관계고, 그는 그런 것들을 이해할 수 있는 남자네. 뿐만 아니라 그 자신도 불행한 사람들을 도왔고 지금도 많이 돕고 있다네. 이번 일 때문에 나는 친구 몇 명을 잃었지만 대신 내 집에 더 많은 빛과 그림자를 갖게 되었네. 물론 가끔 내 근심이 너무 커질 때면 마치 허리케인이 몰아치는 바다에 떠 있는 배를 타고 있는 것처럼 느껴진다네. 하지만, 친구, 바다에는 위험이 도사리고 있어서 바닷물에 빠져 죽을 수도 있다는 걸 잘 알고 있음에도 나는 여전히 바다를 사랑하네. 그리고 미래에 닥칠 수도 있는 온갖 위험들에도 불구하고 나는 평온함을 느끼네.

질투심의 결과

1883년 2월 초, 헤이그
(앞 편지와 같은 편지)

처음 이 도시에 왔을 때 나는 사람들과 사귀고 친구를 만들기 위해 가능한 한 모든 작업실을 찾아다녔네. 하지만 이제는 화가들이 친한 척하면서도 실수를 유도하는 경향이 너무 많다는 점에서 거기에 심각한 문제가 있다는 생각이 들어서 이런 부분과 관련해서 내 열의가 아주 많이 식었네. 그건 치명적인 일이라네. 이 사회에는 이미 충분히 많은 반목이 존재하기 때문에 우리는 서로 돕고 신뢰해야 하네. 만일 우리가 서로의 이익을 해치지 않는다면 우리는 전반적으로 형편이 더 좋아질 것이네. 많은 사람이 조직적으로 다른 사람들에 대해 나쁘게 말하게 만드는 것은 질투심이네. 그런데 그 결과가 어떤가? 서로 결속해서 힘을 얻어야 할 화가들이 힘을 모아 하나의 집단을 형성하지 못하다 보니 다들 남과 어울리지 못하고 혼자 작업하고 있네. 게다가 현재 최고의 위치에 있는 이들은 그들의 질투심 때문에 주변에 일종의 사막을 형성한다네. 나는 이것이 그들 자신을 위해서도 무척 불행한 일이라고 생각하네.

그림에서 치열한 경쟁은 어떤 의미에서 좋은 일이고 어떻게든 정당화될 수 있겠지만, 화가들이 서로 개인적인 적이 되어서 그림이 아닌 다른 무기를 가지고 싸워서는 안 될 것이네.

인생은 정말 수수께끼다.
그리고 사랑은 그 수수께끼 속의 또 다른 수수께끼 같다.
그것은 분명 말 그대로 똑같이 유지되는 법이 결코 없지만,
그 변화들은 밀려왔다 밀려가는 밀물과 썰물 같아서
바다는 변함없이 그대로다.

1883년 2월 8일, 헤이그
테오에게 보낸 편지에서

서른이라는
나이

1883년 2월 8일, 헤이그
테오에게

나에게 무슨 생각이 떠올랐는지 아니? 화가 생활 초창기에는 사람들이 무의식적으로 자신을 아주 힘들게 만든단다. 그 일에 완전히 숙달할 수 없다는 느낌 때문에, 자신이 언젠가 그 일에 숙달되기는 할지 불확실해서, 발전하고 싶다는 큰 욕망 때문에, 자신감이 부족해서, 사람들은 불안감을 몰아내지 못하고, 서두르는 걸 싫어하면서도 자신을 재촉한다.

이건 어쩔 수가 없다. 반드시 그 시기에 거쳐야 하는 일이니까. 내 생각에 그건 바뀔 수도 없고 바뀌어서도 안 된다.

습작을 할 때도 자신이 추구하는 차분하고 전체적인 붓놀림과는 정반대되는 초조함과 건조함을 자각하게 되고, 전체적인 붓놀림을 해보려고 아무리 열심히 노력해도 잘

되지 않는다.

이것이 초조한 불안감과 동요의 감정을 불러일으켜서 여름날 폭풍우가 몰아치기 직전에 그런 것처럼 긴장감을 느끼게 된다. 바로 지금 나는 또 그런 감정을 느꼈는데, 그럴 때는 그저 새로운 뭔가를 시작하기 위해 작품을 바꾼단다.

초반에 겪게 되는 이런 고충은 때로 습작들을 어색하게 만든다.

그러나 나는 이런 것으로 낙담하지 않는다. 그게 나중에는 점점 사라진다는 것을 다른 사람들만이 아니라 나 자신을 보면서도 깨닫기 때문이란다.

어떨 때는 이렇게 고통스러운 작업 방식을 평생 유지할 수도 있지만 결과가 항상 그렇게 초창기처럼 보잘것없지는 않을 것이라고 믿는다. 네가 레르미트*에 대해 편지에 쓴 말은 흑백 전시회the exhibition of Black and White의 리뷰와 상당히 일치한다. 그들도 그 대담한 붓놀림에 대해 언급했는데 거의 렘브란트에 견줄 만하다고 했더구나. 그런 화가는 유다를 어떻게 구상했을지 궁금하다. 너는 율법학자들 앞의

● 레옹 오귀스탱 레르미트(Léon Augustin Lhermitte, 1844-1925). 프랑스 사실주의 화가, 판화가. 시골 풍경과 농부들이 일하는 모습을 주로 다루어 '제2의 밀레'라 불리기도 했다.

유다를 묘사한 그의 드로잉에 대해 썼다. 빅토르 위고라면 그것을 마치 눈으로 보는 듯이 자세히 묘사할 수 있을 거라고 생각한다. 하지만 그런 표현들을 그림으로 그리는 것은 훨씬 더 어렵겠지.

나는 도미에의 「비극을 보는 사람들」과 「보드빌을 보는 사람들」이 실린 페이지를 발견했다. 점점 도미에의 작품을 더 많이 보고 싶어지는구나. 그에게는 핵심과 차분한 깊이가 있고, 재치 있으면서도 감상적인 열정으로 가득하다. 예를 들어 「주정뱅이들」에서—그리고 내가 본 적은 없지만 어쩌면 「바리케이드」에서도—철의 백열에 비견할 만한 열정을 발견한다.

프란스 할스의 두상들도 같은 특성을 갖는다. 그것은 너무 냉철해서 차가워 보이지만 잠시 그것을 들여다보다보면 한눈에도 지극히 풍부한 감정을 담아 작업하고 너무나 완벽하게 현실적으로 담아내었던 한 남자가 동시에 침착함을 유지하면서 그토록 확고한 손으로 그것을 그려낸 것을 보고 놀라게 된다. 나는 들라크루아*의 습작과 드로잉

---

* 외젠 들라크루아(Eugène Delacroix, 1798-1863). 프랑스 낭만주의를 대표하는 화가. 과거 사건이나 문학에서 영감을 얻고 이국적인 정경을 즐겨 다뤘다. 강렬한 원색과 과감한 붓터치를 사용해 인상파, 후기인상파 화가들에게 큰 영향을 미쳤다.

에서도 같은 것을 발견했다. 아마 레르미트도 똑같이 백열로 타올랐을 것이고, 멘첼도 마찬가지다.

발자크나 졸라의 작품들, 특히 『고리오 영감』에서는 언어가 감정의 백열을 포착하는 대목들을 간간이 볼 수 있다.

가끔 나는 실험을 해보자는 생각을 한다. 상당히 다른 방식으로 작업을 시도하면서 더 대담하고 더 과감하게 모험해보는 것이다. 하지만 그 전에 먼저 모델을 보고 바로 인물화를 그리는 연습을 해야 할지는 잘 모르겠다.

또 나는 작업실에 빛을 차단하거나 원하는 만큼만 빛을 들일 방법을 찾고 있다. 작업실 위쪽에서는 빛이 충분히 내려오지 않는다고 생각하는데 어쨌든 빛이 너무 많이 들어온다. 지금은 가끔 판지로 빛을 막고 있지만 건물주에게 덧문을 설치해달라고 얘기해봐야 할 것 같다.

내가 찢어버렸다고 얘기했던 편지에 적힌 내용은 네가 보낸 편지 내용과 상당히 일치했다.

자신이 완벽하지 않고 실수를 하며 다른 사람들도 그렇다고, 그래서 상상했던 것과는 정반대로 계속 어려운 일이 생겨난다고 점점 깨닫게 됨에도 불구하고 용기를 잃지 않고 점점 무심해지지 않는 사람들은 그것을 통해 여문다고 생각한다. 잘 여물기 위해서는 고난을 견뎌야 한다.

때로 나는 내가 서른 살밖에 되지 않았다는 것을 믿을 수가 없고, 훨씬 더 나이 들었다고 느낀다.

내가 더 나이 들었다고 느끼는 것은 나를 아는 대부분의 사람들이 나를 실패자로 여긴다는 생각이 들 때, 그리고 어떤 것들이 더 좋아지지 않는다면 정말로 그럴 수도 있다는 생각이 들 때뿐이다. 그리고 내가 그럴 수도 있다고 생각할 때면 그 느낌이 너무 강렬해서 굉장히 우울해지고 마치 정말 그런 것처럼 낙담하게 된다. 하지만 더 차분하고 더 정상적인 기분일 때면 삼십 년을 살아오면서 미래를 위해 아무것도 배우지 못한 건 아니라서 다행스럽고, 만일 내가 그렇게 오래 살 수 있다면 앞으로 다가올 삼십 년을 위한 힘과 에너지를 느낀다.

나는 상상 속에서 내 앞에 진지한 작업을 하며 보낼 세월들, 이전의 삼십 년보다 더 행복한 시간들이 놓여 있는 것을 본다.

그것이 실제로 어떨지는 단지 나에게만 달려 있는 것이 아니라 세상과 상황 역시 거기에 힘을 보태야 한다.

내 관심을 끄는 것, 그리고 내게 책임이 있는 것은 발전하기 위해 환경을 최대한 활용하고 최선을 다해 노력하는 것이다.

일하는 사람에게 서른이라는 나이는 막 안정기에 접어드는 시기고, 그런 점에서 자신이 젊고 에너지가 넘친다고 느끼는 시기다.

하지만 동시에 그것은 인생의 한 장章이 끝나는 시기다. 그것은 어떤 것들이 결코 다시는 돌아오지 않을 것이라는 생각으로 사람을 우울하게 만든다. 후회를 느끼는 것은 어리석은 감상주의가 아니다. 글쎄, 많은 일들이 실제로 서른 나이에 시작하니 아직 모든 것이 끝나지 않은 것은 확실하다. 그러나 인생이 줄 수 없다고 이미 깨달아버린 것들은 살면서 얻기를 기대하지 않는다. 인생은 일종의 씨를 부리는 시간일 뿐이며 수확은 이곳에 있지 않음을 점점 더 분명하게 이해하기 시작한다.

어쩌면 사람들이 세상의 의견에 무신경해지고 그 의견이 정말 너무 강하게 우리를 압박하면 그것을 떨쳐버릴 수 있게 되는 까닭이 여기에 있는지도 모른다.

• • •

'만일 당신이 어떤 일이 잘되기를 바란다면 직접 그 일을 처리해야지 다른 사람에게 맡기면 안 된다.'라는 영국 속담은 맞는 말이다. 그것은 전반적인 보살핌과 전체적인 관리를 자기 손으로 계속해야 한다는 뜻이다.

집에 생긴 변화로 인해
더 많이 일하게 되었네

1883년 2월, 헤이그

내 친구 라파르트에게,

오늘 아침에 자네 편지를 받았는데, 정말 고맙네. 내가 말한 모든 것을 자네가 그토록 좋게 받아들인 것을 알고 기뻤네. 나중에 자네에게 상황을 더 자세히 설명하기 위해 구체적인 일을 이야기할 기회가 생겼을 때도, 내가 선의를 갖고 정직하게 행동했다는 자네 생각이 바뀌지 않기를 바라네. 처음 만났을 때 그녀는 한쪽 발을 거의 무덤에 들여놓다시피 한 상태였네. 그녀의 마음과 신경체계도 혼란스러웠고 불안정했지. 그녀가 살아남을 수 있는 유일한 방법은 레이던의 의사가 내린 처방대로 평범한 가정생활을 하는 것이었네. 심지어 그렇게 해도 그녀가 완전히 정상으로 돌아오려면 몇 년이 걸릴 것이네.

그녀의 과거 삶에 대해 말하자면, 자네도 나처럼 '타락한 여자들'을 비난하지 않으리라 믿네. 프랑크 홀Frank Hol은 내가 알고 있는 한 아직 한 번도 복제된 적이 없는 드로잉에서 그 문제를 표현한 적이 있는데, 그 드로잉에 「그녀의 의지가 아니라 그녀의 가난이 동의할 것이다」라는 제목을 붙였네. 친구, 지금 이 순간 이 도시에서 (우리 집에 있는 여자를 포함해서) 최소한 네 명의 여자가 타락하거나 속아 넘어가거나 버림받아서 사생아를 낳았네. 그들의 운명이 너무 암울해서 생각하기도 힘들 지경이네. 특히 그중 세 명은 지금의 비참한 상황에서 벗어날 기회조차 갖기 어렵네. 물론 이론상으로는 그들에게도 그런 기회가 있겠지만 내가 볼 때 현실적으로는 불가능하네. 그리고 나는 문제의 그녀와 내 관계를 일시적인 것으로 여기지 않는다는 말도 덧붙여야겠다고 느끼네.

과거에 내게 큰 실망감을 준 어떤 사건은 내가 말하고 싶지 않은 것이어서 적어도 지금은 이야기하지 않을 생각이네. 하지만 이것만은 자네에게 이야기해도 좋겠지. 어떤 남자가 고통스러운 사랑의 상처를 통해 실망을 경험했다고 가정해보세. 실망감이 너무 커서 그는 고요히 자포자기하고 외로이 지냈네. 그런 상황이 가능하네. 강철이나 쇠의 백열 같은 어떤 것이 존재하기 때문이네. 그는 회복할 수 없을 정도로 극심한 좌절감을 느꼈고, 마음속에 치명적인 상처, 치유 불가능한 상처를 품고 있었고, 그럼에도 냉정을 잃지 않은 얼굴로 일상적인 활동을 계속했네⋯⋯. 이런 상황에 처한 남자가 지독하게 불행한 사람, 아아 어쩌면 다시 일어설 수 없을 정도로 불행한 누군가를 만났을 때, 자기도 모르게 그 사람에게 의도하지 않았던 특별한 연민을 느끼게 된 것을 자넨 납득하기 힘들겠는가? 그럼에도 불구하고 그 연민 혹은 사랑 혹은 결속감이 계속 강하게 유지되는 것도? 사랑은 죽어버려도 연민은 여전히 생생하게 살아 있는 것이 불가능할까?

• • •

우리 집에 생긴 변화로 인해 내가 일을 덜하게 되기는커녕 더 많이 일하게 되었네. 심지어 나는 일종의 분노를 품고 작업했네. 물론 그건, 이렇게 표현해도 좋다면, 조용한 분노였네. 또 나는 한동안 소홀했던 독서도 다시 시작했네.

나는 자네가 아기를 보면 즐거워할 거라고 생각하네. 임신한 여자를 버리는 치들은 자기가 무슨 짓을 했는지 모른다네. 아기들은 저 위쪽에서 집으로 빛을 끌어오는 존재거든. 천상에서 내려오는 빛이지. 그 엄마에 대해서라면, 가바르니가 한 말 기억하는가? "참을 수 없고 멍청하고 심술궂은 존재가 하나 있는데 그건 바로 젊은 처녀. 그런데 그 처녀가 엄마가 되면 숭고하고 헌신적인 존재가 된다." 나는 이 말이 젊은 여성들이나 소녀들을 비하하기 위한 것이라고 생각하지 않네. 당연히 아니지. 그보다는, 어떤 여성이 어머니가 되기 전에 갖고 있던 허황된 성품이 나중에 자기 자식들을 위해 열심히 일하면서 숭고한 성품으로 대체된다는 사실을 보여주려는 의도를 가졌다고 생각하네.

『그래픽』지에서 파테르손Paterson의 작은 인물화 하나를 보았네. 위고의 『93년』을 위한 삽화인데 '돌로로사Dolorosa'라고 불리네. 그 인물은 내가 여자를 처음 발견할 당시의 모습과 닮아서 인상적이었다네. 같은 책에 자부심이 강하고 무정한 남자가 위험에 처한 두 아이를 보고 갑자기 부드러워지는 장면이 나오네. 그는 타고나기를 이기적인 사람이었음에도 불구하고 자신의 위험조차 아랑곳하지 않고 아이들을 구하지. 사람들이 책에서 자신과 정확히 똑같은 인물을 발견하는 일은 결코 없네. 하지만 가끔은 책에서 일반적인 사실을 발견하는데 그게 막연하고 뭐라 규정하기 힘든 방식으로 자신의 마음속에도 존재하는 것을 깨닫는 일은 있네.

나는 디킨스의 『귀신 들린 남자』를 읽으면서 정말 그렇다는 사실을 깨달았네. 자네 그 책을 아는가? 『93년』에서도 『귀신 들린 남자』에서도 내가 나 자신을 발견한 건 아니네. 모든 것이 다르고, 심지어 어떨 때는 정반대되기도 하더군. 하지만 그런 책을 읽을 때면 과거에 내 마음속에서 진행되었던 많은 것이 되살아난다네.

영원한 환멸은
없다

1883년 2월, 헤이그
테오에게

솔직한 사랑이 '잃어버린 환상'이 될 수 있는지 하는 문제에 대해, 나는 그런 일이 이따금씩 일어난다는 건 의심하지 않는다. 하지만 만일 그것이 너의 경우에 일어난다면 무척 놀라울 것이고, 그런 일이 내게 일어날 것이라고 믿지 않는다.

정말 기묘하지만, 미슐레는 사랑이 처음에는 거미줄처럼 유약하지만 점점 자라서 밧줄만큼 강해진다고 말한다. 그러나 그건 충실함이라는 조건을 충족시킬 때만 그렇겠지.

최근에 나는 그 여자와 작년에 자주 걸었던 불모지와 거리들, 골목들을 자주 걸어 다녔다. 날씨는 눅눅했고, 그곳에서는 모든 것이 아름다웠다. 집에 돌아와서 나는 그 여자에게 "아직 작년과 똑같소."라고 말했었지. 네게 이 이야기를 하는 것은 네가 환멸에 대해 말했기 때문이다. 아니, 아니다. 사랑도 자연처럼 시들고 싹트는 일이 있겠지만 어떤 것도 완전히 다 죽어버리지는 않는다. 밀물과 썰물이 있는 건 사실이지만 바다는 여전히 바다로 남는 것과 같다. 그리고 여성을 향한 것이든 예술을 향한 것이든 사랑에는 고갈과 무기력의 순간이 있기 마련이지만 영원한 환멸은 없다.

나는 우정만큼이나 사랑도 단순한 감정에 그치지 않고 적극적인 행동이라고 생각한다. 그렇기에 사랑은 행동과 노력을 요구한다. 고갈과 무기력은 그 결과일 뿐이다.

가끔 힘든 시간이 없는 것은 아니지만, 진실하고 참된 사랑은 축복이라고 생각한다.

속마음을 털어놓을
사람이 단 한 명도 없다

1883년 2월, 헤이그
(앞 편지와 같은 편지)

너와 이야기를 나누고 싶은 마음이 얼마나 간절한지 모른다. 내가 작품에 실망했거나 무기력해졌거나 기가 죽어서가 아니다. 그저 정체 상태에 놓여 있을 뿐이다. 그건 아마도 나에게 공감하고 내 문제에 대해 이야기를 나눌 수 있는 누군가와의 교류가 필요하기 때문일 것이다. 하지만 지금 이곳에는 속마음을 털어놓을 수 있는 사람이 단 한 명도 없다. 믿을 수 있는 사람이 하나도 없다는 의미는 아니다. 그건 전혀 아니지만 불행하게도 나는 그들과 연락이 닿지 않는다. 가끔 몇 년 전에 헤이그에 처음 와서 구필 화랑에서 일했던 삼 년의 시간이 떠오른다. 첫 두 해는 좀 불편했지만 마지막 해는 한층 행복했다. 그러니 지금도 똑같은 일이 생기지 않을지 누가 알겠니?

나는 '바닥을 치고 나면 반드시 올라가게 되어있다.'라는 속담을 좋아한다. 그래서 때로는 "이제 우리가 바닥까지 내려온 것 아닐까?" 하고 자문하게 된다. '올라가는' 일이 내게 달갑지 않은 일은 결코 아니기 때문이다. 글쎄, 곧 알게 되겠지.

우정은 일차적으로 행동하는 것이지
그저 느끼기만 하는 것이 아니네.

1883년 2월 말-3월 초, 헤이그
반 라파르트에게 보낸 편지에서

꽃보다 가시 쪽에
더 가까운 예술

1883년 3월, 헤이그
반 라파르트에게

자네는 드 복에 대해 물었지만 나는 그를 보러가지 않은지 오래되었네. 사실 내가 아프기 전부터 그랬네. 그를 만나러 가거나 거리에서 마주치면 그는 매번 "아, 내가 조만간 자네를 만나러 가겠네."라고 말한다는 것을 깨달았거든. 계속 그런 식이어서 결국 그 말이 '내가 자네를 보러 갈 때까지 나를 보러 오지 말게. 하지만 그런 일은 결코 일어나지 않을 거야.'라는 뜻이라고 결론을 내릴 수밖에 없었네. 어쨌든 다시는 그를 찾아가지 않았네. 그를 방해하고 싶은 마음은 전혀 없으니까. 요즘 드 복이 큰 그림을 그리고 있다는 건 알고 있네. 지난겨울에 약간 더 작은 그림들을 봤는데 아주 아름답다고 생각했네. 최근에는 드 복과 두 번 마주쳤네. 그의 작업실에서는 아니고 거리에서였는

데, 털외투를 입고 키드 가죽장갑을 끼고 있더군. 한마디로 아주 잘나가는 남자 같았네. 그는 흔히 사람들이 잘나간다고 말하는 작업을 하고 있다고 들었네.

그의 작품이 아주 멋지다고 생각한 적은 종종 있네만 그렇다고 우선적으로 라위스달을 떠올리게 되진 않네. 이것이 자네가 오래 계속해서 충분히 숙고한 인상일 거라고 생각하지 않네.

사실 나는 다시 그의 작업실을 찾아가고 싶은 마음이 굴뚝같네. 그의 작품이 정말로 내가 원하는 만큼 아름다운지 확인하고 싶기 때문일세. 지금으로서는 그에 대해 때로 의혹을 품게 되는 걸 어쩔 수가 없거든. 작년에 내가 받은 인상은 정말이지 그리 호의적이지 않았네. 그는 계속해서 밀레에 대해 말했다네. 아주 훌륭하네! 밀레의 위대함과 폭넓음에 대해서도 말하더군. 언젠가 스헤베닝언 숲에서 그 문제를 놓고 그와 이야기를 나눈 적이 있네. 그때 내가 이렇게 말했다네.

"하지만 드 복, 밀레가 이 순간 이곳에 있다면 그가 저 구름과 풀과 스물일곱 그루의 나무줄기들을 보면서 저기 봄버진 직물로 만든 옷을 입고 나무 그루터기에 앉아 있는 저 작은 사람을 그냥 지나쳤을까? 옆에 삽을 내려놓고 부실한 점심을 먹고 있는 저 남자를? 오히려 그 작은 부분, 저 조그만 친구가 앉아 있는 그곳이 그가 관심을 집중했을 바로 그 지점이었을 거라고 생각하지 않는가? 내가 자네보다 밀레를 좋아하는 마음이 부족할 거라고 생각하지 않네. 자네가 그토록 밀레를 존경한다니 얼마나 기쁜지 모른다네. 그런데 미안하지만, 밀레는 자네가 항상 내게 가리켜 보이는 것들을 바라볼 거라고 생각하지 않네. 밀레는 일차적으로, 그리고 어느 누구보다 더 인간의 화가네. 물론 그가 풍경을 그렸다는 것은 의문의 여지가 없으며, 그 그림들은 아름답네. 그보다 더 확실한 건 없네. 하지만 지금 자네가 내게 가리켜 보이는 저런 것들을 밀레의 작품에서 주로 본다고 말하다니, 자네가 어떻게 진심으로 그런 말을 할 수 있는지 이해할 수가 없네."

간단히 말해서, 라파르트, 나는 우리의 친구 드 복에게서 밀레나 라위스달보다는 빌더르스를 더 많이 발견하네. 하지만 내가 잘못 봤을 수도 있으니 나중에 그의 작품을 더 자세히 살펴보세. 그 무엇도 나를 더 즐겁게 하진 못할 걸세.

물론 나는 분명 빌더르스도 좋아하네. 그리고 드 복의 그림 중에 내게 즐거움을 주지 않은 건 하나도 없네. 그의 그림에는 항상 신선하고 기분 좋은 뭔가가 있네. 그러나 내가 나 자신의 가슴속에서 더 많이 발견하는 종류의 예술은 따로 존재하네. 아마 꽃보다 가시 쪽에 더 가까운 예술이라 할 수 있겠지.

라위스달도 변화를 거쳤다는 건 알고 있네. 아마 그의 가장 아름다운 작품들은 폭포나 거대한 숲의 정경이 아니라 루브르 박물관에 있는 「방파제」와 「덤불숲」, 그리고 판 데르 호프 컬렉션의 「두르스테더의 풍차」, 마우리츠하위스 미술관에 있는 「오베르베인의 세탁소」 그리고 그가 말년에 아마도 렘브란트와 델프트의 페르메이르의 영향을 받아 관심을 쏟았던 더 일상적인 정경을 다룬 그림들이네. 나는 드 복에게도 비슷한 일이 일어나기를 바라네. 하지만 과연 그렇게 될까? 만약 그가 작은 꽃들보다 가시에 더 마음을 쓰지 않는다면 그에게 유감스러운 일이라고 생각하네. 그뿐일세.

• • •

이번 주에 새로 나온 디킨스의 6페니짜리 문고판 『크리스마스 캐롤』과 『귀신 들린 남자』를 구입했네. 그 안에 있는 일곱 장 남짓의 삽화 중에는 바너드가 그린 「중고품가게」 삽화도 있다네. 나는 디킨스가 쓴 모든 것에 감탄하지만, 특히 '어린이용 이야기'로 꼽히는 이 두 작품은 어렸을 때부터 거의 해마다 다시 읽고 있는데도 매번 새롭게 다가오네. 바너드는 디킨스를 잘 이해했더군. 지난번에는 바너드가 그린 흑백 드로잉 몇 장의 사진을 다시 보았네. 갬프 부인, 리틀 도릿, 사이크스, 시드니 칼튼 등등 디킨스의 책에 나오는 인물들인데 아주 개성이 뚜렷하고 가장 중요해서 카툰으로 다루어졌다네.

내 생각에 디킨스만큼 화가이자 흑백 미술가의 성격이 강한 작가는 없는 것 같네. 그의 인물들은 실존인물의 환생 그 자체라네. 한 유아용 인쇄물에서 나는 바너드의 작품을 모사한 스웨인의 작은 목판화를 발견했네. 흑인 경찰관이 흰옷을 입은 여자를 질질 끌고 가는데 여자는 몸을 뒤로 빼며 버둥거리고 거리의 부랑아들이 떼를 지어 그들을 뒤따라가고 있네. 이보다 더 간명한 방법으로 가난한 이웃들의 진면목을 **그토록** 실감하게 표현하는 건 불가능할 것 같네.

내가 수채화나 유채화를 그리고 있었을 때는
비용 문제로 이따금씩 작업을 중단해야 했네.
그러나 크레용이나 연필로 작업하면 모델과 종이 값만 든다네.
자네에게 장담하는데 나는 내가 가진 얼마 안 되는 돈을
모델에게 쓰는 쪽이 그림 재료에 쓰는 쪽보다 더 좋네.
한 번도 모델들에게 주는 돈을 아까워한 적은 없다네.

1883년 3월, 헤이그
반 라파르트에게 보낸 편지에서

화가들 사이의 협력이
새로워지고 강화되기를

1883년 3-4월, 헤이그
반 라파르트에게

나는 많은 화가들이 돈이 조금만 더 있으면 모델을 더 많이 쓸 거라고 생각하네. 그렇다면 만일 우리가 각자 돈을 아껴서 10펜스씩 모아 모델비로 쓴다면……! 만일 미술가들이 힘을 모은다면, 그리고 예전에 『그래픽』지에서 그랬던 것처럼 매일 모델들을 만날 수 있는 장소가 있다면 얼마나 멋지겠나.

글쎄, 아무리 힘들어도 그렇게 할 수 있도록 우리 서로 용기를 북돋아주세. 그리고 미술품 중개상들이 원하는 방식이 아니라 강인한 힘과 진실, 선의와 정직성을 가지고 가능한 한 많이 작업할 수 있도록 서로 격려하세. 이 모든 일이 내 생각에는 모델을 두고 작업하는 것과 직접적인 관계가 있네. 이런 식으로 제작한 작품이 '만족스럽지 않다'는 소리를 듣는 건 일종의 운명과도 같네. 그러나 근거가 없음에도 아주 왕성한 이런 편견은 화가들의 반대되는 노력에 굴복할 수밖에 없다고 생각하네. 만일 화가들이 의견을 모으고 서로 돕고 지지해준다면, 그리고 더 이상 중개상들만 대중에게 이야기하게 내버려두지 않고 가끔씩 화가들이 직접 자기 이야기를 한다면 말일세. 화가가 자기 작품에 대해 하는 말이 항상 이해받지는 못하리라는 건 나도 충분히 인정하네. 그래도 이런 식으로 하는 것이, 중개상들이나 그런 친구들이 관습이라는 결코 변하지 않는 공식에 따라 습관적으로 뿌리는 씨앗보다 더 나은 씨앗을 대중의 의견이라는 밭에 뿌리는 일이라는 것이 내 생각이라네.

이런 생각을 하다 보니 전시회 문제를 언급하지 않을 수 없게 되었네. 자네는 지금 전시회를 위해 작업하고 있지. 좋네. 하지만 나는 단연코 전시회에 찬성하지 않는다네. 과거에는 나도 전시회에 지금보다 큰 가치를 부여했었네. 그 까닭은 나도 모르겠지만, 예전에는 전시회를 지금과 다르게 생각했네. 아마 과거에 전시와 관련해서 진행되는 일들을 뒤에서 살펴볼 기회가 좀 있었는데 그때 너무 좋은 인상을 받았었나 보네. 그리고 내가 많은 사람들이 전시의 결과에 대해 오해하고 있다고 말할 때, 그것은 단순히 내

쪽에서의 무관심 때문만은 아닌 것 같네. 지금 이 문제를 놓고 상세하게 설명할 마음은 없고, 단지 이것만 말해두고 싶네. 내 의견을 말하자면, 그저 전시회를 열기 위해 화가들의 작품을 한군데 모은 쪽보다는 상호 공감과 단일한 목적, 따뜻한 우정과 의리로 뭉친 화가들의 결속에서 더 좋은 결과를 기대하네.

많은 그림이 같은 전시실에 나란히 걸려 있다고 해서 그 그림을 그린 사람들 사이에 단결과 상호존중과 건강한 협력의 정신이 존재한다고 추론하는 모험을 나는 하지 않겠네. 나는 이런 정신의 요청이—그것이 장차 존재하게 되든 아니든 간에—너무 중요하다고 여기기에 정신적인 단결을 이루는 일 외에 중요하게 간주될 수 있는 건 거의 없다고 보네. 설사 그 자체로 중요하게 간주될 수 있는 것들이 좀 있다 해도, 이런 단결의 부재를 만회할 수 있는 대체물은 없다네. 단결의 부재는 우리가 서 있을 단단한 땅바닥의 부재를 의미하네. 내가 그런 전시회들이 중단되기를 원하는 것은 결코 아니네. 단지 화가 집단이, 화가들 사이의 협력이 쇄신되기를, 아니 다시 새로워지고 강화되기를 바라는 것뿐이네. 그럴 때 이 모든 것이 아주 큰 영향을 미쳐서 전시회도 실제로 유용하게 바뀔 것이네.

나는 아이가 있는 쪽을
바람직하게 여긴다

1883년, 헤이그

테오에게,

동생아, 오늘 아침에 나는 작은 노파 한 명을 만나려고 (모델을 서는 문제로 그녀와 합의해야 할 게 있었거든.) 한 자선 시설을 방문했다. 그녀는 흔히 첩이라 부르는 자기 딸의 사생아 두 명을 기르고 있었는데, 여러 가지가 내게는 충격이었다. 무엇보다 그 할머니가 최선을 다하고 있음에도 불쌍한 어린 것들의 방치된 겉모습이 그랬다. 많은 것들이 훨씬 더 안 좋았지. 두 번째로 나는 그 작은 노파의 헌신에 깊이 감동받았다. 그렇게 늙은 여자가 주름진 손으로 힘든 일을 하고 있는데 우리 같은 남자들이 손을 게으르게 둬서는 안 된다는 생각이 들더라.

나는 우연히 잠깐 들린 생모도 봤는데 부스스하고 헝클

어진 머리에 깔끔하지 못하고 해진 옷을 입고 있더라. 그래서 동생아, 나는 지금 함께 살고 있는 여자의 현재 모습과 일 년 전 처음 만났을 때의 모습이 얼마나 다른지, 그리고 아이들의 지금 모습과 그때의 모습이 얼마나 다른지 생각하게 되었다.

아아, 우리가 현실을 명심하기만 한다면, 그냥 두면 시들고 축 늘어져버릴 것들을 돌보는 게 좋은 일이라는 건 명명백백해질 텐데. 나 개인적으로는 쓸데없는 간섭에 반대하거나 그런 간섭이 부적절하다고 주장하는 것으로 이런 종류의 현실에 대항할 수는 없다고 생각한다. 내 경우에는 단지 그것이 내 직업과 잘 맞았기 때문에 많은 어려움들이 사라졌다. 물론 다른 측면에서, 즉 경제적인 측면에서는 정말 많은 어려움이 있었고 앞으로도 여전히 그럴 예정이다. 가난한 사람들은 종종 친구도 가난뱅이다. 여자들과 아이들은 절약하는 법을 배우고 남자들은 열심히 일하는 법을 배우는 수밖에 없다.

하지만 너의 경우에는, 다른 모든 사람들이 그렇듯 이 상황에서 전혀 다른 성격의 문제와 씨름하게 될 것이라고 예견하게 된다. 그런 일은 모든 남자의 인생에서 일어나는 일이다. 내 말은, 네가 지금 돌보고 있는 여자에게서 점점 전혀 다른 모습들을 발견하게 될 것을 알고 미리 철저하게 대비해야 한다는 뜻이다. 숨김없이 내 마음을 털어놓자면, 너는 그녀에게 실망하게 될 거다. 아마 너는 그녀에게 "당신 너무 많이 변했어!"라고 말할 거고 그녀도 네게 똑같은 말을 할 거다. 나는 양쪽의 이런 '변화'에도 불구하고 만일 너희 중 어느 쪽도 상대에게 화를 내지 않는다면, 너는 그녀의 문제를 참고 견디는 법을 배우고 그녀는 너의 문제를 참고 견디는 법을 배운다면, 다시 말해서 서로의 단점을 묵인하고 넘어가준다면, 올바른 방향으로 한 단계 올라서게 된다고 생각한다.

생각해봐라, 이것은 누구도 피할 수 없는 위기다. 그것이 어떤 사람들에게는 더 확고하게 서로에게 애착을 갖는 계기가 될 수 있는 반면에 다른 사람들에게는 그것 때문에 서로 소원해질 수도 있는 위기다. 일단 이렇게 굴러가기 시작하면 아주 개탄스러운 일이 일어난다. 간단히 말해서, **끝까지 계속하는 일이 항상 쉽지는 않다.**

여기 내 경우에는 그때 당시에 아이들이 있었다는 게 아주 다행스럽게 여겨진다. 그들 때문에 반드시 택해야 할 길이 무엇인지 더 분명하게 인식할 수 있었다. 그건 내게뿐만 아니라 그녀에게도 마찬가지다.

그래, 남자에게는 의무감 외에 달리 그를 막는 친구가 없다. 비록 가끔은 그것이 거칠고 가혹한 작업감독이 되기도 하지만, 의무를 다하기 위해 일하는 한 쉽게 파산자가 되지는 않을 것이다.

내가 어쩌면 너는 일반적으로 겪게 되는 갈등의 횟수보다 더 많은 갈등을 겪을지도 모른다고 말했을 때 나는 그 여인이 흔히 말하는 더 천한 신분 출신일 가능성도 있다는 사실을 염두에 두었다. 아버지가 이 문제에 대해 하는 말—너도 아버지의 사고방식은 충분히 잘 알고 있으니 내가 그 말을 반복할 필요는 없겠지—이 사실이라고, 적어도 어떤 점에서는 그렇다고 나는 인정한다. 단지 네 경우가 그렇듯이, 어떨 때는 생명을 구하는 일이 급선무인 상황이 있다. 글쎄, 그런 경우 아버지는 당신이 무엇을 택해야 할지 결정하지 못할 것이다. 아니, 어쩌면 아버지도 마음속에서는 "나는 생명을 선택하겠어."라는 말이 승리하게 될 것이라고 사실상 믿고 있다. 아아! 이거 아니? 나는 가끔 확신이 서지 않을 때면, 나 자신에게 '너는 사형선고를 내리는 판사가 될 거냐?'라고 물어본다. 그리고 내 대답은 매번 단 하나뿐이다. '아니, 나는 법률상으로든 다른 일에서든 단연코 사형제도나 추방이나 다른 여러 극형의 폐지를 지지한다. 세상이 우리 탓을 하고 상황이 우리에게 유리하게 돌아가지 않는다 해도, 우리는 생명을 지켜야 하고 생명을 존중해야 한다. 그게 우리의 의무고, 우리는 항상 그것을 정당화할 수 있다.'

그래서 말인데, 동생아, 이 편지는 일이 잘되었을 때뿐만 아니라 일이 잘못되는 경우에도 내가 너에게 공감한다는 사실을 말해주고 싶어서 쓰는 거란다.

네가 이 편지를 읽고 내 상황이 좋지 않게 돌아갔다고 추론해서는 안 된다. 내게는 감사히 여길 게 많기 때문이다. 물론 그럼에도 다양한 종류의 자잘한 걱정거리들이 나를 덮쳐오긴 했다. 그런 여러 상황의 '불안정성'이 내게는 너무 분명해 보여서, 네 상황은 아직 시작일 뿐이긴 해도, 나는 그렇게 모르는 여자라도 생명을 구하려 노력하는 것이 옳다고 생각한다고 너에게 분명하게 말해두고 싶었다. 설령 그 여자가 나중에 어떻게 변할지, 어떤 모습을 보여줄지 미리 알 수 없다 해도 그렇다. 나는 어떤 일이 있어도 "자네 그런 일에 끼어들어서는 안 되네."라고 말하는 사람들 중 한 명이 되지 않을 것이다. 공교롭게도 일이 잘 풀리지 않는 경우가 생긴다면 이것이 일반적인 의견이 될 거라는 건 불을 보듯 빤하지만 말이다.

더 나아가서, 나는 아이가 있는 쪽을 바람직하게 여긴다고 말해주고 싶다. 대부분의 사람들은 아이가 있는 것을 장애로 여기지만 나는 오히려 그 반대라고 생각한다. 그리고 장담하는데, 나는 네가 세상의 눈에 위태로워지지 않도록 모든 일이 잘 처리될 수 있기를 기대한다. 그러나 상황이 힘들게 돌아가서 네가 체면을 구기거나 혹은 그녀를 버리는 것 중에서 선택해야 한다고 가정해보자. 그런 경우에도 네가 생명을 선택한다고 말한다면 나는 네 편에 설 것이다. 나는 인간의 생명을 구하는 문제에서는 타협을 경멸한다. 이것은 최악의 경우다. 하지만 네가 그녀에게 해를 끼치지 않고도 다른 모든 사람들과 평화롭게 살 수 있다면 그쪽을 택해라. 그래, 이렇게 말하는 것이 불필요하지는 않을 것 같다. 아버지가 예전에 내게 "더 천한 신분의 여자와 관계를 갖는 일에는 부도덕한 측면이 있다."라고 하신 적이 있다. (나는 이 말이 옳다고 생각하지 않는다. 나는 신분과 도덕성 사이에 아무런 연관성도 찾을 수 없기 때문이다. 신분은 세상과 관련이 있고, 도덕성은 신과 관련이 있다.) 또 "여자 때문에 네 지위를 희생하지 마라."라는 말도 하셨다. 이 말이 인간의 생명이 달려 있는 상황에서도 적용된다고 생각하지 않는다. 어쨌든 아버지가 그런 말을 하셨다는 것을 고려할 때 그렇게 말하는 것이 불필요한 것 같지는 않구나.

하지만 사실 아버지는 그렇게까지 완강하지 않으며 종종 상당히 합리적이시다.

지난 세월을
돌이켜보면

1883년 9–10월, 암스테르담
테오에게

지금 네 영혼이 아프다고 말한다고 해서 내게 화내지 마라. 그게 사실이란 걸 너도 알고 있다. 네가 자신을 자연의 일부로 느끼지 않는 것은 잘못된 일이며, 그 느낌을 되찾는 것이 가장 중요하다고 생각한다. 나는 내가 왜 그렇게 냉담하고 황폐한 마음으로 여러 해를 살아왔는지, 그리고 그걸 개선하려 노력했음에도 왜 나아지지 않고 더 나빠졌는지 이유를 알기 위해서 내 과거를 주의 깊게 들여다보아야 한다.

나는 자연에 민감해지기는커녕 무감각해진 것을 느꼈고, 더 나쁘게도 사람들에 대해서도 그렇게 된 것을 느꼈다. 그들은 내가 제정신이 아니라고 말했지만 나는 그게 사실이 아니라는 것을 잘 알고 있었다. 내가 마음속 깊이 병에 걸린 것을 느꼈고 그것을 치료하기 위해 노력했기 때문이다. 나는 아무 희망 없고 성공하지 못한 노력들로 지쳤다. 그건 사실이다. 하지만 다시 정상적인 관점에 다가서려는 그 확고한 생각 때문에, 나는 결코 나의 필사적인 행동과 근심과 노력을 내 가장 내밀한 자아와 혼동하지 않았다. 적어도 나는 항상 "그냥 내가 뭔가 하면서 어딘가 있게 하자. 그러면 문제는 저절로 시정될 것이 분명하다. 나는 그것에 굴하지 않을 것이고 일을 바로잡기 위해 인내심을 잃지 않을 것이다."라고 느꼈다.

나는 어떤 사람이—(?)예를 들어—정말로 미친 것이 입증되었다고, 그런 식으로 생각된다고 믿지 않는다. 그리고 내가 방황하던 지난 세월을 돌이켜보면, 그런 환경 속에서 내가 어떻게 지금의 나와 다른 사람이 될 수 있을지 잘 모르겠다.

그건 내 발 아래에 있던 땅바닥이 무너져 내린 것과 같았다. 땅바닥이 무너져 내리면 얼마나 처참할지 생각해보렴. 나는 육 년 동안 구필 화랑에서 일했다. 나는 거기에 뿌리내리고 있었고, 그들을 떠날 때도 정당한 일을 했던 지난 육 년을 돌아볼 수 있을 것이라고, 다른 곳으로 가더라도 완벽한 확신을 갖고 내 과거를 언급할 수 있을 것이라고 생각했다.

그런데 전혀 그렇지 않았다. 매사가 너무 성급하게 이루어져서 반성이나 질문이나 논쟁을 위한 시간이 거의 없었기 때문이다. 사람들은 아주 임의적이고 지극히 피상적인 느낌에 따라 행동한다. 그리고 일단 구필 화랑을 떠나고 나면 누구도 구필 화랑이 어떤 곳인지 기억하지 않는다. 그것은 X 화랑 같이 아무 의미 없는 이름에 불과해서 그 사람은 단순히 '일자리를 잃은 사람'에 불과하다. 즉시, 갑자기, 불가피하게, 모든 곳에서, 사정은 똑같다. 물론 사람들은 자존심이 있기 때문에 나는 아무개 씨라고, 나는 이러저러하다고 말하지 않는다. 사람들은 별다른 말없이, 힘든 일도 마다하지 않겠다는 마음으로 가득 차서, 최선을 다해 새 직장에 지원한다. 좋다, 하지만 일자리가 없는 사람, '어딘가에서 온 사람'은 머지않아 요주의 인물이 된다.

그리면 그릴수록
더 즐겁다

1883년 10월, 드렌터
테오에게

사업은 '오래 종사할수록 따분해진다'는 말이, 그림은 '그리면 그릴수록 더 즐겁다'는 말이 아주 잘 들어맞는다고 생각한다. 여기서 '즐겁다'는 말은 에너지와 쾌활함, 활력이 생긴다는, 아주 진지한 의미로 사용해야 한다.

• • •

만일 '즐겁다'는 말을 대단히 진지한 의미에서 '그것을 재미있게 여긴다'고 받아들인다면, 분명 그림은 너를 즐겁게 해줄 것이다. 반면에 든든한 지위에 대해서라면 '따분하다', '녹초가 되게 한다' 같은 표현이 가능하겠지.

이런 말을 하는 것이 내가 문명을 경멸하기 때문이라고 생각하니? 아니, 사실 그 반대란다. 나는 인간의 진실한 감정이야말로, 자연에 맞서기보다는 자연과 조화를 이루는 삶이야말로 진정한 문명이라고 여기며, 그것을 있는 그대로 존중한다. 물어보자, 무엇이 나를 더 온전하게 인간으로 만들어줄까?

졸라는 말했다. "예술가로서 나는 가능한 한 열정적으로 살고 싶다. 살기를 원한다." 전혀 주저하는 마음 없이, 아이처럼 순수하게, 하지만 아이가 아닌 예술가로서, 나는 인생이 어떤 모습을 드러내든 선의를 가지고 그 안에서 뭔가 찾을 것이고 그 일에 최선을 다할 것이다. 저 온갖 부자연스러운 타성과 관례들을 봐라. 한낱 인간이 자기가 모든 것을 알고 있으며 매사가 자기 생각대로 진행될 것이라고 여기다니, 정말이지 얼마나 교만하고 말도 안 되는 생각이냐. 그건 마치 살아가면서 접하는 모든 일 속에 우리 자신보다 한없이 높고 한없이 크고 한없이 강하다고 느끼는 어떤 것이 존재하지 않는 것처럼, 우리가 '뭐라 설명할 수 없는' 위대한 선과 악의 요소가 전혀 존재하지 않는 것처럼 행동하는 것 아니냐.

자신이 작다고 느끼지 않는 사람, 자신이 원자에 불과하다는 사실을 깨닫지 못하는 사람은 근본적으로 잘못되었다.

어릴 때 우리에게 새겨진 생각들, 어느 정도의 사회적 지위나 관례를 유지하는 것이 가장 중요하다는 그런 생각들을 떨쳐버리면 손해가 될까? 나 자신은 그렇게 할 때 내가 손해를 볼지 아닐지 하는 생각조차 하지 않는다. 경험을 통해 그런 관례와 생각들이 진실이 아니며 종종 절망적이고도 필연적으로 틀렸다는 사실을 알고 있으니까. 내가 잘 알지는 못하지만, 인생은 도저히 풀 길 없는 수수께끼와도 같아서 '인습 존중'의 시스템은 확실히 너무 편협하다는 결론에 도달하게 된다. 그렇기에 나는 그것을 신뢰할 수 없다.

그럼 이제 나는 무엇을 해야 할까? 흔히 "당신의 목표는 무엇입니까? 당신의 포부는 무엇입니까?"라고 묻는다. 아아, 나는 내가 가장 좋다고 생각하는 대로 행동하려 한다. 어떻게 그렇게 할 거냐고? 그걸 내가 미리 얘기할 순 없다. 하지만 묻고 싶다. 당신들, 나에게 그런 가식적인 질문을 던진 당신들은 자신의 목표가 무엇인지, 자신의 의도는 무엇인지 알고 있는가?

그러면 그들은 이렇게 대답하겠지. "목표도, 포부도 없다면 당신은 절도가 없는 사람입니다."

그 말에 나는 목표나 포부가 없다고 말하지 않았으며, 단지 정의하기 힘든 것을 정의하라고 강요하는 건 자만심이 극에 달해서라고 말했을 뿐이라고 대답한다. 이게 중요한 몇몇 질문들에 대한 내 생각이다. 그것을 놓고 왈가왈부하는 모든 것이 내게는 '따분하게' 여겨질 뿐이다.

더 즐거운 일, 더 긍정적인 일을 하면서 살아라. 우리는 사회에 빚진 것을 마땅히 갚아야 하겠지만 동시에 절대적으로 자유롭다고 느껴야 한다. 자신의 판단을 믿어서가 아니라 '이성'을 믿기 때문이다.(나의 판단은 인간적이고, 이성은 신성하다. 그러나 그 둘 사이에는 연결고리가 있다.) 그리고 나의 양심은, 비록 그것이 그다지 정확하게 작동하지 않는다는 사실을 잘 알고 있음에도 불구하고 내게 길을 알려주는 나침반 역할을 한다.

이전 세대의 화가들을 생각할 때마다 "그들은 놀랄 만큼 유쾌했어."라던 너의 말이 떠오른다. 만일 네가 화가가 된다면 너도 똑같이 이런 놀라운 유쾌함으로 그림을 그려야 한다. 우울한 상황을 상쇄하기 위해서라도 이런 유쾌함은 꼭 필요하다. 그것은 네게 다른 어떤 것보다 더 큰 도움이 될 것이다. 네게 필요한 것은 번득이는 재능이다. 나는 그것을 설명할 다른 말을 알지 못하는데, 내가 말하고자 하는 것은 사람들이 '지루하다'고 부르는 것과 정반대된다. 부디 너나 내가 그런 것을 가질 수 없다고 말하지 마라. 내가 이 말을 하는 까닭은, 우리가 그렇게 되기 위해 최선을 다

해야 한다고 생각하기 때문이다. 너나 내가 그것을 충분히 가지고 있다고 주장하려는 게 아니다. 단지 그것을 얻기 위해 최선을 다하자는 것이다.

자연과 교감하는
인생

1883년 11월, 드렌터
테오에게

내가 가장 좋다고 생각하는 인생은 오랜 세월 시골에서
자연과 교감하는 인생이다. 높은 곳에 있는 어떤 것, 상상
할 수도 없고 '정말이지 뭐라 이름 붙일 수도 없는 것'(자연
보다 더 고귀한 것의 이름을 찾기란 불가능할 테니까)과 교감하는 인
생. 여기에는 최소한의 의심의 여지도 없다.

농부가 되어라. 만일 지금도 가능하다고 여겨지거든 시
골 마을의 성직자나 학교 선생이 되어라. 그리고 내 생각
에 이것이 첫 번째로 생각되어야 할 것 같은데, 현재 있는
그대로의 상황 속에서 화가가 되어라. 시골에서 살면서 손
으로 하는 일을 하며 오랜 세월을 보내고 나면 너는 마침
내 더 훌륭하고 더 깊이 있는 존재가 되어 있을 것이다.

이것은 나의 확고한 믿음이다. 시작할 때 더 영리했는지

덜 영리했는지, 혹은 순탄한 환경의 이점을 더 많이 누릴 수 있었느냐 아니냐 하는 문제는 핵심을 크게 벗어난다고 생각한다. 그저 자신에게 자연과의 교감이 필요하다는 확신, 이 길을 택하면 길을 잃지 않을 것이며 앞길이 곧게 펼쳐질 것이라는 확신을 가지고 출발해야 한다.

그리고…… 중요한 것이 또 하나 있는데, 혹 어떤 사람이 원래 가진 재산이 좀 있어서 생활하는 데 곤란을 겪지 않는다 해도, 그건 별로 큰 도움이 되지 않을 것이다. 힘들게 보낸 날이 많고 '길 잃은 영혼의 노력'이 많다는 바로 그 사실이 우리를 더 나은 사람으로 만들어주기 때문이다.

• • •

부드럽고 달콤한 것을 찾게 될 거라고 기대하지 마라. 아니, 너는 거대한 바위에 맞서 싸워야 한다는 것을 알 것이다. 그래, 끔찍한 몸부림 없이는, 평범한 인내심을 넘어서는 것 없이는 자연을 정복하고 더 유순하게 만드는 것이 불가능함을 너도 잘 알고 있을 테니까.

내게 아버지는
검은빛이다

1883년 11월, 드렌터
(앞 편지와 같은 편지)

아버지를 생각해보면, 아버지의 좋은 점은 자연과 교감한 덕분에 얻은 것 같다. 그리고 아버지의 잘못은 진정으로 가치 있는 것이 아니라 다른 것들에 더 큰 가치를 부여한 탓이라는 게 내 생각이다.

내가 볼 때 아버지는 위대한 사람들의 삶에 대해 꼭 알아야 할 지식을 갖지 못했던 분이다. 아버지는 현대 문명의 영혼이 무엇인지 전혀 알지 못했고 지금도 알지 못하며 앞으로도 결코 알지 못할 거라고 생각한다. 현대 문명의 영혼이 뭘까? 위인들 중에서도 가장 위대한 사람들에게서 찾아볼 수 있는 영원한 장점, 바로 단순함과 진실함이다. 미슐레와 위고, 졸라, 발자크뿐만 아니라 뒤프레, 도비니, 코로, 밀레, 이스라엘스, 헤르코머 같은 이들, 그리고 그 이전이나 더 최근에 활동한 다른 많은 거장들이 그런 이들이다. 온통 당신의 편견으로 둘러싸인 아버지는 이것을 이해하지 못하신다. 아버지는 평생 동안 더 나은 명분에 바쳤어야 할 치밀함으로 그 편견들을 활용하셨다. 내게 아버지는 검은빛이다. 왜 그는 하얀빛이 아닐까? 이것이 내가 아버지에게서 발견하는 유일한 잘못이다. 사실 그건 커다란 잘못이긴 하다. 나도 어쩔 수 없지. 그러니 내 말을 들어라. 하얀빛, 오직 하얀빛을 찾기 위해 노력해라. 알았지?

동생아, 이건 알고 있어라.
너를 제외하면 나는 바깥세상과 완전히 단절되었다.
그래서 몹시 쪼들릴 때
네 편지가 오지 않으면 나는 미쳐버릴 것 같다.

1883년 12월 1일, 드렌터
테오에게 보낸 편지에서

늑대가 되기보다는
양이 되는 것이 낫다

1883년 12월, 뉘년
테오에게

동생아, 내가 너에게 너무 큰 짐이 되는 것 같구나. 어쩌면 성과를 내지 못할 수도 있는 일 때문에 네 돈을 받아 쓰면서 너의 우애를 이용하고 있는지도 모른다는 생각이 들 때마다 너무 힘겹고 너무 큰 양심의 가책을 느끼게 된다.

• • •

대규모의 미술품 거래 사업체들이 비교적 짧은 시간에 과도하게 팽창했는데, 그중 많은 수가 등장할 때만큼이나 빨리 줄어들고 쇠퇴할 가능성이 있다고 생각한다. 너는 내 의견이 너무 비관적이라고 생각하니? 미술 작품을 거래하는 모든 미술 사업이 몇 년 사이에 크게 번성하기 시작했다. 그러나 그것은 점점 투기로 변해왔고 심지어 지금도 그렇다. 완전히라고 말하지는 않겠다. 그저 너무 많이 그렇다고 말하는 거다. 그런데 어차피 그게 투기가 되어버렸다면, 튤립 구근 무역과 같은 식으로 진행되지 않을 이유도 없지 않겠니?* 너는 그림은 튤립과 다르다고 말하겠지. 당연히 둘 사이에는 현격한 차이가 존재한다. 나는 튤립은 전혀 사랑하지 않지만 그림은 몹시 사랑하기에 그 차이를 완벽하게 잘 안다.

그러나 많은 부자들이 이런 저런 이유로 비싼 그림을 구입하지만, 그 그림에서 예술적 가치를 발견하기 때문에 그렇게 하는 건 아니라고 나는 확신한다. 우리가 튤립과 그림 사이에 존재한다고 생각하는 차이를 그런 사람들은 보지 못하는 것 같다. 투기꾼들, '싫증난 술꾼들' 그리고 다른 많은 사람들이 튤립이 유행하기만 한다면 이전에 그랬듯 튤립을 살 것이다.

그래, 진실하고 진지한 감정가들도 있다. 하지만 정말로 미술에 대한 사랑 때문에 거래가 이루어졌다고 말할 수 있는 경우는 아마 성사되는 거래 전체의 십분의 일에 불과할 거다. 어쩌면 그보다 훨씬 적을 수도 있고. 이 주제를 끝없이 계속 확대시켜서 이야기할 수도 있겠지만, 그것을 더

• 1637년 네덜란드에서 있었던 튤립 구근 투기 과열 현상 및 급락 현상을 이른다.

강조하지 않더라도 미술품 거래 사업의 많은 것이 미래에는 속 빈 강정으로 판명될 수 있다는 데 너도 동의하리라 생각한다.

지금 엄청나게 높아진 그림의 가격은 떨어질 수도 있다. 만일 네가 밀레나 코로*의 그림 값도 떨어질 수 있겠느냐고 묻는다면, 나는 가격 면에서는 그렇다고 대답할 것이다. 물론 예술적인 관점에서는, 적어도 내 생각에는―태양이 늘 그 자리에 있는 것처럼―밀레는 여전히 밀레고 코로는 여전히 코로로 남을 것이다.

• • •

그들의 그림 값이 2펜스든 10만 길더든 상관없다. 결과적으로 나는 미술품 거래 사업에 대해는 별로 깊이 생각해 보지 않았다. 내가 그 생각을 하는 것은 너를 생각할 때, 그리고 네가 진정으로 그것을 좋아할 수 있는지, 특히 네가 너무 불쾌한 것들을 많이 봐서 나중에는 견딜 수 없어지지 않을지 물어보고 싶을 때뿐이다. 어쩌면 너는 "사람은 모든 것에 익숙해져."라고 말할지도 모르겠다. 아니 어쩌면 "우리

● 장 바티스트 카미유 코로(Jean Baptiste Camille Corot, 1796-1875). 서정적인 풍경화로 많은 사랑을 받은 프랑스의 화가.

는 심장이 멈출 때까지 계속 살아가야 하잖아."라고 말할지도 모르지. 아마 그렇겠지. 나는 그렇다고 동의한다. 그러나 우리의 심장이 언젠가는 반드시 멈추게 되어 있다 하더라도, 우리는 여전히 이렇게든 저렇게든 자유롭게 행동할 수 있다. 너나 나는 원래가 예술에 대한 열정을 가진 사람들이기에, 설령 가장 부조리한 일들이 일어난다 할지라도 각자 자기만의 방식으로 밀레 같은 사람에 대한 우리의 신념을 고수해야 한다.

• • •

너는 빈센트 숙부만큼 영리하지만 빈센트 숙부가 해낸 일들을 할 수 없을 것이다. 왜 할 수 없냐고? 세상에는 만족할 줄 모르고 돈만 찾는 늑대들이 너무 많기 때문이다. 그들과 비교하면 넌 순한 양에 불과하다. 부디 내가 이렇게 비교한 것을 모욕으로 받아들이지 마라, 동생아. 늑대가 되기보다는 양이 되는 것이 더 낫고, 죽이기보다는 죽임을 당하는 쪽이—카인보다는 아벨이 되는 쪽이—더 낫다. 나도 늑대가 되고 싶지 않다. 아니, 늑대가 아니라고 확신한다.

우리의 상상 속에서만 그런 것이 아니라 너와 내가 정말로 동료 인간들 사이에서 양과 같다고 생각해라. 그래, 항상 배고프고 거짓된 늑대들이 존재하는 이상 우리는 언젠가 게걸스럽게 잡아먹힐 수도 있다. 글쎄, 그게 크게 유쾌한 일은 아니겠지만, 그래도 나 자신에게 말한다. 결국 파멸시키는 것보다는 파멸당하는 게 더 낫다고. 내 말은, 만일 자신이 다른 사람들을 부유하게 만드는 온갖 자질들, 지식과 능력들을 갖추고 있음에도 가난한 삶을 살아야 할 수도 있다고 깨달을지라도 마음의 평온을 잃을 이유는 없다는 뜻이다. 나도 돈에 무관심하지는 않지만 늑대들은 이해할 수 없다.

거짓 위로는
하지 마라

1883년 12월, 뉘넌
(앞 편지와 같은 편지)

동생아, 지난밤 폭풍우 속에서 오랫동안 광야를 가로질러 걸으며 나는 너를 생각했다. 어떤 책에서 읽었는지 기억나지 않지만, "두 눈이 깨어나 진심 어린 눈물로 반짝였네."라는 구절이 떠오르더구나. 나는 내가 환상에서 깨어났다고 생각했다. 내가 그동안 믿어왔던 많은 것이 사실은 유감스러운 오류였음을 지금은 잘 알고 있다고 말이다. 그리고 생각했다. 이렇게 우울한 밤에 이곳, 이런 인적 없는 장소에서 깨어난 내 두 눈에 눈물이 가득 고인 것이 어쩌면 마법에서 풀려난 슬픔, 그래, 더 이상 환상을 갖지 못하고 눈을 부릅뜨게 된 슬픔 탓은 아니었을까 하고.

또 생각했단다. 나를 걱정하게 만드는 많은 것들에 테오가 만족하는 게 가능하단 말인가? 과거에 즐기던 것들을 즐

36

길 수 없게 된 것이 단지 나 자신의 우울한 기분 탓이라 할 수 있을까?

그래, 나는 생각했다. 내가 금을 반짝이 조각으로 착각했을 수도 있을까? 지금 활짝 피어 있는 것을 보고 시들었다고 하는 걸까? 나는 답을 찾지 못했다. 너는 찾을 수 있겠니? 상당히 많이 진행되어서 멈출 수 없는 타락이 도처에 존재하지 않는다고 확신할 수 있겠니? 네게 용기가 있다면 내게도 용기를 좀 다오. 하지만 부탁하는데 '거짓 위로는 하지 마라'.

변한 것은 없다

1883년 12월, 뉘넌
(앞 편지와 같은 날에 쓴 두 번째 편지)

사랑하는 테오에게,

테오야, 지난밤 너에게 편지를 쓴 후로 나는 밤늦도록 잠들지 못한 채 누워 있었다.

이 년이나 집을 떠나 있다가 돌아왔더니 그리운 식구들이 매사에 친절하고 다정하게 대해준다. 하지만 기본적으로 변한 것은 아무것도 없다. 최소한의 변화도 없구나. 그게 내 마음을 아프게 한다. 이렇게 된 것은 우리 상호간의 태도를 통찰하는 것과 관련해서 가장 극단적인 맹목과 무지가 존재하기 때문이라고 볼 수밖에 없구나. 그래서 또다시 견딜 수 없는 불안감과 당혹스러움을 느낀다.

사실 아버지께서 잔뜩 화가 났을 뿐만 아니라 '넌더리가 나서' 나를 집에서 쫓아내기 전까지는 모든 일이 지극히 잘 돌아가고 있었다. 이것이 나의 성공과 실패에 더할 수 없이 중요하고 그로 인해 모든 일이 열 배는 더 힘들어져서 거의 견딜 수 없을 정도가 되었다는 사실을 그때 이미 알고 있었어야 했다.

만일 과거에 지금과 똑같은 감정을 느끼지 않았더라면 내가 이렇게 많이 원망스러워하지는 않았을 게다. 온갖 좋은 의도들과 그 모든 친절한 환영에도 불구하고, 네가 좋아하는 측면이 있음에도 불구하고, 아버지에게는 강철과 같은 딱딱함과 얼음 같은 차가움이 존재한다. 마치 마른 모래나 유리, 혹은 양철을 대하는 느낌이다.

[편지 귀퉁이에 적힌 글] 친절하게 환영해주는지 불친절하게 맞아들이는지 하는 것에는 그다지 관심이 없다. 나를 슬프게 하는 것은 그들이 과거에 했던 행동을 후회하지 않는다는 점이다.

이제 나는 다시 불안정한 동요와 내적 갈등으로 거의 참을 수 없는 상태까지 왔다.

나는 내 자유의지로 여기까지 오는 길을 택했고, 맨 먼저 자존심을 굽혔다. 그러니 내 앞에 진짜 장애물들이 놓여 있는 것을 발견하지 않았다면, 너도 알겠지만, 이렇게 편지를 쓰지 않았을 것이다.

만일 최상의 결과를 가져왔던 라파르트 집안사람들처럼, 혹은 우리가 다시 시작할 때 그랬던 것처럼 행동하려는 마음을 지금 우리 식구들에게서 조금이라도 느꼈다면, 만일 아버지에게서 당신이 나를 집에서 쫓아내지 말았어야 했다는 후회의 기미를 조금이라도 느꼈다면, 그랬다면 나는 미래를 확신할 수 있었을 것이다.

그런데 아니다. 그런 기미는 전혀 없었다.

아버지의 마음속에는 그때 아버지의 행동이 옳았다는데 대한 최소한의 의심의 흔적조차 없었고 지금도 여전히 그렇다.

아버지는 너나 나와 달리 인간이라면 누구나 가지기 마련인 자책감 같은 건 모르는 분이다.

다른 사람들이나 우리는 자신이 길 잃은 영혼의 실수와 노력을 거듭 반복한다고 느끼는 반면에 아버지는 당신이 옳다고 확신한다. 나는 아버지 같은 사람들에게 연민을 느껴서 진심으로 화를 낼 수도 없다. 그들이 나보다 더 불행하다고 생각한다. 왜 그들이 불행하다고 생각하느냐고? 그들의 내면에 잠재된 선함이 잘못 사용되어서 악의 역할을 하기 때문이다. 그들 내면에 있는 빛이 시커멓게 어둠을 퍼트려서 주변을 암흑으로 둘러싸기 때문이다.

그들이 나를 다정하게 맞아준 것이 도리어 나를 슬프게 한다. 내 눈에는 자신의 잘못을 인정하지 않으면서 관용을 보이는 것이 어쩌면 잘못 자체보다 더 나빠 보인다. 나의 안녕은 물론이고 간접적으로는 그들 자신의 안녕을 가능한 한 깊이 이해하고 거기에 보탬이 되기 위해 열심히 노력하기보다는 망설이고 미루는 것이 모든 면에서 느껴진다. 이것이 무거운 분위기를 만들어서 나의 열의와 에너지를 마비시키는구나.

남자로서 내가 가진 지성은 아버지와 내가 영혼 깊은 곳에서부터 서로 화해할 수 없다고, 그건 돌이킬 수 없는 결정적인 사실이라고 말한다. 나는 나 자신은 물론이고 아버지에게도 연민을 느낀다. 그 연민이 내게 "화해할 수 없다고?", "절대 아니야!"라고 말한다. 언제나, 항상, 결정적인 화해가 이루어질 가능성은 존재한다고, 그러니 우리는 그 가능성을 믿어야 한다고 말한다. 그런데, 아아, 왜 그것이 '환상'으로 밝혀질 것만 같을까?

너는 내가 너무 까다로워서 그렇다고 생각하니?

• • •

지난 이 년은 내게 매일 고통의 나날이었다. 그런데 그들의 일상은 마치 아무 일도 일어나지 않았던 것만 같다. 마치 어떤 일도 일어날 수 없었던 양 그들은 그 부담으로 짓눌리지 않았다. 너는 아마 부모님이 표현하지 않았을 뿐 속으로 느끼고 있다고 말하겠지만 나는 그렇게 믿지 않는다. 나도 전에는 그렇게 생각했는데 그건 모두 착각이었다. 사람들은 자신이 느끼는 바대로 행동한다. 사람들이 우리를 알게 되는 것은 바로 그런 행동들, 우리가 기꺼이 규정을 준수하거나 망설이는 행동들을 통해서지 좋게든 나쁘게든 우리 입으로 말하는 것들을 통해서가 아니다. 사실 좋은 의도나 의견 같은 것들은 모두 없느니만 못하다. 지금 나는 과거에 보았던 것을 다시 보고 있다. 그때 나는 아버지께 강하게 맞서며 말했었다. 지금도 나는 말한다. 아버지가 꺼리기 때문에, 아버지가 그것을 불가능하게 만들기 때문에 또다시 모든 면에 있어서 아버지께 맞서서 단호하게 말하는 거다.

나는 '반 고흐' 중
한 명이 될 수 없다

1883년 12월, 뉘넌
(앞 편지와 같은 날에 쓴 세 번째 편지)

너에게 중재를 부탁할 마음은 없다. 네가 직접 나서서 어떤 일을 해주기를 바라지는 않는다. 그저 우리의 입장 차이에 대해 너에게 단도직입적으로 물어보고 싶을 뿐이다. 너도 그 '반 고흐'들 중 한 명이냐? 나는 너를 늘 '테오'로만 생각해왔다.

나는 우리 집안사람들과 성격이 좀 달라서 근본적으로 '반 고흐' 중 한 명이 될 수 없다. 만일 네가 아버지나 C. M.이나 V. 같은 '인물'이 된다면, 그러니까 네가 이 세상에서 어떤 역할을 수행하는 쪽을 택한다면, 그래, 좋다, 나는 거기 개입하지 않고 너의 판단대로 너를 받아들이고 그 문제에 대해서는 침묵할 것이다. 하지만 그렇다면 우리의 길이 너무 많이 달라서 우리가 재정적 관계를 계속 유지하는 것은 바람직하지 않을 것 같다. 내가 무슨 말을 하는지 너는 이해하리라 생각한다.

농부들, 직조공들과
함께 있는 건 행운이다

1884년 1월, 뉘넌
테오에게

내가 너무 고립되고 있는 것 같다는 너의 말에 대해, 그런 일이 없을 거라고 말하지는 않겠다. 나는 달리 기대하는 것이 별로 없어서 만일 계속 살아가는 것이 가능하고 내가 견딜 수만 있으면 만족한다.

그러나 네게 분명히 말하지만, 나는 이것을 응당 받아들여야 할 운명으로 여기지 않는다. 내가 어떤 식으로도 동료 인간들과 같은 것을 느낄 권리를 빼앗길 만한 짓을 결코 한 적이 없고 앞으로도 그런 일은 없을 것이라고 믿기 때문이다.

그 문제에 대해서는 다른 사람들에게도 큰 책임이 있다. 글쎄, 나는 다른 사람의 입장에서 객관적으로 나 자신을 보려 노력한다. 나 자신의 단점들과 어쩌면 그 대가들까지 보기 위해서다. 그리고 나는 양측 모두 애초에 원했던 것과 똑같은 상황에 놓여 있지 않음을 깨달았기 때문에 비교적 아주 고립된 삶을 살아야 했던 사람들의 이야기를 여럿 알고 있다.

그 양자 사이에는 두 종류의 사람들이 있다. 첫 번째는 개인적인 특징이 없는 자들이다. 두 번째는 가장 분명하게 개성을 갖고 있지만, 내가 말했던 대로, 관련된 양측 중 어느 쪽이 원하는 상태와도 정확히 일치하지 않는 자들이다.

고립은 충분히 나쁘다. 그것은 일종의 감옥이다. 내가 어느 정도까지 그렇게 고립될지 지금은 정확하게 예측할 수 없다. 사실 너도 그건 말할 수 없을 거다.

나는 더 문명화된 세상의 사람들보다 심지어 그런 세상을 알지도 못하는 사람들, 예컨대 농부들, 직조공들과 함께 있는 쪽을 선호한다. 그건 나에게 행운이다.

예를 들어 나는 이곳에 온 이후로 직조공들에게 몰두하고 있다.

너는 직조공들을 다룬 드로잉을 많이 알고 있니? 나는 아주 조금밖에 알지 못한다. 나는 그들을 다룬 수채화 세 점을 그리기 시작했다.

너무 외롭고, 너무 춥고,
너무 공허하고, 너무 따분하다

1884년 3월 1일, 뉘넌
테오에게

너는 어느 누구보다 내 작품을 잘 안다고 했지. 하지만 바로 그렇기 때문에, 만일 네가 내 작품을 거래하느라 손을 더럽히지 않으려 든다면, 사실은 그것을 아주 낮게 평가하는 것이 분명하다고 정당하게 결론내릴 수 있다. 그렇다면 내가 너에게 주제넘게 참견할 이유가 어디 있겠니?

글쎄, 내 실력이 아직 충분히 향상되지 않았다고 생각해서 네가 내 성장을 돕기 위해 뭔가 시도하는 모습을 보기만 했더라도, 예를 들어 이제 마우베는 물 건너갔으니 내가 다른 착실한 화가와 교류할 수 있게 도와준다든지 하는 식으로 정말 무슨 일이든 시도했더라면, 그것은 네가 정말로 내 성장을 믿고 있고 더 성장하기 바란다는 것을 입증해주는 표시가 되었을 것이다. 물론 너는 그렇게 하는 대신에 돈을 보내줬지. 그래, 하지만 그 외에는 "계속 작업해." 또는 "인내심을 가져!"라는 말 외엔 아무것도 없었잖아.

그 말만 붙들고는 살 수 없다. 내게 그건 너무 외롭고, 너무 춥고, 너무 공허하고, 너무 따분하다.

나는 남들보다 특별히 더 훌륭한 사람이 아니다. 나도 다른 모든 사람들과 똑같이 욕망과 소망을 갖고 있단 말이다. 사람은 자신이 너무 고삐가 조여지고 무시당한다고 분명히 느낄 때 당연히 항의할 수밖에 없다.

이미 안 좋은 상황에서 더 나쁜 상황으로 간다 한들—내 경우가 그럴 수 있겠지—결국 문제될 게 뭐란 말이냐? 바람직하지 못한 상황에 처했다면 최소한 더 좋아지기 위한 모험이라도 해봐야 한다.

• • •

지금 이 순간 내게는 누가 도와줘서 10길더를 얻는 것보다 5길더를 버는 것이 훨씬 더 중요하다.

사랑은
늘 어렵다

1884년 3월, 뉘넌
테오에게

만일 어떤 여자가 너를 사랑하고 진심으로 너를 보살피고 너도 그녀를 보살핀다면, 그 사랑의 시간은 인생이 주는 한 조각 행운이다.

그 여자, 그녀가 아름답든 평범하든, 젊든 늙었든, 더 착하든 못됐든 그 영향은 간접적일 뿐이다. 단 하나 중요한 것은 너희가 서로 사랑했다는 것이다. 헤어지더라도 그 사실을 덮어버리거나 잊으려 들지 마라. 그럴 때 피해야 할 유일한 절벽은 독선의 절벽이다. 헤어질 때 우리는 그 여자가 남자에게 큰 빚을 진 것처럼 가장해서는 안 된다. 오히려 우리 자신이 빚을 진 사람처럼 헤어져야 한다. 다시 말해서, 더 공손하고 인간적으로 행동해야 한다. 그게 내 생각인데, 아마 네 의견도 그렇지 않을까 싶구나. 사랑은 늘 어렵다. 그건 사실이다. 하지만 사랑의 좋은 점은 에너지를 준다는 점이다.

나 자신은 아직 여자 경험이 충분하지 않다고 생각한다. 아마 너도 그럴 수 있겠지. 우리가 어릴 때 여자에 대해 배운 것들은 전적으로 틀렸다. 그건 확실하다. 자연에 위배되니까. 우리는 경험으로부터 배우려고 노력해야 한다. 모든 사람이 선량하고 세상이 훌륭하다면 정말 즐겁겠지만, 내가 볼 때 우리는 우리가 원자가 되어 구성하는 세상만큼 선량하지 않고, 세상도 우리만큼 선량하지 않음을 점점 더 깨닫게 되는 것 같다. 우리가 최선을 다할 수도 있고 경솔하게 행동할 수도 있지만, 결과는 늘 우리가 진정으로 원했던 것과 다르다. 하지만 결과가 좋든 나쁘든 운이 좋든 나쁘든, 아무것도 하지 않는 것보다는 뭔가 하는 쪽이 더 낫지 않을까. 그저—빈센트 숙부의 표현대로—고지식하고 독선적인 도덕군자가 되지 않도록 경계하기만 한다면 우리는 심지어 원하는 만큼 선량해질 수도 있을 게다.

네게 커다란
빚을 졌다

1884년 3월, 뉘넌
테오에게

　그동안 나는 네게 커다란 빚을 졌다. 그런데도 계속 똑같은 방식만 고집한다면 상황은 점점 더 나빠질 것이다. 그래서 미래를 위해 네게 제안을 하나 하려 한다. 네게 내 작품을 보내게 해다오. 그리고 마음에 드는 걸 골라서 네가 간직해라. 대신 3월 이후에 네게서 받는 돈은 내가 번 돈으로 생각해줬으면 좋겠다. 초반에는 내가 지금까지보다 적게 받는 것에 전적으로 찬성한다. 1월 말인가 2월 초에, 부모님 집으로 들어오자마자 어떤 사실을 깨닫고 충격을 받았다고 너에게 편지를 쓴 적이 있다. 그것은 네게서 습관적으로 받아온 돈이 일차적으로는 기약할 수 없는 것으로 여겨지고 있었고, 그다음으로는 그것이 어리석은 가난뱅이를 위한 적선처럼 여겨지고 있었다는 사실이다. 심지어 이런 생각이 그 문제와 결코 아무 상관도 없는 사람들, 예를 들어 이 지역의 점잖은 이웃들에게까지 퍼져 있다는 사실도 확인할 수 있었다. 적어도 한 주에 세 번 정도는 전혀 모르는 사람에게 "왜 당신은 작품을 팔지 않는 건가요?"라는 질문을 받곤 했거든.

그런 상황에 처한 사람의 하루하루가 얼마나 유쾌할지는 네 판단에 맡기마.

내 입장에서는, 그동안 받아온 돈에 대해 네가 어떻게 생각하든지간에, 나 자신은 가능해지면 반드시 갚아야 할 것으로 여긴다는 것을 분명하게 말해두고 싶다.

● ● ●

나는 네게 편한 마음을 갖고 싶고, 동시에 똑같이 진지하게 너도 나에게 편한 마음을 갖기를 바란다. 만약 내 작품에 네 마음에 드는 뭔가가 있다면, 나는 정말 행복할 것이다. 만약 그것이 네 마음에 들지 않아서 네가 그것으로 아무것도 하고 싶지 않다면, 그렇다면 나는 그것에 대해 아무런 말도 할 수 없겠지.

하지만 우리가 느끼는 감정이 아무리 다르다 해도, 이런 저런 것에 대해 어떤 차이가 있더라도, 우리는 형제고 나는 당연히 우리가 계속 형제답게 행동하기를 바란다.

지금 내가 이곳의 작은 쪽방 말고 다른 작업실을 얻지 않는다고 해서 너와 아버지가 나를 좌절하게 만들지 않았으면 좋겠다. 내 작품으로 집을 얻을 수 있을 만큼 돈을 벌게 되기만 하면 바로 방을 얻어 나가고 더 이상 아버지와 같이 살지 않을 테니까.

말과 인생이
일치한 밀레

1884년, 뉘넌
테오에게

밀레를 언급한 네 편지에서 좋은 구절들을 발견했다. 내 생각에는 네가 계속 호감을 느끼는 것 같은 레르미트에 대해 했던 말보다 더 나은 성찰을 보여주더라. 누가 일등이고 누가 이등인지 떠들어대는, 정말이지 아무런 소득 없는 헛소리에 너무 몰두하지 마라. 그건 그저 허튼소리에 불과하며 멍청한 짓이다. 그런 짓을 하는 사람은 넘치도록 많다. 하지만 너는 밀레가 아주 아름답고 레르미트도 그렇다고 생각하는 사람들 중 한 명이 되어라. 백치처럼 누가 최고이고 누가 일등인지 따질 여지가 남지 않도록 말이다. 그들은 둘 다 평균 이상의 수준이다. 렘브란트와 니콜라스 마스나 판 데르 메이르를 비교하는 게 대체 어디에 쓸모가 있을까? 터무니없는 소리 아니겠니? 그러니 다 그만둬라.

내가 밀레에 대해 네게 묻고 싶은 질문은 이것이다. 만일 그가 자식도 아내도 없이 살았다면 과연 밀레는 밀레가되었을까? 밀레는 노동자 가족이 살아가는 방식으로 살면서도 평범한 노동자보다 한없이 큰 애정을 가지고 있었다. 그랬기에 그가 영감을 찾는 것이 훨씬 더 쉬웠고, 소박한 사람들에 대한 애정이 그렇게나 순수하고 깊었던 것이란다. 밀레의 격언은 '신은 대가족을 축복한다.'였고 자신의 인생으로 그 말이 진심이었음을 보여준다. 그의 인생은 그가 한 말과 일치하기 때문이다.

밀레가 상시에 없이도 잘 지낼 수 있었을까? 아마 아닐 거다. 그런데 왜 밀레는 처음에 친구였던 사람들과 절교를 하고 나서도 계속 그들에게 다달이 후원금을 받았을까? 상시에가 세세하게 제시한 사실들을 살펴볼 때, 근본적인 문제는 그들이 밀레를 개인적으로 평범한 사람이라고 여겼고 그의 작품도 그저 그렇다고 생각했다는 데 있었던 것 같다. 그들은 그것으로 자기들과 밀레를 지치게 만들었고 마침내 접시가 완전히 깨어지는 사태에 이른 것이다. 하지만 상시에는 그 시기에 있었던 일들을 자세히 설명하지 않는다. 밀레가 그 시기를 형편없이 지긋지긋한 시간으로 생각해서 떠올리기 싫어하는 것을 상시에는 이해했던 것 같다. 어디선가 상시에가 말한 적이 있는데, 밀레는 그의 첫 번째 아내와 그 시기의 비참한 상황을 떠올릴 때면 마치 다시 한 번 그 시절의 거대한 암흑과 말로 표현할 수 없는 비통함에 휩싸인 것 같은 몸짓을 하며 양손으로 머리를 움 켜쥐었다고 한다.

도데의 『사포』는 읽어봤니?
그 책은 몹시 아름답고 생기로 가득하며
자연을 (그의 품에) 꼭 끌어안아서
여주인공이 정말로 살아 숨 쉬는 것 같다.
읽다 보면 그녀의 목소리가 들려서,
정말이지 말 그대로 소리가 들려서
지금 책을 읽고 있다는 사실을 잊어버릴 정도란다.

1884년 7월, 뉘넌
테오에게 보낸 편지에서

무례를 처음부터
다시 읽어라

1884년, 뉘넌
(마르고트 사건 이후)

소중한 테오에게,

편지 고맙고 동봉한 돈도 고맙다. 이제 그냥 들어보렴. 네가 한 말은 모두 아주 훌륭하다. 하지만 스캔들이라면 이제 나도 옛날보다 좀 더 잘 대응할 수 있을 것 같다.

예컨대 이제는 부모님이 떠날까 봐 두려워하지 않는다.

요즘 내게 "어쩌다 그녀[마르고트]와 엮인 거요?"라고 묻는 사람들이 있다. 마찬가지로 그녀에게 "어쩌다 그와 엮였소?"라고 묻는 사람들이 있는 것도 사실이다.

그녀와 나는 둘 다 충분한 슬픔과 충분한 근심거리를 가졌지만 우리 중 누구도 후회하지 않는다. 그래, 나는 그녀가 나를 사랑한다고 굳게 믿으며 확실히 알고 있다. 그리고 나 또한 그녀를 사랑한다고 굳게 믿으며 확실히 알고 있다. 나는 진지했다.

그게 어리석었을까? 네가 원한다면 어리석었다 치자. 그러나 결코 어리석은 짓을 하지 않는 현명한 사람들 눈에 내가 어리석어보이는 것보다 그들이 내 눈에 더 어리석어 보이지 않겠니? 그것이 너나 다른 사람들의 주장에 대한 내 대답이다.

이 모든 이야기를 하는 건 내가 화가 났거나 앙심을 품어서가 아니라 그저 설명하기 위해서다.

너는 옥타브 무레°가 좋다고 했지. 그가 너와 비슷한 것 같다고 말이다. 나도 작년부터 그 책 2권을 읽기 시작했는데, 거기서는 그가 1권에서보다 훨씬 마음에 들더라.

최근에 누가 『여인들의 행복 백화점』이 졸라의 명성을 그리 크게 높이지 못했다고 말하는 것을 들었다. 하지만 나는 그 책에서 가장 위대하고 가장 좋은 것을 발견한다.

나는 그 책을 다시 꼼꼼히 들여다보았고 너를 위해 옥타브 무레의 말을 약간 옮겨 적기도 했다.

혹시 너는 최근 일 년 반 동안 부르동클°°처럼 변하지 않

● 에밀 졸라의 『여인들의 행복 백화점』(1883)의 등장인물.

●● 역시 『여인들의 행복 백화점』에 등장하는 인물로 옥타브 무레의 동업자다.

았니? 무례를 고수했어야 하는데 말이다. 내 의견은 그랬고 지금도 마찬가지다. 그러나 주어진 환경의 엄청난 차이 때문에, 그래, 직접적인 상황 차이 때문에, 우리는 여자들이 필요하고 그들을 사랑해야 한다는 나의 믿음과 관련해서 나는 오히려 네가 생각하는 것보다 더 많이 무례 쪽으로 기운다. 무레는 "우리는 여성 고객들을 사랑한다."라고 말했지.

부디 이 말을 깊이 생각해봐라. 그리고 '마음이 식어버렸다.'라고 했던 네 말을 내가 얼마나 유감스럽게 여기는지 기억하렴. 나는 내가 기조Guizot● 스타일이라고 부르는 것의 영향에 대한 신랄한 경고를 통해 말했던 모든 것을 그 어느 때보다 더 강력하게 반복한다. 왜냐고? 왜냐하면 그건 평범함으로 이끄니까. 나는 네가 평범한 사람들에 속하는 모습을 보고 싶지 않다. 너를 너무 사랑했고 지금도 너무 많이 사랑하기 때문에 네가 굳어가는 모습을 보는 게 견딜 수가 없다. 그게 어렵다는 건 나도 안다. 어쩌면 너에 대해 아는 게 너무 적어서 내가 착각했을 수도 있다. 신경 쓰지 마라. 어떻든 너의 무례를 처음부터 다시 읽어라.

나는 무레와 내가 원하는 것의 차이와 그럼에도 존재하

● 프랑스의 역사가이자 정치가인 프랑수아 기조(François P. G. Guizot, 1787~1874).

는 유사성에 대해 말했다. 생각해봐라, 무레는 현대적인 파리 여자를 숭배한다. 그래, 좋다. 하지만 밀레, 브르통, 그들은 똑같은 **열정**으로 시골 여자를 숭배한다. 그 두 열정은 똑같단다.

졸라가 황혼기에 접어든 여자들이 있는 방을 묘사한 부분을 읽어보렴. 대부분이 이미 서른을 넘어 쉰이 되어가는 여자들이 모여 있는, 너무나 어둑어둑하고 신비에 싸인 구석진 곳.

나는 그 부분이 무척 눈부시다고, 그래, 숭고하다고 생각한다. 하지만 밀레의 「만종」도 똑같이 숭고하다. 저 황혼녘은 똑같이 무한한 감동을 준다. 뤽상부르 미술관에 있는 브르통의 작품이나 그의 「샘」에 등장하는 인물도 마찬가지다.

너는 내가 성공하지 못했다고 말하겠지. 하지만 나는 정복하든 정복당하든 상관하지 않는다. 어떤 경우든 사람은 감정이 있고 행동한다. 그리고 그것은 겉으로 보거나 흔히 이야기되는 것보다 더 똑같다.

문제의 이 여자와 어떻게 끝내야 할지는 내게 여전히 수수께끼로 남아 있지만 그녀도 나도 어리석은 짓을 하지는 않을 거다.

나는 낡은 편견이 그 빌어먹을 얼음장 같은 냉담함으로 다시 그녀를 마비시키고 얼어붙게 할까 봐 두렵다. 그 냉담함은 아주 오래전 과거에도 이미 한 번 그녀를 거의 죽이다시피 했다. 아, 기독교의 설립자는 숭고하지만 나는 현재의 기독교의 친구가 될 수 없다. 현대 기독교가 어떤지 너무 잘 알기 때문이다. 그 얼음장 같은 냉담함이 심지어 젊은 시절 내 혼을 빼놓은 적도 있었지. 그러나 그 후에 나는 그 복수를 해왔다. 어떻게? 그들이, 신학자들이 죄악이라고 부르는 사랑을 숭배함으로써, 매춘부를 정중히 대함으로써, 그리고 점잖고 독실한 숙녀를 지망하는 많은 여자들을 정중히 대하지 않음으로써.

어떤 집단의 사람들에게 여자는 항상 이단이고 사악하다. 내게는 정반대인데 말이다.

내가 존경하는
사람들

1884년 12월-1885년 2월, 뉘넌
테오에게

이제까진 좋지 않았지만 더 이상 그러지 말자고 말하면서 가족 간의 불화에 종지부를 찍으려 했다는 이유로 내가 비난받아야 하는 거냐? 겉모습만의 화해나 반쪽짜리 화해에 만족하지 않고 완전하고 결정적인 화해를 원했을 뿐인데, 대체 내가 어떤 점에서 잘못되었다는 거냐? 마음속에 거리낌이 있거나 조건이 달린 화해라면, 흥! 그런 건 정중히 사양한다. 기꺼운 마음이 아니면 아무것도 필요 없다. 참된 열의를 갖고 화해하는 게 아니라면 전혀 소용없을 뿐만 아니라 더 나쁜 상황을 불러올 수도 있다.

너는 내가 아버지께 반항하는 것이 비겁하다고 했지. 하지만 그것은 말로 하는 반항일 뿐 폭력의 문제는 없었다. 더구나 더 슬퍼하고 실망한 건 내 쪽이다. 물론 내가 더 진지하고 단호하게 말했다고 볼 수도 있겠지. 희끗희끗해지는 아버지의 머리카락을 보니 어쩌면 우리에게 화해를 위해 남겨진 시간이 그리 많지 않을지도 모른다는 생각이 들어서 그랬다. 나는 임종의 순간에 이루어지는 화해에 그리 큰 가치를 부여하지 않는다. 살아 있는 동안 화해하는 쪽이 더 좋잖아. 아버지께서 좋은 의도로 그랬다는 건 나도 기꺼이 인정한다. 하지만 그게 좋은 의도로만 끝나지 않고 좀 늦더라도 서로를 이해하게 되는 쪽이 훨씬 더 좋다고 생각한다. 나는 결코 그렇게 되지 못할까 봐 두려운 거다! 그런 생각을 하면 내가 얼마나 마음이 아픈지, 내가 그것을 얼마나 한탄스럽게 생각하는지 네가 알 수만 있다면…….

너는 아버지가 신경 써야 할 다른 일들도 많다고 했지. 정말 그럴까? 그래, 그럴 수도 있다. 그러나 아버지가 문제를 깊이 생각하지 못하게 만드는 그 일이라는 것들이 내게는 그다지 중요하지 않아 보인다. 문제의 핵심은, 아버지는 화해하고 바로잡아야 할 문제가 있다고 여기지 않는다는 데 있다. 좋다. 아버지는 당신의 '다른 일들'이나 신경 쓰시게 내버려두자. 아버지는 "하지만 우리는 항상 네게 다정하게 대했다." 등등의 말씀을 하시겠지. 나는 이렇게 말하고 싶다. "정말요? 그래서 아버지는 만족하시나요? 저는 만족 못 합니다."

* * *

테오야, 예전에 나는 아버지와 자주 다투었다. 아버지는 독단적으로 "그건 이런 거야."라고 단언하시곤 했고, 나는 "아버지, 아버지 말씀은 모순됩니다. 아버지는 그렇게 생각하고 싶지 않겠지만, 방금하신 말씀은 아버지가 마음속으로 막연하게 느끼는 것과 완전히 반대된다고요."라고 맞섰기 때문이다. 그런데 테오야, 나는 이미 오래전에 아버지와 다투는 것을 완전히 그만뒀다. 아버지가 아주 중요한 문제에 대해 한 번도 반성한 적이 없고 앞으로도 결코 그렇게 하지 않으리라는 것이 분명히 드러났기 때문이다. 아버지는 특정 사고방식에 매달릴 뿐 이성적으로 추론하지 않는다는 것을 확실히 알게 되었기 때문이다. 아버지는 있는 그대로의 사실에 근거해서 판단한 적이 한 번도 없고 앞으로도 그럴 것이다. 아버지처럼 사고하는 사람들이 너무 많기 때문에 아버지는 항상 다들 그렇게 한다는 생각에서 확실한 지지와 힘을 얻는다. 일차적으로는 규율을 좋아하는 점잖은 목사들이 그렇잖니. 그러나 아버지에게 다른 힘은 없고, 그런 것들은 모두 관례와 어떤 체계 위에 세워진 것이어서 다른 모든 허영이 그렇듯 쉽게 붕괴될 수밖에 없다. 아버지는 있는 그대로 드러나는 진실을 얻기 위해 씨름하지 않는다.

그러나 나는 만일 어떤 사람이 상황을 깊이 생각하려 들지 않는다면 그의 적은 바로 본인 자신이라는 생각을 갖고 있다. 만일 그가 (특히 젊은 시절에) '이것 봐, 나는 어떤 체계에 의지하고 싶지 않아. 이성과 양심에 따라 상황에 대처하고 싶다고. 설령 내 아버지라 하더라도 내가 더 진실하다고 생각하는 사람들만큼 존경하진 않을 거야. 비록 아버지가 나쁜 사람은 아니고 내가 아버지에 대해 나쁜 소리를 떠들어대지는 않겠지만 말이야.'라고 말하지 않는다면 분명 그렇게 될 거다.

사랑하는 동생아, 이제 알겠니. 나는 밀레, 코로, 도비니, 브르통, 헤르코머, 버튼, 쥘 뒤프레, 이스라엘스 같은 사람들에게 깊고, 깊고, 깊은 존경심을 느낀다. 그들과 나를 혼동하는 건 결코 아니다. 내가 그들과 동등하다고 생각하진 않는다. 전혀. 하지만 설사 사람들이 나를 시건방진 놈이라 여기게 된다 해도 내가 할 수 있는 말은 오직 이것뿐이다. "당신이 내게 길을 알려준다면 나는 기꺼이 내 아버지나 학교 선생이나 다른 누구보다 당신을 따르겠소."

만일 우리가 자신의 가정을 꾸리지 못한다면,
예술은 형편없어진다.
더 젊었을 때부터 이미 충분히
솔직하게 네게 말해왔다만,
만일 좋은 아내를 얻을 수 없다면
나는 나쁜 아내라도 얻을 것이다.
아내가 없는 것보다는
나쁜 아내라도 있는 쪽이 더 낫기 때문이다.

1885년 2월, 뉘넌
테오에게 보낸 편지에서

가장 소박하고
가장 평범한 것들을
그릴 것이다

1885년 2월, 뉘넌
테오에게

내가 맨 처음부터 줄곧 아버지 드 그루[샤를 드 그루]의 작품에 커다란 존경심과 공감을 느낀다고 말했던 것 기억하니? 최근에는 드 그루에 대한 생각을 그 어느 때보다 많이 한다. 그의 역사화들도 정말 훌륭하지만, 우리는 그의 역사화만 봐서는 안 된다. 작가 콩시앙스의 초상화처럼 감정이 담긴 그림들을 우선적으로 보아서도 안 된다. 그보다는 「식사기도」, 「순례」, 「가난한 사람들의 자리」 그리고 무엇보다, 그래 무엇보다 소박한 브라반트 유형을 보아야 한다. 드 그루는, 예를 들어 테이스 마리스*만큼이나 거의 인정받지 못한다. 물론 그들은 다르지만, 어떤 부분은 공통되고

● 테이스[마테이스] 마리스(Thijs[Matthijs] Maris, 1838-1917). 네덜란드의 화가, 판화가.

또 어떤 부분에서는 극심하게 대립되는 면도 있다.

최근에 대중이 더 현명해졌는지는 지금 내가 말할 수 있는 문제가 아니지만, 자신의 생각과 행동을 진지하게 따져 보는 것이 결코 쓸데없는 짓이 아니라는 정도는 알고 있다.

그리고 바로 이 순간에도 드 그루가 망치질 할 때 썼던 것과 똑같이 오래된 모루 위에서 망치질하는 요즘 사람들의 이름을 몇 명이고 댈 수 있다. 당시 드 그루가 브라반트 인물들에게 중세 의상을 입히고 싶어 했다면, 그는 천재성은 물론이고 행운에 있어서도 레이스●에 버금가는 인물이 되었을 것이다.

하지만 그는 그렇게 하지 않았고, 수년이 지난 지금은 레이스 같은 이들의 중세 취향에 반발하는 사람들이 상당히 많다. 물론 레이스는 항상 레이스이고, 테이스 마리스는 테이스 마리스이며, 빅토르 위고의 『노트르담 드 파리』는 여전히 『노트르담 드 파리』로 남아 있다. 그러나 그때는 아무도 원하지 않았던 사실주의가 지금은 인기를 끌고 있고, 개성 있고 진지한 감정이 담긴 사실주의가 그 어느 때보다 더 요구되고 있다.

● 앙리 레이스(Henri[Hendrik] Leys, 1815-1869). 벨기에의 화가, 판화가.

그러니 나는 계속 똑바로 앞으로 나아가려 노력할 것이고, 가장 소박하고 가장 평범한 것들을 그릴 것이다.

사라지는 것 속에서
사라지지 않는 것

1885년 2-3월, 뉘넌
테오에게

먼저 자연과 씨름하는 과정을 거치지 않는 사람은 결코 성공할 수 없다는 확신이 더 강해졌다. 위대한 거장들의 뒤를 따르기 위해 주의 깊게 노력하다 보면 어느 순간 그들 모두 현실 깊숙한 곳으로 돌아가 자리 잡은 것을 발견하게 되거든. 우리가 그들과 비슷한 눈, 비슷한 감정을 갖고 있는 이상 그들의 **창작품**이라 불리는 것들을 현실 속에서 실제로 보게 될 것이다.

그러니 비평가들과 전문가들이 자연을 제대로 접한다면, 일상이 오직 그림 속에서만 이루어지고 그것들을 서로 비교하는 일밖에 없는 지금보다 그들의 판단이 한층 정확해질 것이라고 믿는다. 물론 그림만 가지고 하는 작업도 문제의 한 측면을 구성하는 것이기에 그 자체로 의미가 있겠지만, 우리가 자연을 잊고 오직 피상적으로만 바라본다면 견고한 기반을 잃게 될 것이다.

• • •

위대한 거장들의 가장 감동적인 작품들이 삶과 현실 자체에서 비롯되었다고 확신하려면 자연을 오랫동안 많이 바라보아야 한다. 건강한 시의 바탕, 그것은 영원히 사실로서 존재하며 우리가 충분히 깊이 파고들며 찾을 때 얻을 수 있다.

'사라지는 것 속에서 사라지지 않는 것', 그것은 분명 존재한다.

미켈란젤로가 탁월한 은유로 말했던 것을 밀레는 은유 없이 말했다고 생각한다. 아마 밀레는 보고 '믿음'을 갖는 법을 우리에게 가장 잘 가르쳐줄 수 있을 것이다. 내가 나중에 더 나은 작업을 하게 된다 할지라도 분명 지금과 다르게 작업하지는 않을 것이다. 더 잘 익었다 뿐이지 똑같은 사과라는 뜻이다. 그러니 나는 애초에 품었던 생각을 바꿀 마음이 전혀 없다. "지금 내게 좋은 점이 없다면 나중에도 내겐 좋은 점이 전혀 없을 것이다. 반대로 만일 나중에 내가 좋은 면을 가질 수 있다면, 그건 지금도 마찬가지다."라고 말하는 이유가 바로 여기에 있다. 밀을 처음 보는 도시 사람들이 간혹 그것을 풀과 혼동하는 경우가 있지만, 밀은 어떻게 해도 밀인 것과 같다.

사람들이 내가 하는 일과 그 방식을 인정하든 하지 않든, 자연이 자신의 비밀을 털어놓을 정도로 충분히 오랫동안 자연과 씨름하는 것 외에 다른 방법을 나는 개인적으로 전혀 알지 못한다.

색채와 드로잉과 관련한
규칙이나 원칙들

1885년 4월, 뉘넌
테오에게

나는 인상파 화가들의 유파가 있다고 믿지만, 그것에 대해 아는 바가 너무 적다. 그러나 가장 독창적이고 가장 중요한 거장들이 누구인지는 안다. 바로 들라크루아, 코로, 밀레 같은 화가들이다. 마치 중심축처럼 그들을 한가운데에 두고 풍경과 농부들을 그리는 화가들이 주변을 둘러싸고 있다. 이건 아직 제대로 체계를 갖추지 않은, 내 개인적인 의견이다.

내가 하고 싶은 말은 우리가 실질적인 진리를 생각하기 위해 의지하는 것은 (사람들이 아니라) 색채와 드로잉과 관련한 규칙이나 원칙들, 혹은 근본적인 진리라는 것이다.

예를 들어 드로잉을 할 때는 원으로 시작해서 인물을 그리는, 다시 말해서 타원형의 평면을 토대로 사용하는 방법을 쓴다. 그것은 고대 그리스인들도 이미 알고 있었던 방법으로, 세상이 끝날 때까지 타당한 것으로 남을 사실이다.

어머니는 그림이 신념이고,
대중의 의견을 무시할 **의무**를
부과한다는 것을 알지 못하신다.
그림에서 성공을 거두는 것은
양보함으로써가 아니라 **인내**를 통해서라는 것도,
'내가 당신께 그 믿음을 심어드릴 순 없다'는
사실도 이해하지 못하신다.
아버지와도 마찬가지였고 지금도 그렇지만
바로 이것이 어머니와 나 사이에 존재하는 문제다.

1885년 4월, 뉘넌
테오에게 보낸 편지에서

식구들은
진실하지 않다

1885년 5월, 뉘넌
테오에게

　이번 주에 상속과 관련한 서류가 도착했다. 나는 처음에 내가 말했던 대로 했다. 어머니는 그것을 당신 명의로 바꾸고 싶어 하시는 것 같지만 나도 그건 어쩔 수 없다. 나는 늘 내가 한 말을 지켰으니까. 어떤 여자분이 집에서 하숙할 예정이라는 이야기를 들었다. 내가 너무 자주 찾아가면 그들이 불편해할 것이고 내 쪽에서도 그곳에 자주 가는 게 그리 즐겁지 않다는 걸 너도 이해할 것이다. 어쩌다 한 번씩 가끔 찾아가는 것으로 충분하다. 너나 그들은 그렇게 생각하지 않는다는 걸 알지만, 집에 있는 식구들은 전혀 진실하지 않다고 생각한다. 게다가 내가 충분한 근거를 바탕으로 반대하는 다른 많은 일들이 있다는 사실을 감안할 때, 나는 아버지의 죽음과 상속을 내가 완전히 편안한 마음으로 뒤로 물러날 수 있는 문제로 여기게 되었다. 세 누이동생(세 명 모두 똑같다.)의 성격이 시간이 흐른다고 개선되기는커녕 오히려 더 나빠질 것이라고 예견할 수 있기 때문이다. 어쨌든 지금 현재는 그들의 성격이 전혀 내 마음에 들지 않는다. 어머니께서 아프신 동안 내가 빌[반 고흐의 누이동생 빌헬미나]에 대해 얼마나 호의적으로 생각했는지 기억하니? 그런데 그건 그저 잠깐 지속되는 변덕이었을 뿐 다시 서먹해져버렸다. 도데의 『전도사』를 읽어봤니? 만일 그랬다면 거기서 내가 말하려는 것을 더 잘 표현한 단어를 찾을 수 있을 게다.

네가 우리를 중재하기 위해 최선을 다하고 있다는 걸 아주 잘 안다. 사랑하는 동생아, 나는 그들에게 나쁜 일이 생기기를 바라지 않는다. 내가 그러기를 바라겠니? 그러니 그들에게 해를 끼치는 일도 없을 거다. 하지만 마찬가지로 그들에게 어떤 영향력도 행사하고 싶지 않구나. 무엇보다 그들이 그걸 이해하지 않을 것이고, 두 번째로는 그들이 그걸 이해하고 싶어 하지도 않을 것이기 때문이다.

화가들의 기법과 색채를
더 공부해야 할 것 같다

1885년 6월, 뉘넌
테오에게

가끔은 루브르 박물관이나 뤽상부르 미술관을 다시 둘러보고 싶은 마음이 몹시 간절하다. 조만간 밀레와 들라크루아, 코로 같은 화가들의 기법과 색채를 더 공부해야 할 것 같다. 하지만 그게 지금 바로 긴급하게 해야만 할 일은 아니다. 내가 작업을 더 많이 할수록 언젠가 때가 왔을 때 나에게 더 큰 도움이 될 것이라고 생각한다.

하지만 우리에게 자연과 그림, 둘 다 필요하다는 건 분명하다.

다들 **무관심**한데도
작업을 계속하는 것은 쉽지 않다.
하지만 그게 쉬운 일이라면
그리 큰 가치가 없겠지.

1885년 6월, 뉘넌
테오에게 보낸 편지에서

근심과 곤궁에도
불구하고 평온을

1885년 6월, 뉘넌
테오에게

그림의 문제점은 그림을 팔지 못할 때도 계속 발전하기 위해 여전히 물감과 모델을 구할 돈이 필요하다는 데 있다. 이건 정말 심각한 결점이다. 하지만 그 점만 제외하면 그림을 그리는 일, 특히 시골생활을 그리는 일은 온갖 근심과 곤궁에도 불구하고 평온을 가져다준다. 그림은 집과도 같아서 향수를 느끼지 않게 해준다.

• • •

그러니 정말 말 그대로 자신이 지금 살아 있다고 느끼게 해주는 일을 하는 쪽이 더 낫고 더 행복하다고 본다. 겨울에는 눈 속에, 가을에는 노란 낙엽에, 여름에는 익어가는 곡식들 사이에, 봄에는 풀에 파묻혀 지내는 것이 얼마나 행복하냐. 늘 풀 베는 사람들, 시골 처녀들과 어울려 지내고, 여름에는 머리 위로 펼쳐진 넓은 하늘을 바라보고, 겨울에는 난롯가에 머물면서 이제까지 항상 그래왔듯 앞으로도 그럴 것이라고 느끼는 건 정말 좋은 일이다.

그래, 간혹 짚더미에서 잠을 자고 흑빵으로 끼니를 때우는 일도 생기겠지. 하지만, 글쎄, 그렇다 해도 그 덕분에 더 건강해지지 않겠니.

모델을 더 많이
쓸 수 있으면 좋겠다

1885년 6월, 뉘넌
테오에게

우리는 힘든 시간을 보내게 될 것이다. 그게 전적으로
내 잘못은 아니지만, 우리는 오직 인내함으로써 지금 씨를
뿌리고 있는 것을 어느 정도의 시간이 지난 후에 수확할
기회를 갖게 될 것이다.

네가 그 모든 돈 걱정을 해야 한다는 게 너무 염려스럽
구나. 내가 조금이라도 네 부담을 덜어줄 수 있다면 얼마
나 좋을까. 네가 네덜란드에 왔을 때 테르스테이흐를 한
번 더 만나보는 것이 좋지 않을까? 테르스테이흐는 과감
한 사람이다. 그러니 일단 마음을 돌리고 나면 그는 괜찮
을 거다. 마우베도 마찬가지고. 만일 꾸준히 인물화를 배우
는 사람이 많다면 도움을 얻을 기회가 별로 없다고 말할 수
있겠지. 하지만 그런 사람은 그렇게 많지 않고, 그렇다고

인물화에 대한 수요가 전보다 줄어든 것은 아니다.

너 혼자 계속 그 모든 것을 감당하기는 힘들 것이다. 그런데도 나는 비용을 줄이기 위해 아무것도 할 수가 없구나. 오히려 나는 모델을 더 많이 쓸 수 있으면 좋겠다. 어떻게 해야 할까?

우리가 희망 없는 싸움을 하고 있다고 말해서는 안 된다. 거기서 승리한 다른 사람들이 있다. 우리도 승리할 것이다.

매일 농부들처럼
일하는 화가의
작품이 더 진지하다

1885년 7월, 뉘년
테오에게

내 생각에 졸라는 그림을 판단할 때 엄청난 실수를 저지르곤 하지만, 그래도 『나의 증오*Mes Haines*』에서 미술 일반에 대해 멋진 말을 했다. "그림(미술 작품)에서 내가 찾고 사랑하는 것은 인간—예술가다."

그래, 나는 이 말이 완벽하게 진실이라고 생각한다. 네게 물어보자. 어떤 그림의 기법이 칭찬받을 때 그림 배후에 어떤 종류의 인간이, 어떤 종류의 선지자나 철학자나 관찰자가, 어떤 종류의 인물이 있을 거라고 생각하니? 사실 대개는 아무것도 없단다. 그러나 라파엘리의 인물도, 레르미트의 인물도 나름의 개성을 가지고 있지. 거의 알려지지 않은 화가가 그린 그림 앞에서도 사람들은 그것이 어떤 의지를 가지고, 감정을 담아서, 정열과 사랑으로 그려졌다는 것을 느낀다.

　그런데 시골생활을 다룬 그림이나 라파엘리처럼 도시 노동자들 한가운데로 들어가 그리는 그림의 기법은, 자케나 뱅자맹 콩스탕의 매끄럽게 채색된 그림의 기법과는 상당히 다른 종류의 어려움 속에서 얻을 수 있는 것이란다. 그런 그림을 그린다는 것은 매일 오두막에서 생활하고 여름에는 태양의 열기 속에서, 겨울에는 눈과 서리에 시달려가면서 농부들처럼 들판에 나간다는 뜻이거든. 실내가 아니라 실외에서, 그리고 가볍게 산책하는 것이 아니라 매일같이 농부들처럼 일한다는 뜻이다.

　이런 것들을 고려한다면, 너무 자주 오용되는 단어인 기법(그 의미가 점점 더 관례적이 되고 있다.)에 대해 요즘 들어 과거 어느 때보다도 더 허튼소리를 많이 떠들어대는 저 평론가들의 비평을 비난하는 것이 그렇게 잘못된 일인지 네게 물어보고 싶다.

　'상을 당한 농부'와 그의 오두막집을 그리기 위해 겪어야 했던 온갖 곤란과 노고를 생각하면, 나는 이런 작업을 하는 것이 ('하렘의 재판'이나 '추기경의 연회' 같은) 이국적인 주제를 좋아하는 많은 화가들이 가장 기발하고 특이한 주제를 다루기 위해 겪는 것보다 더 길고 피곤한 여행이라고 감히 주장한다. 파리에서는 아라비아인이나 에스파냐인, 무어인 등 어떤 모델이든 돈만 주면 쉽게 구할 수 있기 때문이다. 그러나 라파엘리처럼 파리의 넝마주이들이 자기네 터전에서 생활하는 모습을 그리는 사람은 훨씬 더 많은 고초를 겪으며, 그의 작품은 훨씬 더 진지하다.

나는 현대미술을
신뢰한다

1885년 8월, 뉘넌
테오에게

밀레나 레르미트를 생각하면, 현대미술가들이 미켈란젤로와 렘브란트만큼이나 위대하게 여겨진다. 고대미술이 무한하듯 현대미술도 무한하다. 고대의 거장들이 천재이듯, 현대의 거장들도 천재다. 슈나바르 같은 사람은 어쩌면 그렇게 생각하지 않을지도 모른다. 그러나 나는 이 점에 있어서 현대미술을 신뢰할 수 있다고 확신한다.

나는 미술에 대해 확고한 신념을 가지고 있기 때문에 내 작품에서 원하는 것이 무엇인지 확실하게 알고 있다. 나는 목숨을 걸고서라도 거기에 도달하기 위해 노력할 것이다.

정물화 작업이
굉장히 좋다

1885년 9월, 뉘년
테오에게

너는 루브르 박물관에 있는 푸생의 작품들 이야기를 했지. 나도 푸생이 무척 좋다. 그런데 내가 그런 그림을 본 지 얼마나 오래되었는지 아니? 너무 오래되었단다. 내가 얼마나 그림을 보고 싶어 하는지 너는 상상할 수도 없을 거다. 어떤 식으로든 그 갈증을 충족시켜야 할 것 같다. 내 작품을 살 사람을 찾으려는 시도를 계속하기 위해서라도 이따금씩 여행하는 게 좋겠다고 생각한다.

무엇보다 렘브란트와 프란스 할스의 그림이 너무 보고 싶어서, 이번 주에 하루 시간을 내서 에인트호번에서 온 친구와 함께 암스테르담에 있는 미술관에 다녀오려 한다. 전에 네게 습작을 보여준 적이 있는 친구다.

만일 내가 작품을 팔 수 있는 연줄을 잡을 수 있다면 그

줄을 놓치지 않을 것이고 끈기 있게 매달려서 승리할 것이라고 굳게 믿는다.

작업 이야기를 하자면, 저번 편지에 이미 썼듯이 최근에는 정물을 그리느라 몹시 바빴다. 나는 정물화 작업이 굉장히 좋다. 네게 몇 점 보내주마. 그 그림들을 팔기 어렵다는 건 나도 잘 알지만, 그 작업은 엄청나게 도움이 되기 때문에 이번 겨울에는 계속 정물화를 그릴 예정이다.

네가 받게 될 그림들 중에 감자를 그린 커다란 정물화가 있는데, 나는 그 그림을 그리면서 몸체를 만들어내려고 노력했다. 이 말은 감자의 물질성을 표현해서 무겁고 단단한 덩어리처럼 느껴지게 하려 했다는 뜻이다. 그걸 네게 던지면 다칠 수도 있는 그런 덩어리로 말이다. 글쎄, 곧 직접 보게 될 거다.

옛 거장들의 작품을
직접 보니

1885년 10월, 뉘넌
테오에게

이번 주에 암스테르담에 다녀왔는데, 시간이 없어서 미술관밖에 둘러보지 못했다. 화요일에 갔다가 목요일에 왔으니 거기서 사흘을 지냈구나. 돈이 좀 들긴 했어도 거기 다녀온 것이 크게 만족스러워서 다시는 그렇게 오랫동안 그림을 보지 않고 지내지 않겠다고 마음먹었다.

그동안은 다른 많은 일들과 마찬가지로 비용 때문에 이 여행을 연기하고 또 연기했었다. 더 이상 그게 좋은 방식이 아니라고 생각하게 되었으니 얼마나 다행스러운지 모른다. 그림을 보는 것은 내 작업을 위해서도 중요하다. 옛 거장들의 작품을 직접 보니 그들의 기법을 전보다 훨씬 더 잘 이해하게 되었고, 그러자 그 외의 것들에 대해서는 그다지 대화가 필요하지 않은 것 같다.

「야경」 왼쪽에, 「직물조합의 간부들」과 짝을 이루어 걸려 있는 작품을 네가 기억하는지 모르겠구나. 프란스 할스와 P. 코데의 (내가 그때까지 몰랐던) 그림인데 약 스무 명의 장교들을 그린 전신 초상화란다. 혹시 그 작품을 눈여겨본 적이 있니??? 그 그림 하나만 보기 위해서라도 암스테르담으로 여행할 가치가 있었다. 색채주의자라면 특히 그럴게다.

• • •

뷔르거는 델프트의 페르메이르와 밀레의 「씨 뿌리는 사람」, 프란스 할스에 대해 글을 썼을 때처럼 렘브란트의 「유대인 신부」에 대해서도 정성 들여 글을 썼는데 평소보다 훨씬 능력을 발휘했더구나. 「직물조합의 간부들」이 완벽한 그림, 렘브란트의 가장 아름다운 작품이라면 「유대인 신부」는 비록 그 정도로 높게 평가되지는 않지만 무척 친근하고 더없이 공감하게 되는 그림, 마치 불의 손으로 그린 것 같은 그림이다. 알겠지만 렘브란트는 「직물조합의 간부들」을 실물에 충실하게 그렸는데, 그럼에도 그는 늘 그렇듯 그 속에서 무한을 느낄 정도로 최고의 수준에 도달했다. 하지만 만일 렘브란트가 문자 그대로 실제에 충실할 필요가 없었다면 분명 그 이상도 가능했을 것이다. 그가 자유롭게 이상화하고 시인이 될 수 있었던, 다시 말해서 창조주가 될 수 있었던 초상화가 바로 「유대인 신부」다. 들라크루아는 그 그림을 어떻게 이해했을까. 얼마나 고결하고 한없이 깊은 감정을 느꼈을까.

"이렇게 그리려면 수십 번은 죽어야 할 것이다." 정말 맞는 말이다. 프란스 할스의 그림들에 대해서도—그는 항상 지상에 머문다—그렇게 말할 수 있겠다. 렘브란트는 너무도 깊은 신비에 싸여 있어서, 어떤 언어로도 설명할 길이 없는 것들을 들려준다. 렘브란트는 실제로 마술사라 불린다……. 그건 아무렇게나 붙이는 호칭이 아니다.

화가라면 상상력과
감정을 갖고 있어야

1885년 10월, 뉘넌
테오에게

자연을 다룰 때 나는 색을 배치하는 데 있어서 어느 정도의 질서와 정확성을 유지하려 한다. 바보 같은 실수를 하지 않기 위해서, 타당성을 유지하기 위해서지. 하지만 내가 칠한 색이 캔버스 위에서 아름다워 보이고 자연 속의 색만큼 아름다워 보이는 한, 그것이 실제 색과 정확히 일치하는지는 그리 크게 신경 쓰지 않는다.

쿠르베의 초상화는, 그게 어느 화가의 것이든 무시무시할 정도로 꼼꼼한 정확성으로 얼굴의 색을 그대로 따라 칠한 초상화보다 훨씬 더 진실하고 훌륭하다.

• • •

물감들이 어우러지면서 생겨나는 아름다운 색조를 항상 현명하게 사용하는 것, 즉 자신의 팔레트와 색의 조화에 대한 지식을 바탕으로 작업하는 것은 노예처럼 자연을 기계적으로 따르는 것과 크게 다르다.

다른 예를 하나 들어볼까. 내가 잎이 샛노랗게 물든 나무가 늘어선 가을 풍경을 그린다고 가정해보자. 그럴 때 내가 그 그림을 노란색채의 교향곡으로 만들겠다고 구상한다면 그림의 기본이 되는 노란색이 실제 나뭇잎의 노란색과 똑같은지 아닌지가 뭐 그렇게 중요하겠니? 그건 그다지 중요하지 않단다. 모든 것은 하나의 동일한 색이 갖는 무한히 다양한 색조에 대한 나의 지각에 달려 있거든.

너는 이것을 낭만주의에 이끌리는 위험한 성향, '사실주의'에 대한 배신, '모델 없는 그림', 자연보다 색채주의자의 팔레트를 더 신경 쓰는 짓이라고 부를까? 글쎄, 뭐라 하든 상관없다. 들라크루아, 밀레, 코로, 뒤프레, 도비니, 브르통, 그 외에도 이 세기 회화예술의 심장이자 영혼의 자리를 차지하고 있는 서른 명도 넘는 사람들, 그들 모두가 낭만주의를 넘어섰음에도 불구하고 낭만주의에 뿌리를 내리고 있지 않니?

로맨스와 낭만주의는 우리 시대의 것이고, 화가라면 상상력과 감정을 갖고 있어야 한다. 다행히 사실주의와 자연주의도 거기서 자유롭지는 않단다. 졸라는 작품을 창작한 것이지 세상을 거울에 비춰 보여준 게 아니다. 그는 아주 멋지게 창작했고 심지어 그것을 시로 만들었다. 그래서 그게 그토록 아름다운 것이겠지.

그림은 거울에 비친 자연과는 다르다.
그림은 모방이 아니라 다시 만들어낸 것이다.

1885년 11월, 뉘넌
테오에게 보낸 편지에서

부업을 가질 것인가
계속 그릴 것인가

1885년 11월, 뉘넌
테오에게

공쿠르의 책 중에 네가 표시해둔 샤르댕에 대한 평론에서 다음 문장을 발견했다. 화가들의 열악한 재정 상황에 대해 이야기한 후에 그가 한 말이다.

"무엇을 해야 할까? 어떻게 될까? 더 낮은 신분으로 뛰어들든지 굶어 죽든지 해야 한다. 나는 전자를 택한다." 그렇게 그는 계속 그림을 그렸고, 소수의 순교자들을 제외하면 나머지 대부분은 펜싱교사나 군인이나 배우가 되었다. 결국 이런 상황은 지금까지도 계속되고 있다. 네가 이 글에 표시를 해두었고 바로 얼마 전에 내가 지금의 작업실을 포기할 것이라고 이야기했기 때문에, 앞으로 어떻게 할 예정인지 알고 싶어 할 수도 있겠다고 생각했다. 이 시대는 샤르댕이 살았던 시대와 완전히 똑같지 않고, 어떤 일들은 지금 이야기한다고 해○ 되지 않는다. 무엇보다 화가들의 수가 훨씬 많아졌다.

요즘은 화가가 '부업을 ○○지면' 항상 대중에게 돌이킬 수 없다는 느낌을 준다. 나○ 이런 상황에서 벗어났다고 느끼는 건 결코 아니지만, ○○면 계속 그림을 그리라고 말하겠다. 100점을 그려보고, ○○ 그걸로 충분하지 않거든 200점을 그리라고, 이렇게 ○○ 것이 '부업을 갖는 것'보다 당신에게 더 도움이 되지 않○○냐고 말이다.

스스로 가난에 익숙해지고, 군○이나 노동자가 어떻게 소박한 밥과 집으로 생활하면서 ○사람을 견디는지 보는 것은 일주일에 몇 길더 더 버는 것○큼이나 유용하다. 결국 우리는 자신의 이○을 위해 이○상에 있는 것이 아니며, 우리 이웃보다 ○ 부유할 필요○ 없다.

조금 더 부를 ○린다고 무슨 소용○ 있겠니. 아무튼 우리는 우리의 젊은 ○이 떠나가는 것을 ○을 수 없다. 그런 일이 가능했다면 좋았○지! 하지만 우리를 ○복하게 만들어주는 진정한 것, 물○○으로 행복하게 만○○주고 아주 오랫동안 젊음을 유지○게 해주는 그런 것○○ 세상에 존재하지 않는다. 설사 ○라비아나 이탈리아에○○다 해도, 거기가 여기보다 더 나을○는 몰라도 그것은 존○하지 않는다.

개인적으로 나는 우리가 오늘날의 제3계급 속에 있을 때 계속 힘을 유지하고 자기를 쇄신할 수 있는 가장 큰 기회를 가진다고 생각한다. 그래, 그래서 나는 부업을 가질 생각은 전혀 하지 않고 그림에서 그것을 찾으려 노력한다. 하지만 돈을 벌고 싶다면 계속 초상화에 주의를 기울이는 것이 좋겠지. '닮음'과 관련해서 사람들을 만족시키기 어렵다는 것은 나도 잘 안다. 그 점에 있어서 미리부터 자신 있다고 말할 용기는 없다. 단지 그게 전적으로 불가능하다고 생각하지 않는다. 이곳 사람들도 다른 곳 사람들과 크게 다르지 않은데, 요즘 이곳 농부들과 마을 사람들은 내 그림을 보면 주저 없이 바로 이건 누구누구라고 말한다. 심지어 내가 아니라고 말할 때도 내 말을 반박하면서 그건 누구라고 우기고, 어떨 때는 뒷모습을 그린 것을 보고도 누군지 알아맞힌다.

가능하다면 누드를
더 배우고 싶다

1885년 11월, 뉘년
테오에게

며칠 전에 뢰르스에게서 내 그림에 대한 편지 한 통을 받았다. 그는 테르스테이흐와 비셀링흐가 내 그림들을 봤지만 좋아하지 않았다고 썼더라.

나는 테르스테이흐와 비셀링흐가 무관심하다 해도 사람들이 다른 생각을 하게끔 이끌겠다는 입장을 고수한다. 바로 얼마 전에 『지구의 추억Souvenirs of Gigoux』과 비슷한 스타일의 책을 몇 권 읽었다. 에인트호번에 있는 내 친구가 주문했던 책들인데, 그 속에서 나는 폴 위에Paul Huet를 비롯해 그 시대 사람들에 대해 아주 흥미로운 것들을 발견했다. 그리고 그 책들은 내가 그동안 자연을 그릇된 방식으로 다루지 않았으며 그림 기법도 잘못되지 않았다고 생각할 용기를 주었다. 앞으로 내가 더 많이 바뀔 것이고 당연히 그래야 한다는 사실을 기꺼이 인정하더라도 말이다. 내가 네게 보낸 두상 습작들 중에 분명 좀 괜찮은 것도 있을 게다. 나는 거의 그렇게 확신한다. 그러니 묵묵히 계속하자.

나는 이번 겨울이 따분할 거라고 생각하지 않는다. 물론 그것은 특히 힘든 작업이 기다리고 있기 때문이다. 그런데 자신이 전투에 돌입해야 한다는 바로 그 감정 속에는 흥미로운 측면이 있다. 나는 이곳에서 내가 직접 빻을 수 있는 염료를 충분히 비축하고 있지만 안트베르펜에서 더 질 좋은 염료를 구할 수 있다면 더욱 좋겠지.

네가 갖고 있는 두상 습작들 크기의 작은 캔버스 틀도 최소한 40개는 챙겨 가려 한다. 드로잉 재료들과 종이도 챙겨 갈 것이고, 그러니 무슨 일이 생긴다 해도 항상 뭔가 할 일이 있을 것이다.

나는 여러 해 동안 철저하게 혼자서 작업해왔다. 그렇기에 비록 내가 다른 사람들에게서 배우기를 원하고 그렇게 할 수 있다 해도, 또 어떤 기법들을 이용할 수도 있겠지만, 나는 언제나 나만의 눈으로 세상을 바라보고 나만의 기법으로 그림을 그릴 것이다. 하지만 내가 좀 더 배우려고 노력하리라는 것은 꽤나 확실하다. 만일 가능하다면 특히 누드를 더 배우고 싶다. 그러나 나는 원하는 만큼 좋은 모델을 원하는 만큼 많이 얻지 못할까 봐 두렵고, 이를 위해 내가 말했던 것처럼 풍경화나 도시 정경, 초상화 혹은 심지어 간판이나 장식 일 같은 다른 작업을 해서 돈을 벌어야 할까 봐 두렵다. 그런데 가능한 '부업' 중에서 내가 지난번 편지에 언급하지 않았던 것도 있으니 바로 그림 교습을 하는 것이란다. 정물화 그리기부터 시작하게 하는 거지. 나는 이것이 드로잉 선생들의 방식과는 다른 방식이라고 생각한다. 전에 에인트호번에서 알고 지내던 사람들에게 그 방식을 시도한 적이 있는데 다시 그걸 시도해봐야겠다.

사진과 초상화

1885년 12월 초, 안트베르펜
테오에게

아아, 그림을 그릴 때 단순하게 그리면 안 될 이유가 어디 있겠니? 요즘 나는 실제 삶을 들여다볼 때도 비슷한 느낌을 받는다. 나는 거리에서 사람들을 자주 관찰하는데, 종종 하녀들이 귀부인들보다 훨씬 더 흥미롭고 아름다우며, 노동자들이 신사들보다 더 흥미롭다고 생각한다. 그런 평범한 남녀에게서 나는 힘과 활기를 발견하는데, 만일 그 독특한 특징을 표현하고 싶다면 흔들림 없는 붓놀림과 단순한 기법으로 그려야 한다.

바우터르스는 이것을 이해했다. 적어도 예전엔 그랬다. 이곳에 와서는 아직 그의 작품을 전혀 보지 못해서 하는 말이다. 내가 들라크루아의 그림에 그토록 감탄하는 것도 그가 우리에게 사물의 생명과 표정, 움직임을 느끼게 만들기 때문이다. 그는 완벽하게 색채를 지배한다.

내가 좋게 보고 감탄하는 그림들 중에 종종 물감을 지나치게 많이 쓴 경우가 꽤 있다. 요즘 나는 그림을 그리면서 모델들의 얼굴을 생기 있게 유지하기 위해 그들에게 말을 거는 습관을 들이는 중이다.

• • •

잘 지내고 가능하면 틈틈이 또 편지해라. 돈 문제라면 네가 가능한 만큼 해주면 된다. 하지만 성공하려면 우리의 전력을 다 바쳐야 한다는 사실을 잊지 마라. 나는 초상화를 그리겠다는 생각을 포기하지 않을 것이다. 사진사가 기계로 끌어낼 수 있는 것보다 더 많은 것이 사람들 안에 있다는 사실을 보여주는 일은 충분히 싸울 가치가 있기 때문이다.

잘 있어라, 악수를 보낸다.

언제나 너를 생각하며, 빈센트

어디나 그렇듯 이곳에도 사진사가 아주 많다는 것을 알게 되었는데 그들은 무척 바빠 보인다.

눈, 코, 입 들이 항상 똑같이 상투적이어서 밀랍처럼 매끄럽고 차갑다.

그건 항상 생기 없는 모습으로 남을 수밖에 없다.

하지만 초상화는 화가의 영혼에서 곧장 튀어나온, 그들 나름의 생명을 갖고 있으며, 기계는 거기에 도달할 수 없다. 사진을 더 많이 바라볼수록 더 그렇게 느끼게 될 것이라고 생각한다.

어머니께 편지를
쓰지 않겠다

1885년 12월, 안트베르펜
테오에게

집에 있는 식구들이 우리 매력적인 누이 안나나, 내게 똑같이 매력적인 다른 가족의 일원들과 함께 머물고 있는 한 그들에게 편지를 쓸 마음은 조금도 없다. 그게 네게 이해할 수 없는 일로 비칠 거라고 생각하지 않는다.

어머니께서 내게 편지를 보내라고 청하는 편지를 받았다. 네게 내 주소를 보내달라고 부탁했다고 하시더구나. 나는 편지를 쓰지 않을 거라고 네가 그들에게 알려주겠니. 그 문제라면 내가 집을 떠나올 때 상당히 간명하게 이야기 했다. 3월에 있었던 일이 상당히 결정적이었다는 건 너도 이해할 것이다.

그때 나는 집을 떠났고, 그로써 그들은 원하던 것을 얻었다. 그 외에는 나는 그들에 대해 거의 조금도 생각하지 않는다. 마찬가지로 그들이 나를 생각하는 것도 바라지 않는다.

물론 그런 일이 일어나야 했던 건 상당히 유감스럽다. 하지만 너도 알다시피 어떤 기억들은 계속 남는다. 예컨대 돌아가신 아버지께서 정말이지 가톨릭 신부 같은 방식으로 내게 말하고 행동하셨던 게 아직도 기억난다. 네가 그들에게 더 이상 분노를 느끼지 않는다는 것은 그들이 이방인보다 더 멀어졌다는 뜻이라는 것을 왜 그들은 분명하게 이해하지 못하는 것일까?

네가 괜찮다면 어머니께 그렇게 말씀드리련. 나는 어머니께 심한 말을 하고 싶지 않지만, 편지 쓰는 것은 확실하게 거절한다. 그래도 어머니 연세가 있으니 어머니께 편지를 쓰지 않겠다고 대놓고 말씀드리고 싶지는 않구나. 다른 화가들에게도 그런 일은 있었다. 그런 건 그냥 내버려두는 게 더 나을 것 같다.

성당보다 사람의 눈을
그리는 게 더 좋다

1885년 12월 19일, 안트베르펜
테오에게

내가 헤트 스테인의 정경을 그린 그림을 다른 미술품 거래상에게 보여주었더니 그림의 분위기와 색채가 마음에 든다고 하더라. 하지만 지금은 재고 물품 목록을 작성하느라 너무 정신이 없고 여유 공간도 많이 부족하다면서 새해에 다시 찾아오라고 하더라. 그 그림은 안트베르펜의 추억을 간직하고 싶어 하는 외국인들의 관심을 끌 수 있을 것 같아서 그런 종류의 도시 정경 그림을 좀 더 많이 그리려 한다.

그래서 어제는 성당이 보이는 곳으로 가서 드로잉 몇 점을 그렸다. 공원을 그린 작은 습작도 있다.

하지만 나는 성당보다 사람의 눈을 그리는 게 더 좋다. 사람의 눈은, 아무리 장엄하고 인상적인 성당도 가질 수 없는 매력을 담고 있기 때문이다. 거지든 매춘부든 사람의 영혼이 더 흥미롭다.

결국 나는 모델을 두고 작업하는 것만큼 확실하게 진전을 보일 수 있게 도와주는 건 없다고 굳게 믿는다.

물론 모델에게 돈을 지불해야 하는 것은 커다란 골칫거리다. 지금은 모든 에너지를 쏟아야 할 시기고, 구매자를 찾으려면 그림에 활기가 있어야 한다.

나는 이곳에서 할 일이 있을 거라고 확신한다. 이 도시에는 아름다운 여자들이 많은 것 같다. 여자들의 초상화를 그리거나 가상적인 여성의 두상이나 인물화를 그리면 돈을 벌 수 있을 것 같다.

우리가 지금보다
더 한마음으로
합심한다면

1885년 12월 28일, 안트베르펜
테오에게

공쿠르의 책을 다시 읽었다. 정말 훌륭하더라. 네가 읽게 될 『셰리_Chérie_』의 서문은 공쿠르 형제가 겪은 일들과 함께 그들이 생애 말년에 얼마나 우울했는지를 들려준다. 그래, 그럼에도 그들은 자기 확신을 느꼈단다. 그들이 중요한 업적을 이루었다는 사실을 알고 있었고 그들의 작품이 남으리라는 것을 알고 있었기 때문이다. 그들은 얼마나 멋진 사람들이냐! 하지만 우리가 지금보다 더 한마음으로 합심한다면, 만일 우리가 완벽하게 의견을 모을 수 있다면, 우리라고 똑같이 하지 못할 이유가 어디 있겠니?

아카데미에서 그림을 그리기 시작한 지
며칠 되었는데 이곳이 상당히 마음에 든다.
특히 아카데미에는 온갖 종류의 화가들이 다 있어서
그들이 아주 다양한 방식으로 작업하는 모습을
직접 볼 수 있기 때문이다.
이전에는 다른 사람들이 작업하는 것을
한 번도 본 적이 없다.

1886년 1월, 안트베르펜
테오에게 보낸 편지에서

내가 너의 채권자들보다
못한 존재냐?

1886년 1월, 안트베르펜
테오에게

나는 항상 네가 재력가가 되기를 원한다고 생각해왔고, 그것을 전혀 반대하지 않을 뿐 아니라 심지어 적극 찬성하고 있다. 그런데 새해 시작부터 실망스럽게도 "내가 돈을 지불해야 할 곳이 너무 많아서 이달 말까지는 형이 알아서 생활을 꾸리도록 노력해야 할 것 같아."라는 말을 듣게 되었구나. 너는 그 주장에 크게 만족하는 거냐?

들어봐라. 내가 거기에 반대하는 이유를 적어 보낼 테니 옳은지 그른지, 적어도 내 말에 진실은 없는지 한번 생각해보렴. 내가 너의 채권자들보다 못한 존재냐? 기다려야 하는 쪽이 누구냐? 그들이냐, 아니면 나냐??? 만일 우리 중 한쪽이 기다려야만 한다면, 어느 쪽이 인간적인 가능성에 속할까?

빚쟁이는 분명 친구가 아니다. 그런데 나는, 설령 네가 확실하게 인지하지 못한다 할지라도, 적어도 네 친구일 수도 있다. 매일같이 작업하느라 내가 견뎌야 하는 부담감이 얼마나 큰지, 모델을 구하는 게 얼마나 힘든지, 그림 재료들이 얼마나 비싼지 알고 있니? 가끔은 내가 계속해나가는 것이 문자 그대로 거의 불가능하다는 것을 알기나 하니? 그럼에도 나는 그림을 그려야 하며, 너무 많은 것이 내가 즉시 그리고 아무런 망설임 없이 이곳에서 차분하게 계속 작업하는 것에 달려 있다는 사실을 알고 있느냐고.

너무 많은 망설임은 나를 넘어뜨리고 오랫동안 다시 일어설 수 없게 만들지도 모른다. 내 상황은 모든 측면에서 위협받고 있으며, 그것을 모면하려면 오직 힘차게 작업하는 길밖에 없다. 물감 값 청구서는 내 목을 밧줄처럼 조여오는데 그럼에도 나는 계속해야 한단 말이다!!!

나도 사람들을 무작정 기다리게 해야 한다. 그들은 분명 자기 돈을 돌려받겠지만 어쨌든 기다려야 한다. 나는 그들에게 외상을 적게 줄수록 더 오래 기다려야 할 거라고 선언했다.

현재 승리할 수 있는 유일한 방법은 아주 훌륭한 작품, 평범하지 않은 뭔가를 만드는 것이다. 그런데 더 훌륭한 작품을 만들려면 돈과 수고와 불굴의 노력을 더 많이 들여야 한다. 그 어느 때보다 지금이야말로 그것이 유일한 방법이다.

이 치료를
받기로 했다

1886년 2월, 안트베르펜
테오에게

다른 친구들과 비교해보면 내게는 마치 십 년간 감옥에 갇혀 지낸 사람처럼 경직되고 어색한 구석이 있다. 그 원인은 내가 지난 십 년 동안 힘들고 괴로운 생활을 해왔고, 많은 근심과 슬픔을 겪었고, 친구 없이 지냈기 때문이다.

그러나 내 작품이 더 좋아지면 그것도 달라질 것이다. 나는 중요한 것을 알게 되고 뭔가 할 수 있게 될 것이다. 거듭 말하지만, 우리는 그렇게 되기 위한 올바른 길을 걷고 있다. 그러니 의심하지 말자. 성공에 이르는 방법은 용기와 인내를 가지고 열정적으로 작업하는 것이다.

사실 내 겉모습을 좀 바꿔야겠다는 생각은 든다. 어쩌면 너는 겉모습이 예술과 무슨 상관이냐고 말할지도 모르겠다. 아니면 반대로 내 말에 동의할 수도 있겠지! 얼마 전에 의사에게 이를 보였더니 이미 빠져버렸거나 빠지게 될 이가 자그마치 열 개는 된다더라. 그건 너무 많고, 너무 골칫거리다. 게다가 그것 때문에 나는 마흔 살도 넘어 보이는데, 그게 내게 그리 득이 되진 않는다.

그래서 치료를 받기로 결정했다. 치료비가 100프랑은 들겠지만, 다른 시기에 하기보다는 내가 드로잉에 주력하고 있는 지금 치료 받는 것이 더 나을 것 같았다. 일단 안 좋은 이들을 잘라냈고, 치료비 절반을 미리 지불했다. 그런데 내 위장도 좋지 않은 상태여서 치료받아야 한다는구나. 이곳에 온 이후에도 위장이 전혀 나아지지 않았거든.

그래도 문제가 어디에 있는지 알게 되었으니 얻은 건 있는 셈이다. 조금만 힘을 들이면 많은 것을 바로잡을 수 있을 것이다. 그것은 전혀 즐거운 일이 아니지만, 언젠가는 해야 할 일이다. 그림을 그리고 싶다면 계속 살아 있어야 하고 힘을 유지해야 한다.

나는 이가 안 좋은 것이 다른 이유 때문이라고 생각했고, 위가 그 정도로 악화되었는지도 몰랐다. 어리석었던 거지. 하지만 가끔 우리는 두 가지 악 중에서 선택해야 하는 진퇴양난의 상황에 처할 때가 있다.

지난달에는 그래서 많이 힘들었다. 게다가 계속해서 기

침이 나오고 회색 가래를 뱉기 시작하다 보니 불안해지기 시작하더라. 하지만 그걸 고칠 수 있도록 노력해야겠지.

알다시피 내가 남들보다 더 강한 사람은 못된다. 나 자신을 너무 심하게 방치하면 그토록 많은 화가들(생각하면 할수록 너무너무 많은 화가들)이 겪어야 했던 것과 똑같은 일이 일어나서 덜컥 죽어버리거나 혹은 더 나쁘게도 미쳐버리거나 멍청이가 되어버릴지도 모른다.

이것은 사실이다. 문제는 다양한 암초들 사이에서 분명한 진로를 따라가야 하며, 설사 배가 파손되더라도 계속 물 위에 떠 있게 하기 위해 노력해야 한다는 것이다.

들라크루아는 '더 이상 이빨도 없고 숨도 쉴 수 없게 되었을 때' 그림의 비밀을 알게 되었다고 말했다. 그러나 바로 그 순간부터 그는 자신을 돌보기 시작했다. 만약 그의 애인이 없었더라면 십 년은 더 일찍 죽었을 것이다.

그러니 지출이 많아졌다고 내게 화내지 마라. 나도 아끼려고 노력하고 있지만 상태가 너무 안 좋아져서 치료할 수밖에 없었다.

물질적 안락함에
작별을 고해야 한다고
느낄지라도

1886년 2월, 안트베르펜
테오에게

드로잉을 하며 한 해를 보내고 나면 그 이후에는 초상화든 풍경화든 마음대로 다른 작업을 할 수 있게 될 것이다. 나는 우리가 그 시기를 먼저 거쳐야 한다고 생각한다. 그것은 피할 수 없다. 들라크루아와 코로와 밀레는 계속해서 고대의 작품들에 대해 생각하고 계속 연구하지 않았니? 그런 것들을 서둘러서 대충 공부하고 넘어가버리는 사람들은 큰 잘못을 저지르는 것이다. 고대 작품들은 확실히 엄청난 평온과 자연에 대한 지식을 필요로 하며, 애정과 끈기를 요구한다. 그렇게 하지 않으면 그것들은 아무런 도움도 되지 않는다.

제리코와 들라크루아가 둘 다 다비드 같은 사람보다 더 상세하게 고대 작품들을 알고 있었고 더 잘 이해했다는 건 상당히 특이하다. 그들은 아카데미의 모든 통상적인 관례에 가장 강력하게 반발했던 사람들이기 때문이다.

아직 투르게네프의 책을 읽은 적은 없지만 얼마 전에 그의 전기를 읽었는데 아주 흥미로웠다. 그는 도데와 마찬가지로 실제 인물을 모델 삼아 작업하고 대여섯 명의 모델을 하나의 유형으로 혼합하는 것을 좋아했다. 오네*에 대해서는 잘 알지 못하지만, 작품이 아주 흥미롭다고 들었다.

나는 점점 더 예술을 위한 예술, 즉 작품 자체를 위해 작업하고 에너지를 위한 에너지를 추구하는 것이 결국 모든 위대한 예술가들의 원칙이라고 믿게 된다. 공쿠르 형제를 보면서 집요한 끈기가 얼마나 필요한지 깨닫게 되지만 사회는 그것에 대해 그들에게 고마워하지 않을 것이기 때문이다.

그럼에도 그림에서 시종일관 가장 숭고한 것을 목표로 삼았던 저 화가들의 이야기에서 어떤 안식을 발견한다. 예를 들어서 이스라엘스는 아직 전혀 알려지지 않았고 마른 빵밖에 먹을 수 없을 만큼 가난했던 비관적인 상황에서도 파리에 가고자 했다. 그러니 거의 굶주리다시피 하고, 살면

● 조르주 오네(Georges Ohnet, 1848-1918). 프랑스의 소설가.

서 모든 물질적 안락함에 작별을 고해야 한다고 느낄지라
도 용기를 잃지 말아야 한다!

코르몽의 화실에 가서도
나는 조만간 선생이나 다른 학생들과
갈등을 일으키게 될지도 모른다.
너한테 확실하게 말할 수 있는 건,
설령 그렇게 된다 해도
조금도 신경 쓰지 않을 거라는 점이다.
선생 없이도 루브르 박물관에 가서
고대 작품들을 보면서 드로잉 공부를
계속할 수 있을 거다.
꼭 필요하다면 그렇게라도 하려 한다.
그래도 그게 다른 사람들과 다른 작업 방식의
어떤 특성을 겨냥했을 뿐 다른 어떤 동기도 없는
의도적인 트집 잡기만 아니라면
나는 내 작품을 수정받는 쪽이 더 좋다.

1886년 2월, 안트베르펜
테오에게 보낸 편지에서

단결이 힘이다

1886년 2월, 안트베르펜
테오에게

의사가 나는 물리적인 생활방식을 개선해야 한다고 말하더라. 너도 그렇게 하면 기분이 더 좋아질지도 모른다. 너도 그리 행복하지 않고 충분히 활기차지도 못하기 때문이다. 분명히 말하자면, 너는 신경 쓸 일이 너무 많고 누리는 게 너무 적다.

어쩌면 잘못은 우리에게 있을지도 모른다. 우리 둘 다 무척 외로운 데다 우리의 힘과 자원이 너무 많이 분산되어서 충분하지 못하기 때문이다. 그럴수록 단결이 힘이다. 단결하면 훨씬 더 좋아질 것이다.

나는 활기가 더 많아야 한다고 생각하며, 우리는 모든 의심과 신뢰 부족을 멀리 내던져버려야 한다. 너는 고립되고 오해받고 있을 때조차, 물리적 행복을 위한 모든 가능성을 놓쳐버렸을 때조차 평온을 유지할 계기가 필요하니?

오직 한 가지 남는 것이 있다면 그건 바로 믿음이다. 사람들은 엄청나게 많은 것들이 변하고 있으며 모든 것이 변할 거라고 본능적으로 느낀다. 우리는 한 세기의 마지막 사분기를 살고 있는데, 이 역시 거대한 혁명으로 끝날 것이다.

그러나 우리 둘 다 생애 마지막 시기에 그 시작을 볼 수 있을 뿐이라고 생각하자. 거대한 폭풍우가 그친 후 공기가 맑아진 더 좋은 시대, 사회의 모든 것이 다시 젊어진 시대를 우리가 살아서 보지 못할 것은 분명하다.

하지만 자신이 살아가는 시대의 허위에 속아 넘어가지 않고, 뇌우가 몰아치기 직전의 병적인 밀폐감과 숨 막히는 압박감을 냄새 맡는 것만으로도 이미 대단하다. 비록 우리는 여전히 답답한 상황 속에서 살지만, 다음 세대는 더 자유롭게 숨 쉴 수 있을 것이다.

졸라나 공쿠르 형제 같은 사람들은 다 자란 아이의 단순함으로 그것을 믿는다. 그들은 가장 철저한 분석가들이어서 그들의 진단은 가장 무자비한 동시에 무척 정확하다.

네가 언급했던 투르게네프와 도데 같은 사람들도 목표 없이 작업하거나 앞을 내다보지 않고 작업하는 일은 없다.

그러나 모두가 회피하기만 하고, 유토피아를 예언한다. 이 나라의 역사를 분석해보면 굉장히 당당하게 시작된 혁명들이 어떻게 수포로 돌아갔는지 끔찍할 정도로 분명하게 보여준다는 점에서 비관적이다.

우리를 떠받쳐주는 것은, 우리가 다른 사람들과 함께 일하고 생각할 때 자신의 감정과 생각에 사로잡힌 채 혼자 있지 않아도 된다는 사실이다.

그럴 때 우리의 힘은 커지고, 우리는 한없이 행복해진다.

여자가 없다면
예술과 인생이
어떻게 되겠니

1886년 2월, 안트베르펜
테오에게

"인생에서 최고로 어려운 문제는 아마 여자들일 것이다."라는 폴 망츠*의 절묘한 명언을 알고 있었니? 보드리**에 관한 평론에 나오는 말이란다.

우리는 이미 쌓은 여자 경험 외에도 각자 자기 몫의 경험을 더 하게 될 게다.

『질 블라스*Gil Blas*』지에 실린 졸라의 작품을 보면, 분명 마네 같아 보이는 화가가 자기 모델이었던 여자와 성관계를 가지고는 그 후 그녀에게 냉담해진다는 내용이 나와서 충격을 받았다. 아아, 정말 훌륭하게 묘사했더라. 이곳 아

● 폴 망츠(Paul Mantz, 1821-1895). 프랑스의 미술사학자.
●● 폴 보드리(Paul Baudry, 1828-1886). 프랑스의 화가.

카데미에서는 결코 여자들을 그리는 법을 배울 수 없다. 여기서는 여자 누드 모델을 쓰는 일이 거의 없거든. 적어도 수업 중에는 절대 그런 일이 없고 개인적으로도 지극히 드문 일이다. 심지어 고대 석고상 수업조차 여자상 하나당 남자상이 열 개는 될 정도다. 그건 너무 쉽다.

물론 파리에서는 사정이 더 낫겠지. 내가 볼 때 우리는 남자와 여자를 끊임없이 비교하면서 아주 많은 것을 배운다. 남자와 여자는 모든 점에서 완전히 다르기 때문이다. 여자는 '최고로' 어려운 존재지만 그들이 없다면 예술과 인생이 어떻게 되겠니?

함께 작업하고
함께 생각하는 것

1886년 2월, 안트베르펜
테오에게

　나는 계속 시골에서 지내는 건 반대한다. 공기는 상쾌할
지 몰라도 도시의 오락과 좋은 친구들이 그리울 것이기 때
문이다. 그건 우리가 함께 지내면 훨씬 더 많이 누리게 될
것들이다. 우리가 곧 함께 지내게 되면 어쩌면 내가 많은
점에서 너를 실망시키게 될지도 모른다. 그래, 그건 분명하
다. 하지만 모든 점에서 그런 건 아닐 거고, 특히 내가 사물
을 바라보는 방식에 대해서는 실망하지 않을 거다.

• • •

　공쿠르의 『셰리』 서문은 벌써 다 읽었니? 생각해보면
그들 형제가 이룩한 작업의 양이 엄청난 것 같다.

　함께 작업하고 함께 생각한다는 건 얼마나 멋진 아이디
어냐. 나는 예술가들이 크게 고통을 겪는 주된 이유는 그

들의 불화와 서로 비협조적인 태도, 그리고 서로에게 충실하지 않고 기만적이기 때문이라는 이론의 새로운 증거를 매일같이 발견한다. 만일 우리가 그 점에 있어서 더 분별 있게 행동한다면 일 년 안에 진전을 보이고 더 행복해질 것이라는 사실을 나는 단 한순간도 의심하지 않는다.

우리는 여자들과 관계를 맺으면서
특히 예술에 대해 아주 많은 것을 배운다.
우리가 경험을 쌓아갈수록
점점 젊음을 잃는다는 건 참 유감스럽다.
그러지 않았다면 인생은 더 없이 좋았을 텐데.

1886년 2월, 안트베르펜
테오에게 보낸 편지에서

그들을 치료해주거나
구해줄 수는 없지만

1886년 2월, 안트베르펜
테오에게

오늘은 일요일이고, 거의 봄 날씨였다. 아침에 나는 도시 곳곳을 돌아다니고, 공원에 가고, 가로수 길을 따라 걸으며 혼자 오랫동안 산책했다. 시골에서는 벌써 종달새의 첫 울음소리를 들었겠지 하는 생각이 들 정도로 날씨가 좋았다.

한마디로 공기 속에서 부활의 조짐이 퍼져 있었다.

하지만 경기나 사람들의 상황은 얼마나 암울한지 모른다. 도처에서 벌어지는 갖가지 파업에 대한 비관론이 과장이라고 생각하지 않는다.

그 파업들이 다음 세대를 위해 쓸모없지 않았다는 사실은 분명 입증될 것이다. 그때는 그들이 성공을 거두었을 것이기 때문이다. 하지만 지금은 직접 일해서 생계를 이어야 하는 모든 사람들이 힘들게 살아가고 있고, 해가 갈수록 점점 더 나빠질 것을 예견할 수 있기 때문에 더욱 힘들게 느껴진다. 부르주아에 맞서는 노동자는 백 년 전에 다른 두 지배계급에 맞섰던 제3계급만큼이나 정당하다. 최선의 행동은 침묵을 지키는 것이다. 운명은 부르주아의 편이 아니기 때문이다. 우리는 살아 있을 때 그 사실을 더 많이 확인하게 될 것이다. 하지만 그 끝에 도착하는 건 아직 한참 남았다. 비록 지금은 봄이지만, 얼마나 많은 수천수만의 사람들이 고독하게 방황하고 있는지 모른다.

나는 종달새가 가장 위대한 낙천주의자인 양 봄 공기 속으로 날아오르는 모습을 본다. 하지만 또 나는 폐결핵에 걸린 스무 살 남짓의 젊은 처녀도 본다. 건강하게 살 수도 있었을 그녀는 아마 병으로 죽기 전에 투신자살할 것이다.

만일 상당히 부유한 부르주아들 속에서 항상 점잖게 잘 지내온 사람이라면 아마 이런 일을 그렇게 많이 알아차리지 못할 것이다. 그러나 나처럼 여러 해 동안 아주 궁핍하게 살아온 사람은 크나큰 불행이 국면을 바꿔놓는다는 사실을 부인할 수 없다.

우리가 그들을 치료해주거나 구해줄 수는 없다 해도 그들과 공감하고 연민을 느낄 수는 있다.

코로는 결국 어느 누구보다 평온하게 살았고 봄을 무척 예민하게 느꼈던 사람이지만, 평생 노동자들처럼 소박하게 살면서 다른 사람들의 불행을 몹시 민감하게 받아들이지 않았니? 그의 전기를 읽으면서, 이미 아주 나이 들었던 1870년과 1871년*에 그가 분명 청명한 하늘을 보았으면서도 부상자들이 죽어가며 누워 있던 야전병원을 방문했던 것이 인상적이었다.

환상은 바랠 수 있지만 숭고함은 남는다. 우리는 모든 것을 의심할 수 있겠지만 코로나 밀레나 들라크루아 같은 사람들을 의심하지는 않는다. 나는 우리가 더 이상 자연에 관심을 갖지 않을 때도 여전히 인류에게 관심을 갖고 있다고 생각한다.

가능하거든 이번 달에 뭔가 조금만 더 보내다오. 많든 적든, 설사 단돈 5프랑이라도 보내주면 좋겠다. 하지만 그것도 불가능한 상황이라면 어쩔 수 없겠지.

---

* 프랑스-프로이센 전쟁이 있었던 해다. 카미유 코로는 1796년생이므로 당시 74, 75세였다.

세상에 인간만큼
흥미로운 것은 없다

이곳에서 지내는 동안 알고 지낸 나이 든 프랑스인 친구 한 명이 있다. 그의 초상화를 그린 적이 있는데, 베를라가 제법 괜찮다고 인정하더라. 네게도 보여주마. 그런데 그 불쌍한 친구는 올겨울에 상황이 많이 좋지 않았던 탓에 나보다 훨씬 더 궁색하게 지낸다. 그의 나이가 상황을 더 심각하게 만든 탓도 있다. 오늘 나는 그를 데리고 이전에 내가 방문했던 의사를 찾아갔는데, 어쩌면 병원에 가서 수술을 받아야 할지도 모른다는구나. 수술 여부는 내일 결정될 거다. 결국 그를 설득하긴 했지만 그가 너무 겁을 내서 의사를 찾아가서 그의 의견을 들어보라고 설득하는 데 시간이 꽤 걸렸단다.

그는 상태가 상당히 심각하리라는 것을 알고 있었기에

병원 의사에게 자신을 맡길 용기가 없었다.

결과가 어떻게 나올지 궁금하다. 어쩌면 그 친구를 위해서 내가 3월에 이곳에서 며칠 더 머물 수도 있다. 결국 이 세상에서 인간만큼 흥미로운 것은 없다. 그리고 우리는 결코 인간을 온전히 다 알 수 없다.

투르게네프 같은 사람들을 그토록 위대한 거장이라고 부르는 까닭도 바로 여기에 있다. 그들은 우리가 관찰하도록 이끌어주기 때문이다.

예를 들어 발자크 이후로 오늘날의 책들은 이전 세기에 쓰인 어떤 책과도 다르며, 아마도 더 아름다운 것 같다.

나는 특히 투르게네프의 책들을 몹시 읽고 싶은데, 도데가 그에 대해 쓴 평을 읽었기 때문이다. 투르게네프의 기질과 그의 작품을 분석한 그 평론은 아주 아름다웠다.

그는 인간으로서도 모범적이어서 만년에도 젊을 때 못지않게 꾸준히 작업했고, 스스로에게 만족하지 못해서 항상 더 잘하기 위해 노력했다.

파리는 파리라네

1887년 8–10월, 파리
레벤스● 에게

이곳에서 내 그림을 팔 수 있는 기회가 그리 많지 않은
건 분명하지만 그래도 시작은 있었네.

현재 네 명의 화상이 내 습작들을 전시해둔 것을 봤다
네. 게다가 많은 미술가들과 습작을 교환하기도 했네.

현재 가격은 50프랑이네. 확실히 그리 큰돈은 아니지.—
하지만—내가 아는 한 처음에는 싸게, 심지어 원가로라도
팔아야 한다네. 더구나, 소중한 친구, 파리는 파리라네. 오
직 하나의 파리가 존재하며, 이곳 생활이 아무리 힘들더라
도, 심지어 형편이 더 나빠지더라도, 프랑스의 공기는 뇌를

● 레벤스(Levens)는 반 고흐가 안트베르펜에서 알고 지내던 영국 화가로, 농장 마
당 풍경을 주로 그렸다.

맑게 해주고 도움이 되네—아주 큰 보탬이 되지.

• • •

　여기는 거래가 저조하네. 대형 화상들은 밀레, 들라크루아, 코로, 도비니, 뒤프레, 그리고 몇몇 다른 거장들의 그림을 과하게 비싸게 팔면서 젊은 화가들을 위해서는 거의 아무것도 해주지 않는다네. 반대로 소규모의 화상들은 젊은 화가들의 작품을 아주 싼값에 팔고 있네. 만일 더 많이 요구한다면 난 아무것도 할 수 없겠지. 하지만 나는 색채를 굳게 믿고 있네. 가격 문제에서도 장기적으로는 대중이 그 값을 지불할 것이네. 하지만 현재는 상황이 끔찍하게 힘드네. 그러니 과감히 이곳으로 오려고 하는 사람은 결코 장미 꽃길이 펼쳐지진 않을 거라는 사실을 고려해야 하네.

　추구해야 할 것은 발전이고, 그게 대체 무엇인지는 여기서 찾아야 하겠지. 나는 다른 곳에 탄탄한 기반을 확보한 사람은 지금 있는 곳에 머물게 두라고 확실히 말할 수 있네. 하지만 나 같은 모험가들이라면 그들이 더한 모험을 한다 한들 잃을 것이 아무것도 없다고 생각하네. 특히 나 같은 경우, 나는 선택해서 모험가가 된 것이 아니라 운명에 의해 그렇게 된 것이고, 어디에 있든 내 가족과 함께 고국에 있을 때만큼이나 나 자신을 이방인으로 느끼지는 않네.

많은 사람들에게 미래는 얼마나 힘겨울까!
우리 자신의 미래도 분명 그럴 것이다.
물론 궁극적으로는 분명 승리하게 될 거라고 굳게 믿는다.
하지만 예술가들 본인이 거기서 뭔가 이득을 보게 될까?
과연 그들이 덜 힘든 날을 맞이하게 될까?

1888년 2-3월, 아를
테오에게 보낸 편지에서

앞으로 찾아올
미래의 화가

1888년 5월 5일, 아를

나의 소중한 테오에게,

생각해봤는데 그냥 깔개와 매트리스를 구해서 작업실 바닥에 침대를 마련하는 것이 가장 좋은 방법인 것 같다는 말을 하기 위해 이렇게 한 줄 쓴다. 여름 동안에는 아주 더울 거라서 이것만으로도 차고 넘칠 게다.

겨울이 되면 우리가 따로 침대를 마련해야 할지 아닐지 알 수 있겠지. 네 집에 있는 침대는, 너와 같이 지낼 화가 한 명을 구하는 것이 함께 지내면서 이야기를 나눌 누군가가 생긴다는 점에서 그 화가와 너 양쪽 모두에게 이득이 될 거라고 생각한다. 코닝이 떠나면 대신 다른 누군가가 들어올 수 있도록 말이다. 어쨌든 네가 그 침대를 계속 보관하면 안 될 이유는 없잖아?

집과 관련해서는, 해안에 있는 마르티그나 다른 어딘가로 가면 훨씬 더 좋은 곳을 발견할 수도 있을 것이다. 이 작업실에서 아주 마음에 드는 것은 맞은편에 있는 정원이다.

그러나 거기 간다면 우리는 집을 수리하거나 가구를 더 마련하는 일을 미뤄야 할 게다. 특히나 만일 우리가 여름에 여기서 콜레라에 걸린다면 숙소를 시골로 옮길 수도 있기 때문에 그게 더 현명할 것이다.

이곳은 오래된 거리들이 있는 지저분한 마을이다. 사람들이 말을 많이 하는—정말 그렇지 않니?—아를 여자들에 대한 내 진짜 생각이 궁금하니? 그들이 정말로 매력적이라는 데에는 아무런 이의가 없다. 하지만 과거 아를 여자들의 모습과는 다르다. 요즘 이곳 여자들은 만테냐보다는 미냐르의 그림과 더 비슷한 것 같다. 그들은 이제 쇠퇴기에 접어들었다. 그렇다고 그들이 아름답지 못하다는 건 아니다. 아주 아름답다. 나는 지금 고대 로마 양식의—상당히 지루하고 평범한—유형에 대해 말하고 있는 거다. 하지만 얼마나 멋진 예외들이 있니!

어떤 여자들은 프라고나르나 르누아르의 작품에서 튀어나온 것같이 생겼다. 또 이제껏 그림으로 그려진 그 어떤 모습으로도 분류할 수 없는 여자들도 있다. 가능한 최선의 방법은 여자들과 아이들을 다룬 다양한 초상화를 그리는 것이다. 그러나 내가 그런 일을 할 수 있는 사람이라고 생각하지 않는다. 나는 그럴 수 있을 정도로 충분히 벨아미bel ami• 씨가 아니다.

그러나 만일 남프랑스에도 벨아미가 있다면, 즉 회화에서도 기 드 모파상 같은 이가 있어서 가벼운 마음으로 이곳의 아름다운 사람들과 사물들을 그려주러 온다면, 나는 진심으로 기뻐할 것이다. 몽티셀리는 실제 생활방식에서는 그랬을지 몰라도 내가 앞으로 찾아올 것이라고 느끼는 사람이 아니었다. 나 자신도 그런 사람은 아니다. 나는 계속 작업할 것이고 내 작품 중에 간혹 나중까지 남을 것들도 있다. 하지만 풍경화에서 클로드 모네가 하는 역할을 인물화에서 하게 될 사람은 과연 누구일까? 너도 나처럼 그런 사람이 나타날 거라고 느낄 것이다. 혹시 로댕일까? 그는 물감 작업을 하지 않으니 그 사람은 아니다. 어쨌든 미래의 화가는 아직 한 번도 존재한 적 없는 그런 색채주의자일 것이다. 마네가 그것을 목표로 열심히 작업하고 있었지

• '아름다운 남자'라는 뜻. 기 드 모파상의 동명 소설 주인공 조르주 뒤루아의 별명이다.

만, 너도 알다시피 인상파 화가들이 이미 마네보다 더 강렬한 색채를 찾았다. 앞으로 찾아올 미래의 화가, 그가 나처럼 작은 카페에서 살면서 의치를 한 채 열심히 작업하고 주아브 병사들의 사창가를 찾아간다고는 상상할 수 없다.

그러나 나는 다음 세대에는 그가 올 것이라고 느낀다. 우리는 의심하거나 흔들리지 말고 그 목표를 이루기 위해 가능한 한 열심히 작업해야 한다.

불안정한 영혼의
행복한 소유주

1888년 5월, 아를
테오에게

여기 내려온 후로 나는 아주 잘 지내고 있지만, 그건 이곳에 내 일과 자연이 있기 때문이다. 그렇지 않았다면 더 우울하게 지냈을 게다. 만일 네가 지금 있는 곳에서 하고 있는 일에 여전히 마음이 끌린다면, 그리고 인상파 화가들이 잘 해내고 있다면, 그래, 그건 아주 좋은 일이다. 외로움과 근심걱정, 곤란한 일들, 다정함과 공감에 대한 채워질 수 없는 갈망, 그런 것들은 견디기 힘들고, 슬픔이나 실망 같은 정신적 고통은 방탕함보다 더 크게 우리를 무너뜨린다. 우리는 불안정한 영혼의 행복한 소유주이기에.

지금의 너를
죽이지 마라

1888년 5월 29일, 아를
테오에게

네가 돈을 벌기 위해 자신을 죽이는 꼴을 보느니 나는 차라리 그림을 포기할 거라는 사실 잊지 마라. 살려면 돈이 있어야 되는 건 확실하다. 하지만 돈을 벌기 위해 우리가 그렇게 멀리까지 가야 하는 상황이 되어버렸니?

너는 '죽음을 준비한다'는 기독교의 관념을 아주 잘 알고 있을 것이다. (내가 볼 때 그리스도 본인은 그 자신에게 다행스럽게도 그런 생각이 전혀 없었던 것 같다. 그는 이승의 사람들과 물건들을 몹시 사랑했으니까. 적어도 그를 약간 얼빠진 인간으로만 보았던 사람들 눈에는 비합리적일 정도로 과도하게 사랑했다.) 죽음을 준비하는 일은 나태한 짓이라는 것을 네가 잘 이해할지 모르겠구나. 만일 그렇다면 자기희생, 즉 다른 사람을 위해 사는 일 속에 자살이 포함된 경우 역시 비슷한 잘못이라는 사실을 너는 정말 모르겠니? 너는 그럼으로써 사실상 친구들을 살인자로 만들고 있다.

그러니 만일 상황이 그렇게 되어서 네가 어떤 평화도 갖지 못한 채 여기저기 옮겨 다녀야 한다면, 마음의 안정을 되찾고자 하는 내 마음속 욕망도 정말로 모두 죽어버릴 것이다.

만일 네가 그 제안을 승낙한다면, 그래, 그렇게 해라. 하지만 그렇다면 구필 사람들에게 나를 예전 임금으로 다시 채용하라고 요구해서 나와 함께 가자꾸나. 사람이 물건보다 더 중요하다. 내가 그림을 위해 애를 쓰면 쓸수록, 그림 자체는 점점 내 관심에서 멀어진다. 내가 그림을 그리기 위해 노력하는 이유는 예술가들에게 속하기 위해서다. 무슨 말인지 알겠지, 네가 돈을 벌게 강요하는 일은 나를 참담하게 만들 것이다. 차라리 무슨 일이 일어나든 함께 지내자. 뜻이 있는 곳에 길이 있다고 하잖아. 만일 네가 지금 좋아질 수 있다면 상당히 오랫동안 잘 지낼 거라고 생각한다. 그러니 나를 위해서든 다른 누구를 위해서든 지금의 너를 죽이지 마라.

이곳에서 나와 함께
지낼 생각은 없는가?

1888년 6월 6일, 아를

소중한 친구 고갱* 에게,

자네 생각을 매우 자주 했네만 더 빨리 편지를 쓰지 않
은 까닭은 공허한 문장을 써 보내고 싶지 않았기 때문이라
네. 러셀과의 거래는 아직 성사되지 않았네. 러셀이 기요맹
과 베르나르** 같은 몇몇 인상파 화가들의 그림을 구입하

● 폴 고갱(Paul Gauguin, 1848-1903). 프랑스의 후기인상파 화가. 반 고흐가 파리에
  머물 때 고갱의 첫 번째 개인전을 개최했던 테오의 소개로 서로 알게 되었고,
  후에 아를에서 잠시 함께 지내며 작업하기도 했다. 두 사람은 이십 대 중반에
  그림을 그리기 시작했고, 정식 미술 교육을 받은 적이 없으며, 인습에 얽매이지
  않는 삶을 살았고, 혼자 힘으로 독자적인 작품 세계를 구축했다는 공통점이 있
  으나 그들의 성격이나 지향하는 작품세계가 전혀 달랐다.
●● 에밀 베르나르(Émile Bernard, 1868-1941). 프랑스의 화가. 반 고흐, 고갱, 세잔
  등과 교류했다.

긴 했지만, 참고 때를 기다려보세나. 러셀 스스로 결론을 내릴 걸세. 하지만 두 번이나 거절당하고 나니 나도 더는 고집을 부릴 수 없었네. 그 거절에는 미래를 위한 약속도 포함되어 있었거든.

내가 이곳 아를에서 막 방 네 개짜리 집을 임대했다는 사실을 자네에게 알려주고 싶었네. 혹시라도 남프랑스에서 나와 함께 작업할 의향이 있는 화가를 찾을 수 있다면 좋을 것 같네. 그도 나처럼 자기 작업에 완전히 몰두해서 이 주에 한 번씩 사창가에 가는 수도승 같은 생활을 운명으로 체념하고 받아들일 수 있다면, 그리고 그 나머지 기간 동안에는 작업에 매여 지내며 시간 낭비를 그리 좋아하지 않는다면 좋겠지.

혼자 지내다 보니 나는 고립감 때문에 좀 힘들다네. 그래서 자네에게 아주 솔직하게 이야기할 생각을 자주 했네.

내 동생과 내가 자네 그림을 무척 좋아하고 자네가 편안하게 자리 잡는 걸 보고 싶어 한다는 건 잘 알 테지. 문제는 내 동생이 브르타뉴에 있는 자네에게 돈을 부치면서 동시에 프로방스에 있는 내게 돈을 부칠 수 없다는 데 있네. 혹시 자네, 이곳에서 나와 함께 지낼 생각은 없는가? 우리가 함께 지낸다면 우리 두 사람 모두에게 충분할 거라고 확신하네. 일단 남프랑스에 와보니 이곳을 포기할 이유를 찾을 수가 없다네.

처음 이곳에 왔을 때 나는 많이 아팠지만, 이제는 더 좋아진 걸 느끼고 있네. 사실 나는 남프랑스가 무척 마음에 드네. 여기서는 거의 일 년 내내 야외 작업이 가능하거든.

하지만 내가 볼 때 이곳 생활은 돈이 더 많이 드는 것 같네. 반면에 다수의 그림을 완성할 기회도 더 많네. 만일 내 동생이 우리 두 사람을 위해 한 달에 250프랑을 보내주고 우리가 그걸 나눠 쓰게 된다면 자네는 여기 올 마음이 있는가. 그런 경우 집에서 가능한 한 자주 식사를 해야 할 필요는 있네. 여관으로 가는 데 쓰는 모든 지출을 피할 수 있도록, 하루에 몇 시간씩 와서 청소해줄 사람을 고용할 수도 있을 걸세.

그 대신 자네는 한 달에 그림 한 점씩을 내 동생에게 주면 된다네. 그 외의 자네 작품들은 자네가 원하는 대로 할 수 있는 거지.

아마 우리는 마르세유에서 곧바로 전시를 시작하게 될 테고, 그럼으로써 우리만이 아니라 다른 인상파 화가들을 위해서도 길을 터놓게 될 걸세. 자네가 이사하고 침대를 사는 데도 비용이 들 텐데, 그건 그림으로 갚아야 한다는 걸 잊어서는 안 되네.

물론 자네는 이 문제를 놓고 내 동생과 자유롭게 의견을 교환할 수 있네. 하지만 그가 그것에 대한 책임을 거절할 가능성이 아주 높다는 걸 자네에게 경고해야겠네. 그는 지금까지 우리가 자네를 더 실질적으로 돕기 위해 찾아낸 유일한 방법이 이 제안임을 자네에게 확신시켜줄 뿐일 걸세. 물론 먼저 그 제안이 자네 마음에 들어야겠지. 우리는 그 문제를 신중하게 심사숙고했네. 내가 볼 때 자네의 건강이 요구하는 것은 다른 무엇보다 평온함 같네. 만일 내가 잘못 생각했고 남프랑스의 열기가 자네에게 너무 강하다면, 좋네, 그렇다면 우리는 다른 해결책을 찾도록 노력해야 할 것이네. 나 같은 경우에는 이곳 기후가 상당히 기분 좋게 느껴지네. 자네에게 다른 할 말도 아주 많네만, 일 얘기가 최우선이 되어야겠지.

반짝이는
저 별에 가려면

1888년 6월, 아를
테오에게

모든 예술가들, 시인들이나 음악가들, 화가들이—행복하게 살았던 사람들조차—물질적인 면에서는 불우했다는 게 정말 이상하게 여겨진다. 최근에 네가 기 드 모파상에 대해 들려준 이야기도 그 증거라 할 수 있겠지. 그래서 영원히 되풀이될 질문을 또다시 던지게 되는구나. 우리는 삶 전체를 볼 수 있을까, 아니면 죽을 때까지 삶의 한 귀퉁이밖에 알 수 없는 걸까?

죽어서 묻혀버린 화가들은 자기 작품으로 이후 세대 사람들에게 말을 건다.

그게 다일까, 아니면 더 올 것이 있는 걸까? 어쩌면 화가의 인생에서 가장 힘든 일은 죽음이 아닐 수도 있다.

나 자신이 그 문제에 대해 아는 바가 전혀 없음은 확실하지만, 지도에서 도시나 마을을 가리키는 검은 점을 보면 꿈을 꾸게 되듯 밤하늘에서 반짝이는 별은 늘 나를 꿈꾸게 한다. 그럴 땐 묻곤 한다. 왜 프랑스 지도에 검은 점으로 표시된 도시에 가듯이 하늘에서 반짝이는 저 별에 이를 수는 없는 걸까?

타라스콩이나 루앙에 가려면 기차를 타야 하는 것처럼 별에 가기 위해서는 죽음을 맞이해야 한다. 죽으면 기차를 탈 수 없듯 살아 있는 동안에는 별에 갈 수 없다.

증기선이나 합승마차, 철도 등이 지상의 운송 수단이라면 콜레라, 결석, 결핵, 암 등은 천상의 운송 수단이다. 늙어서 평화롭게 죽는다는 건 별까지 걸어가는 게 되겠지.

지금의 예술은
침체되어 썩고 있다

1888년 6-7월, 아를
빌헬미나에게

우리는 결코 상황을 변명하는 핑계나 우리의 무능력 등
등에 대한 평계를 들먹여서는 안 된다. 그것은 (요즘의 희석
된 의미에서도) 기독교적이지 않지만, 그게 우리를 위해 더
낫고 아마 다른 사람들을 위해서도 더 나을 것이다. 에너
지가 에너지를 낳고 역으로 마비는 다른 사람들까지 마비
시킨다.

그래, 지금 우리는 말로 다 표현할 수 없도록 사람을 마
비시키고 비참하게 만드는 회화의 세계에서 살고 있다. 전
시회든 그림 가게든 다른 모든 것들까지 다 돈을 몽땅 가
로채가는 놈들 수중에 들어가 있다. 잠시라도 이게 내 상
상에 불과하다고 가정하지 마라. 사람들은 화가가 죽은 후
에야 작품에 많은 돈을 지불한다. 정작 살아 있는 화가들

은 항상 무시하면서 더 이상 거기 없는 화가들의 작품을 들먹이는 것으로 멍청하게 자신을 변호한다.

이런 상황을 바꾸기 위해 우리가 할 수 있는 일이 아무것도 없다는 것을 알고 있다. 그러니 아무쪼록 운명이라고 체념하고 그것을 따르든지, 다른 지원금을 찾아보든지, 부유한 여자를 정복하든지, 혹은 그런 종류의 어떤 대책을 마련하지 않으면 작업을 계속할 수가 없다. 우리가 바라는 모든 것, 일을 통한 독립, 다른 사람들에 대한 영향력, 모든 것이 허사가 되고 수포로 돌아간다.

그럼에도 그림을 그리는 일은 즐겁다. 또한 그럼에도 바로 이 순간 이곳에만 약 스무 명의 화가가 있는데, 다들 가진 돈보다 빚이 더 많고 모두가 거리를 떠돌아다니는 개들과 거의 비슷한 생활을 하고 있다. 그러나 미래의 회화 양식과 관련해서 볼 때 그들은 아마도 모든 공식 전시회보다 더 중요한 비중을 차지하게 될 것이다.

화가의 가장 두드러진 특징은 그림을 그릴 수 있다는 데 있다고 생각한다. 그림을 그릴 수 있는 사람들, 최고의 그림을 그릴 수 있는 사람들은 앞으로 오랜 시간 지속될 중요한 것의 시작이다. 특별히 아름다운 것을 즐길 수 있는 눈이 있는 한 그들은 계속 존재할 것이다. 그러나 나는 더 열심히 일하는 사람이 더 부자가 되지 못하고 오히려 그 반대라는 사실을 항상 유감스럽게 생각한다.

그런 상황만 아니어도 사람들은 훨씬 더 많은 것을 달성하고 다른 사람들과 어울리는 등등의 일을 할 수 있을 텐데 말이다. 현재로는 다들 생계를 꾸릴 수 있는 기회를 찾는 데 얽매여 있다. 이 말은 사실상 사람들이 전혀 자유롭지 못하다는 의미다.

너는 내가 아르티* 전시회에 뭔가를 보냈는지 물었지. 물론 아니다! 단지 테오가 테르스테이흐 씨에게 인상파 화가들의 그림을 배송할 때 내 것도 한 점 넣었단다. 하지만 테오가 내게 알려준 바에 따르면, 유일한 성과는 테르스테이흐 씨도 다른 예술가들도 그 그림들 중 아무것도 보지 않았다는 것이다.

글쎄, 이건 지극히 이해 가능한 일이다. 왜냐하면 늘 똑같은 일이 변함없이 처음부터 다시 시작되기 때문이다. 사람들은 인상파 화가들에 대한 이야기를 듣고서 그들에 대해 엄청난 기대를 품는다. 그리고…… 그리고 처음으로 그

● 'Arti et Amicitiae'를 줄인 'Arti'. 당시 암스테르담에서 사회적으로 인정받는 화가들이 모여 결성한 협회다.

들의 작품을 봤을 때 사람들은 몹시 심하게 실망하면서 그림이 깔끔하지 못하고, 추하고, 채색이 서툴게 되었고, 드로잉도 미숙하고, 색채도 나쁘고, 결국 모든 것이 보잘것없다고 생각한다.

내가 마우베와 이스라엘스, 그리고 다른 영리한 화가들의 사상에 사로잡혀 있었음에도 파리에 갔을 때 처음으로 받은 인상도 바로 그랬단다. 파리에서 인상파 화가들만의 전시회가 열렸을 때 많은 방문객들이 몹시 실망해서 분개하며 돌아갔다고 기억한다. 아마 왕년의 품위 있는 네덜란드인들이 교회 문을 나선 지 얼마 되지 않아 도멜라 니우엔하위스나 다른 사회주의자들 중 한 명의 연설을 들었을 때 느꼈을 기분과 비슷한 기분이었겠지.

그렇지만 너도 알다시피 십 년에서 십오 년 만에 네덜란드의 전체적인 종교 체계가 붕괴되었다. 비록 너나 나는 어느 쪽 신념에도 아주 심하게 빠지지 않았지만, 사회주의자들은 여전히 존재하고 앞으로도 오랫동안 존재할 것이다.

글쎄, 지금 예술—공식적으로 인정받는 예술—과 그 교육방식, 운영방식, 관련 조직들은 우리가 붕괴하는 것을 보았던 종교처럼 침체되어서 썩고 있다. 비록 아직은 많은 전시회와 화실들, 학교들 등등이 존재하지만 계속 이어지지 않을 것이다. 아마 구근 무역만큼 짧게 지속되겠지.

그러나 이것은 우리가 상관할 바가 아니다. 우리가 새로운 것의 설립자는 아니지만 그렇다고 옛것의 수호자가 될 필요도 없으니까.

여전히 남는 것은 바로 이것, 원예가가 꽃 상인과 달리 실제로 식물을 사랑하고 직접 식물을 키우는 사람인 것과 마찬가지로 화가는 그림을 그리는 사람이라는 사실이다.

결과적으로 인상파 화가로 불리는 스무 명 남짓의 화가들 중 일부가 비교적 부자가 되고 세상에서 제법 유명한 인물이 되었지만, 그럼에도 그들 대다수는 불쌍한 처지여서 그들의 집은 카페이고 싸구려 여인숙에 묵으면서 근근이 하루하루 벌어먹으며 생활한다.

그런데 내가 방금 언급했던 저 스무 명 남짓의 화가들이 단 하루 만에 눈앞에 보이는 모든 것을 그리는데, 화단에서 명성이 자자한 수많은 거물들보다 더 훌륭하게 그리더라.

내가 네게 이 이야기를 하는 건 나와 인상주의자라고 불리는 프랑스 화가들 사이에 어떤 종류의 유대관계가 존재하는지 네게 알려주기 위해서다. 나는 그들 중 많은 사람과 친분이 있고 그들을 좋아한다.

게다가 나는 나 자신의 기법에서도 색채에 대해 그들과

똑같은 생각을 가지고 있다. 내가 아직 네덜란드에 있을
때 했던 생각과도 똑같단다.

내가 살아 있다고
느끼는 순간

1888년 7-8월, 아를
테오에게

나는 사람들 앞에 내놓을 만한 그림을 50점 그리겠다고 마음먹었는데 아직 그 절반밖에 그리지 못했다. 올해 안에 나머지를 완성해야 한다.

그들이 성급하다고 비판하리라는 것은 미리부터 알 수 있다.

우리가 화가들의 단합에 대해 이야기를 나누었을 때 내가 지난겨울의 주장을 계속 되풀이했다는 것을 알고 있다. 내가 아직도 그것을 향한 커다란 욕망을 가지고 있거나 그것을 실현시키고 싶어서가 아니다. 단지 그것은 진지하게 계획된 일이었기에 계속 그것을 진지하게 여기고 그 문제로 다시 돌아갈 권리를 유지하는 것이 우리의 의무기 때문이다.

만일 고갱이 여기 와서 나와 함께 작업하지 않을 거라면, 내게는 작업을 지출에 맞추는 것 외에 다른 어떤 방법도 없다. 하지만 이런 전망이 크게 걱정스럽지는 않다. 만일 건강이 내 기대대로만 유지된다면 나는 내 캔버스들을 손질할 것이고 그중에 쓸 만한 것도 좀 있을 게다.

나는 캔버스 틀에 끼우지 않은 과수원 그림과, 그것과 한 쌍을 이루며 점묘법으로 그린 그림에 상당히 만족하고 있다. 그 두 그림은 심사에 통과할 수도 있다. 그러나 나는 봄에 작업할 때보다 폭염 속에 작업하면서 어려움을 덜 겪는다. 곧 캔버스 몇 장을 말아서 네게 보낼 것이고 다른 것들도 말 수 있는 상태가 되는 대로 하나씩 보내려 한다.

징크화이트 물감을 두 배로 주문해줬으면 좋겠다. 징크화이트는 부분적으로 그림이 아주 느리게 마르는 원인이지만, 물감을 혼합할 때 이점이 있다.

이번 겨울 기요맹을 방문했을 때 작업실은 말할 것도 없고 층계참과 심지어 계단까지 캔버스가 빽빽하게 들어찬 것을 발견하고 상당히 즐겁지 않았니? 그러니 너는 내게 야망이 있다는 것을 이해할 수 있을 게다. 그것은 캔버스의 숫자가 중요해서가 아니라 캔버스가 잔뜩 쌓여 있다는 자체가 나에게뿐만 아니라 너에게도 진정한 노동을 대

변하기 때문이다. 꽃이 활짝 핀 과수원과 마찬가지로 밀밭도 작업할 이유가 되었다. 이제 내게는 포도밭에서 진행할 다음 작업을 준비할 시간밖에 없다.

그리고 그 사이에는 바다 그림을 조금 더 그리고 싶다.

과수원은 분홍색과 흰색, 밀밭은 노란색, 바다는 파란색으로 그릴 생각이었다. 어쩌면 이제 초록색으로 그릴 것을 찾아 좀 둘러보기 시작하겠지. 그리고 가을이 있다. 그러면 리라의 전 음계를 채우게 될 것이다.

나는 고갱이 무엇을 그릴지 몹시 궁금하다. 중요한 일은 그의 의욕을 꺾지 않는 것이지만, 그럼에도 나는 그의 계획 전체가 변덕일 뿐이라고 생각한다.

너는 내가 거듭 말하고 싶어 하는 것이 뭔지 잘 알고 있을 거다. 내 개인적 소망은 다른 사람들의 이익에 보탬이 되는 것이다. 지금도 나는 내가 혼자서 쓰는 돈으로 다른 누군가에게 도움을 줄 수도 있다고 생각한다. 그게 비농이든 고갱이든 베르나르든 다른 누군가든 상관없다.

설사 그러기 위해서는 이곳을 떠나야 한다 할지라도 나는 기꺼이 그렇게 단합할 것이다.

어느 정도 이해심이 있는 사람들이라면 두 명, 심지어 세 명이 함께 지내도 한 명이 쓰는 것보다 훨씬 많은 돈을 쓰지는 않을 것이다.

물감에 쓰는 돈도 마찬가지다.

따라서 너는 따로 더 수고하지 않고도 한 명 대신 두세 명이 계속 작업할 수 있게 지원하는 데서 만족감을 얻게 될 것이다.

머지않아 그렇게 될 것이다. 내가 다른 사람들만큼 강하다면 실망할 일은 그리 없을 테니 나를 믿어라. 만일 그들이 작업하면서 어려움을 겪는다면 나 역시 그런 어려움들을 거칠 것인데, 그럴 때도 나는 문제가 무엇인지 알 수 있을 것이다. 완벽한 권리를 가지려면 그들이 작업하도록 격려하는 것이 우리의 의무일 수도 있다.

그것은 필요한 일이다.

만일 나 혼자라면 나도 어쩔 수 없겠지. 하지만 솔직히 내겐 누군가와 함께 지내는 것보다 맹렬하게 열심히 작업하는 쪽이 더 필요하다. 내가 대담하게 캔버스와 물감을 주문하고 있는 까닭도 그래서란다. 힘들게 작업하며 지낼 때가 내가 살아 있다고 느끼는 유일한 순간이다. 만일 내게 같이 지낼 사람이 있다면 그럴 필요성을 덜 느끼겠지. 아니 더 정확히 말하자면 내가 더 복잡한 일들을 처리하느라 몰두하고 있을 게다.

하지만 나는 혼자 지내니까 그저 어떤 순간에 찾아오는 행복감을 기대하게 되고, 낭비를 허용하게 된다.

그러다 보니 얼마 전에 이곳에서 산 캔버스들은 거의 다 써버렸다. 내가 너에게 캔버스들을 말아서 보낼 때 아마 너는 그리 중요하지 않은 그림들을 상당히 많이 캔버스 틀에서 떼어낼 수 있을 거다. 그러면 올해 말에는 피사로와 다른 사람들에게 50점 정도를 보여줄 수 있게 되겠지.

그 나머지—습작들 말이다—는 참고용으로 간직하면서 적절히 잘 말랐을 때 보관함이나 선반에 보관하면 공간을 너무 많이 차지하지 않을 거다.

외로움은 크게
걱정스럽지 않다

**1888년 7월, 아를
테오에게**

처음 이곳 아를에 왔을 때 나는 이 지역 예술 애호가들과 친분을 쌓고 싶었다. 하지만 사람을 사귀는 건 지금까지 조금도 진전이 없는 것 같다. 마르세유로 갔다면 달랐을까? 잘 모르긴 해도 그건 아마 환상에 불과한 것 같다. 어떻든 나는 그쪽 방면에 큰 기대를 거는 건 완전히 포기했다. 저녁식사나 커피를 주문할 때를 제외하고는 하루 종일 아무하고도 말 한마디 못하는 경우가 많다. 그건 처음부터 그랬다.

그러나 지금까지 내게 외로움은 크게 걱정스럽지 않았다. 더 환한 태양과 그것이 자연에 미치는 효과가 사람을 너무 빠져들게 만드는 것을 발견했기 때문이다.

희망은
별들 속에

1888년 7월, 아를
테오에게

지금 막 빅토르 위고의 『두려운 해*L'annee terrible*』를 읽었다. 그는 희망이 존재하기는 하지만…… 그 희망은 별들 속에 있다고 하는구나. 나는 그 말이 진실이라고 생각한다. 공감이 가고 아름다운 말이어서 정말이지 나 자신도 그렇게 믿을 수 있다면 기쁠 것이다. 그러나 이 지구 역시 행성이라는 것, 따라서 하나의 별 혹은 천체에 떠 있는 구球라는 사실을 잊지 말자.

그런데 만일 다른 모든 별들이 똑같다면!!! 그건 그리 웃기지 않겠지. 모든 것을 처음부터 다시 시작하는 수밖에 없으니까. 하지만 시간을 들여야 하는 예술에서는 한 번 이상의 삶을 살아가는 것이 그리 나쁘지 않을 것 같다. 고대 그리스 사람들, 옛날 네덜란드 거장들, 일본 사람들이 다른 별에서 그들의 영광스러운 유파를 계속 이어가고 있다고 생각하는 건 상당히 매혹적이다.

고갱이
이곳에 온다면

1888년 7월, 아를
테오에게

만일 고갱이 이곳에 있다면 내게 엄청난 변화가 생길 거라고 생각한다. 요즘은 내가 누군가와 말 한마디 나누는 일 없이 하루가 가버리기 때문이다. 아, 그래. 어쨌든 그의 편지는 내게 굉장한 즐거움을 주었다.

만일 네가 너무 오래 시골에서 혼자 지낸다면 너는 어리석어질 것이다. 아직은 그렇게 되지 않았지만—올겨울까지는 괜찮다—그로 인해 내가 성과를 못 낼 수도 있다. 하지만 그가 온다면 아이디어가 부족하진 않을 테니까 그렇게 될 위험은 없겠지.

만일 작업이 잘 진행되고 우리의 용기가 꺾이지 않는다면, 우리는 아주 흥미로운 나날을 좀 더 많이 볼 수 있을 것이다.

꿈과 상상으로
그림을 그리는
렘브란트

1888년 7월 말, 아를
베르나르에게

아! 렘브란트!…… 보들레르에게 마땅히 감탄하는 바이
지만, 자네가 보내준 시구*들을 보고 판단하건대 그는 렘

• 베르나르가 반 고흐에게 보들레르의 시 「등대들」을 보내줬다. 다음은 「등대들」
중 렘브란트를 다룬 3연이다.

렘브란트, 신음소리 가득 울려 퍼지고
커다란 십자가만 덩그런 우울한 병원,
눈물 어린 기도 오물에서 피어나고,
문득 스쳐가는 겨울 햇살
Rembrandt, triste hôpital tout rempli de murmures,
Et d'un grand crucifix décoré seulement,
Où la prière en pleurs s'exhale des ordures,
Et d'un rayon d'hiver traversé brusquement ;

브란트에 대해 아는 바가 거의 없다고 감히 가정하게 되네. 지난번에 나는 렘브란트의 사실적이고 단순한 남성 누드 습작을 모사한 작은 동판화를 발견해서 구입했네. 남자는 어두운 실내에서 문인지 기둥인지에 기대어 서 있고, 위에서 내려오는 한 줄기 빛이 앞으로 기울인 그의 얼굴과 불그스름한 머리카락을 스치듯 비추고 있네. 그 몸의 사실적이고 실감 나는 동물성 때문에 혹자는 그걸 드가의 작품으로 볼 수도 있을 것 같네.

하지만 이보게, 자네는 루브르 박물관에 있는 「푸줏간의 황소」를 진정으로 바라본 적이 있는가? 아니, 자네는 그 그림을 진정으로 바라본 적이 없고, 보들레르는 더더욱 그런 적이 없네. 네덜란드 화가들의 전시실에서 자네와 한나절을 보낼 수 있다면 커다란 즐거움이 될 텐데 말일세. 그 모든 것을 말로 설명하긴 어렵겠지만, 우리 앞에 그림이 있다면 나는 자네에게 온갖 경이와 기적들을 보여줄 수 있을 것이네. 원시주의자들[르네상스 이전 시기의 화가들]에게 내가 결코 감탄하지 못하는 까닭이 바로 여기에 있네. 기본적으로, 그리고 가장 직접적으로 그렇다네.

자네는 무엇을 기대하는가? 나는 그렇게 심한 괴짜가 아니라네. 그리스 조각상, 밀레의 농부 그림, 네덜란드의 초상화, 쿠르베나 드가가 그린 여성 누드, 차분하게 빚어진 저 완벽한 작품들은 다른 많은 것들—일본인들 같은 원시주의자들의 작품—이 나에게 그저 서체 연습처럼 보이는 이유라네. 물론 그런 작품들도 엄청나게 내 관심을 끌지만, 완전한 것, 완벽성은 우리에게 무한을 감지하게 만드네. 그리고 아름다운 것을 향유하는 것은 마치 성관계를 할 때처럼 무한의 순간을 맞보게 하네.

• • •

네덜란드 화가들에게서 상상력이나 환상은 많이 찾아볼 수 없지만, 훌륭한 취향과 구성에 대한 과학적인 지식은 어마어마했다네. 그들은 예수 그리스도나 전능하신 하나님 같은 건 그리지 않았네. 물론 렘브란트는 그런 그림을 그렸네만, 그가 그렇게 한 유일한 사람이네.(그의 작품 전체를 놓고 보면 성경을 소재로 한 그림은 비교적 많지 않은 편이네.) 그는 그리스도를 그린 유일한 사람, 예외라네. 그리고 그의 경우에는 다른 종교 화가들이 그린 어떤 작품과도 비슷한 점이 없네. 그건 형이상학적인 마술이거든.

그렇게 렘브란트는 천사들을 그렸네. 그는 늙고, 이빨이 빠지고, 주름지고, 무명 모자를 쓴 자화상을 그렸네. 거울에 비친 자기 모습을 보고 그린 그림이지. 그는 꿈꾸고 또 꿈꾸네. 그리고 붓을 들어 다시 자화상을 그리네. 오직 머리만 그렸는데, 그래서 그 표정이 더 애잔하고 보는 이의 마음까지 애잔하게 만드네. 그는 여전히 꿈꾸고 또 꿈을 꾸네. 왜, 어떻게 그렇게 되었는지 나는 모르지만, 그의 그림 속 소크라테스와 마호메트가 영혼을 가졌듯이 렘브란트는 자신을 닮은 이 늙은 남자 안에 다빈치의 미소를 가진 초자연적인 천사를 그려놓았네.

　나는 지금 자네에게 꿈과 상상으로 그림을 그리는 한 화가 이야기를 했네. 그런데 아까는 네덜란드 화가들이 어떤 것도 만들어내지 않는 것이 특징이라고 주장했지. 그들에게는 상상력도 환상도 없다고 말일세. 내가 비논리적일까? 아니라네. 렘브란트는 그 어떤 것도, 저 천사도, 저 이상한 그리스도도 만들어내지 않았거든. 사실 그는 그들을 알고 있었네. 그들이 거기 있다고 느꼈으니까.

인생

1888년 8월 초, 아를
테오에게

내가 내 그림에서 변화시키고 싶은 것은 인물을 더 많이 그리는 것이다. 전체적으로 볼 때 그림에서 내 영혼 깊숙한 곳까지 나를 흥분시키는 유일한 것이자 다른 어떤 것보다 더 많이 무한을 느끼게 만드는 것이 바로 그것이다.

• • •

우리 여동생이 말했던 대로, 사람들이 세상을 떠난 순간부터는 오직 그들의 좋은 순간들, 좋은 점들만 기억한다. 그러나 중요한 것은 그들이 아직 우리 곁에 있을 때 그런 것들을 보려고 노력하는 것이다. 만일 인생이 아직 또 하나의 반구를 가지고 있다면, 그래서 비록 지금은 보이지 않지만 사람이 죽었을 때 그곳으로 간다면, 정말 간단할 것이고 지금 우리를 너무 놀라게 하고 상처 입히는 인생의 끔찍한 일들을 아주 많이 설명해줄 것이다. 이렇게 흥미롭고 엄숙한 여행을 하는 사람들의 행운을 빌고 지지를 보낸다.

대중은
쉽고 예쁜 것들만
좋아하니까

1888년 8월, 아를
테오에게

사람이 나이를 먹으면 어떤 일에 착수하기 전에 꼭 환상을 배제하고 비용을 따져봐야 한다. 만일 더 젊었더라면, 끈질기게 일하면 생계를 꾸릴 수 있을 거라고 그냥 믿을 수 있겠지. 하지만 이제는 그게 점점 더 의심스러워진다. 지난번에 고갱에게 보낸 편지에, 우리가 부게로처럼 그리지 않는 이상 돈을 벌 희망은 없다고 썼다. 대중은 결코 변하지 않고 오직 쉽고 예쁜 것들만 좋아하니까. 더 엄격한 재능을 가진 너는 네가 하는 일에서 큰 수익을 기대할 수 없다. 인상파 화가들의 그림을 좋아하고 이해할 만큼 지적인 사람들은 대부분 그것을 사기에는 너무 가난하고 앞으로도 계속 그럴 테니까. 고갱과 내가 그것 때문에 일을 조금만 할까? 아니다. 하지만 우리는 점점 가난과 사회적 고립에 굴복할 수밖에 없겠지. 그러니 무엇보다 생활비가 제일 적게 드는 곳에 정착해야 한다. 성공이 찾아온다면 더욱더 좋겠지. 언젠가는 우리가 더 편안한 환경에 놓인다면 얼마나 좋겠니.

내가 그림에서
추구하는 것

1888년 8월, 아를
테오에게

작품을 만들려고 구상해둔 것이 산더미처럼 많다. 계속해서 인물화를 아주 열심히 그린다면 아마 더 많은 구상이 떠오르겠지. 하지만 그게 무슨 소용이 있을까? 가끔은 내가 너무 약해져서 기존 환경에 맞서 싸울 수 없을 것 같고, 승리하려면 내가 더 영리하고 더 부자이고 더 젊어야 할 것 같이 느껴진다.

다행히도 나는 더 이상 승리를 갈망하지 않는다. 내가 그림에서 추구하는 것은 삶을 견디는 것뿐이다.

나는 여전히
조금 상업적이다

1888년 9월, 아를

나의 소중한 테오에게,

보내준 편지와 동봉한 50프랑 지폐 정말 고맙다. 모랭의 드로잉도 받았는데 아주 훌륭하더구나. 그 남자는 위대한 예술가다.

지난밤에는 새집에 가서 잤다. 아직 해야 할 일들이 여전히 남아 있지만 그 집에 있는 것이 무척 행복하게 느껴지더라. 더구나 그곳에서 내가 영속적인 어떤 것을 만들 수 있겠다는 느낌이 들었다. 아마 다른 사람들도 그 덕을 볼 수 있겠지. 지금 쓴 돈은 그냥 잃어버린 돈이 아니다. 너도 곧 그 차이를 보게 될 거라고 생각한다. 현재 이곳은 빨간 타일, 하얀 벽, 가문비나무와 호두나무로 만든 가구들, 창을 통해 언뜻 보이는 짙푸른 하늘과 신록 등 보스봄* 이 그린 실내 정경을 떠올리게 한다. 주변 환경과 공원, 밤의 카페, 식료품 가게 등은 밀레보다는 도미에에 가깝고, 완벽하게 졸라의 작품 같다.

이 정도면 어떤 느낌인지 충분히 전달되었을 거야. 그렇지?

어제 보낸 편지에 썼듯이, 침대 두 개 값으로 300프랑을 예정했는데 그 가격에서 더 할인을 받기는 불가능할 것 같다. 그래도 나는 그 이상의 물건을 구입했는데 그건 지난주 돈의 절반을 여기에 썼기 때문이다. 어제도 나는 여관 주인에게 10프랑을, 매트리스 값으로 30프랑을 지불해야 했다.

지금 이 순간 내게 남은 건 5프랑뿐이다. 그래서 네가 보낼 수 있는 만큼만이라도 좋으니 이 편지를 받는 즉시 좀 보내달라고 부탁해야 할 것 같다. 아니면 내가 일주일을 지낼 수 있도록 1루이를 보내주든지 가능하면 아예 50프랑을 보내다오.

어제 보낸 편지에도 부탁했다시피 이번 한 달 몫으로 어떻게든 50프랑 대신에 또 100프랑을 받을 수 있었으면

● 요하네스 보스봄(Johannes Bosboom, 1817-1891). 네덜란드의 화가. 교회 내부를 그린 그림들이 특히 유명하다.

좋겠다. 만일 내가 한 달 동안 50프랑을 아낄 수 있고 거기에 또 50프랑을 보탠다면, 통틀어 400프랑을 가구 사는 데 쓸 수 있게 된다.

소중한 동생 테오야, 이제 우리는 마침내 올바른 길로 들어섰다. 젊을 때는 가정이나 집 없이 여행자처럼 카페를 전전하며 살아도 전혀 상관없다. 하지만 이제는 그런 걸 견디기가 힘들구나. 더구나 그런 생활은 깊이 있는 작품을 제작하는 데 적합하지 않다는 더 심각한 문제도 있다. 그래서 내 계획은 완전히 세워졌다. 나는 네가 매달 보내주는 돈의 가치만큼 그림을 그리려고 노력할 것이다. 그 후에는 집을 빌린 돈을 지불하기 위해 그림을 그리고 싶다. 이렇게 집 때문에 그리는 그림은 네가 이미 지출한 비용을 갚는 게 될 것이다.

내가 빚을 갚을 수 있다는 사실을 입증하고 싶은 마음이 간절하다는 점에서, 그리고 이 빌어먹을 가난한 화가라는 직업을 가지고 계속 열심히 작업하기 위해서 내게 얼마나 많은 것들이 필요한지 잘 알고 있다는 점에서, 나는 여전히 조금 상업적이다.

전체적으로 나는 지금 하고 있는 장식이 때가 되면 1만 프랑의 값어치를 갖게 될 거라고 거의 확신한다.

내 말을 들어보렴. 만일 우리가 돈에 쪼들리는 동료를 위해 이곳에 작업실과 은신처를 마련한다면, 어느 누구도 너나 내가 오직 우리 자신만을 위해 살고 돈을 쓴다고 비난할 수 없을 것이다. 그런데 그런 작업실을 만들려면 유동적인 자본이 필요하다. 내가 비생산적이던 시기에는 그걸 다 까먹어버린 셈이지만 이제 뭔가 생산하기 시작했으니 꼭 그 돈을 갚을 것이다.

주머니에 항상 1, 2루이 정도가 들어 있고 거래에 필요한 약간의 비축물을 마련하는 것은 나만이 아니라 너에게도 꼭 필요하며, 어쩌면 그건 우리의 권리기도 하다고 생각한다. 그러나 내 목표는, 우리가 작업실을 설립한 후에 마지막에는 그것을 후대에 넘겨서 우리 뒷사람들이 거기서 살 수 있게 해주는 것이다. 내 의도를 충분히 분명하게 설명했는지 잘 모르겠는데, 다시 말해서 지금 우리가 추구하는 예술과 사업은 우리 생전에만 유지되는 것이 아니라 우리가 죽은 후에도 다른 사람들이 계속 이어갈 수 있어야 한다.

너는 네가 종사하는 사업 분야에서 그 일을 해내고 있다. 비록 지금은 너를 괴롭히는 일이 많겠지만 네가 결국 성공하리라는 건 확실하다. 한편 내 쪽에서도, 다른 예술가들이 더 강렬한 태양 아래에서, 일본처럼 더 선명한 빛 속에서 색채를 보고 싶어 할 것이라고 예상한다.

그러니 내가 남프랑스로 들어가는 길목에 작업실 겸 은신처를 마련하는 게 그렇게 말도 안 되는 계획은 아니다. 그건 우리가 평온하게 작업할 수 있다는 의미기도 하다. 만일 어떤 사람들이 파리에서 너무 멀다는 둥 트집을 잡는다면 그냥 내버려두자. 그들에게 더 안 좋은 일이니까. 가장 위대한 색채주의자인 외젠 들라크루아가 왜 남프랑스로 가는 것이 필수적이라고, 아프리카로 가는 것이 옳다고 생각했겠니? 그건 분명 아프리카에서만이 아니라 아를에서부터 빨강과 초록, 파랑과 주황, 유황색과 연보라색의 아름다운 대비를 볼 수 있기 때문이지.

진정한 색채주의자는 모두 이곳에 와서 북쪽 지방의 것과 다른 종류의 색이 있음을 인정해야 한다. 만일 고갱이 온다면 이 지역을 사랑하게 될 거라고 확신한다. 그렇지 않다면 그건 그가 벌써 더 밝은 색채를 보여주는 지역들을 경험했기 때문일 거다. 물론 그래도 그는 늘 친구고 원칙적으로 우리와 함께하는 사람으로 남을 것이다. 만일 그런 경우 그를 대신해서 다른 누군가가 오겠지.

자신이 하고 있는 일이 무한하게 이어지고 자신의 작업

이 미래에도 존재 이유와 연속성을 갖는다는 사실을 안다면, 우리는 더 마음 편히 일할 수 있을 것이다. 네게는 그걸 요구할 두 배의 권리가 있다.

너는 화가들에게 친절하다. 나는 깊이 생각하면 할수록 사람들을 사랑하는 것보다 더 진정으로 예술적인 일은 아무것도 없다고 느끼게 된다. 그러면 너는, 예술과 예술가들 없이 지내는 것도 좋은 일이 될 거라고 말하겠지. 우선은 그 말이 맞다. 그러나 그리스 사람들, 프랑스 사람들, 옛날 네덜란드 사람들이 예술을 받아들였다. 그리고 우리는 피할 수 없는 쇠퇴의 시기를 거친 이후에 예술이 어떻게 다시 활기를 띠게 되는지 잘 알고 있다. 나는 누군가가 예술가들과 그들의 예술을 혐오한다고 해서 상황이 더 좋아지지는 않는다고 생각한다. 지금 내 그림이 네게서 받은 경제적 지원에 버금가는 가치를 가진다고 생각하지 않는다. 하지만 내 그림이 그 정도 가치를 갖게 되면 너도 나와 함께 작품을 창작하는 데 한몫하는 셈이라고, 우리는 함께 작품을 만들고 있는 거라고 단언한다.

그건 내가 일을 더 진지하게 하기 시작하면 네게도 불을 보듯 뻔해질 것이니 그 문제에 대해서는 더 이야기하지 않으련다. 현재 나는 30호 정사각형 캔버스 하나, 녹색 잔디와 검은 소나무 숲이 있고 플라타너스들 아래를 산책하는 그림 하나를 작업하고 있다.

날씨가 더없이 좋기 때문에 네가 물감과 캔버스를 주문한 건 정말 잘 한 일이다. 아직 미스트랄[남프랑스에서 부는 차고 건조한 북서풍]이 불긴 하지만 중간에 잠깐 진정될 때가 있는데 그때는 굉장히 아름답다.

만일 미스트랄이 적다면 이 지역은 정말이지 일본만큼 멋졌을 것이고 미술을 하기에 더없이 좋은 곳이 되었을 것이다.

내가 이 편지를 쓰고 있는 동안 베르나르에게서 아주 다정한 편지가 도착했다. 그는 이번 겨울에 아를에 올까 생각 중이란다. 단순히 충동적인 생각일 수도 있지만, 고갱이 그를 대신 보내고 자신은 북쪽 지방에 머무르려 하는 것일 수도 있다. 그가 어느 쪽으로든 네게 편지를 보낼 게 확실하니까 곧 알게 되겠지.

베르나르는 편지에서 고갱에 대해 이야기할 때 엄청난 존경심과 공감을 보인단다. 그들이 서로를 잘 이해한다는 확신이 드는구나.

나는 정말로 고갱이 베르나르에게 도움을 주었다고 생각한다.

고갱이 오든 오지 않든, 그는 우리에게 친구로 남을 것이다. 그리고 지금 오지 않더라도 다음에 오면 된다.

고갱은 자신이 사회의 최하위 계층에 있음을 알고서, 분명 정직하긴 하겠지만 동시에 아주 정치적인 수단을 이용해서 어떤 지위를 되찾고 싶어 하는 책략가라는 것을 나는 본능적으로 느낀다.

고갱은 내가 이 모든 것을 계산에 넣을 수 있다는 사실을 잘 알지 못한다. 어쩌면 그는 시간을 버는 것이 자신에게 절대적으로 필요하며 우리와 함께하면 다른 건 얻지 못할지 몰라도 그건 얻게 될 것이라는 사실을 모를 수도 있다.

만일 고갱이 언제든 빚을 갚지 않고 라발이나 모랭과 함께 퐁타벤을 몰래 떠나버린다 해도, 궁지에 몰린 모든 생명체가 그렇듯 그도 정확히 똑같이 정당화될 수 있을 거라고 생각한다. 베르나르에게 매달 그림 한 점을 받는 대신 150프랑을 주겠다고 곧장 제안하는 것이 현명하다고 생각하지 않는다. 베르나르가 고갱과 함께 있으면서 이번 계획에 대해 여러 번 들었을 게 분명하니까, 혹시 그가 고갱의 자리를 차지하고 싶어 하는 건 아닐까?

나는 모든 것에 대해 아주 확고하고 아주 명쾌하게 대응할 필요가 있다고 생각한다. 어떤 이유도 갖다 붙이지 않고 아주 단도직입적으로 말하는 거지.

고갱이 사업상 뭔가 모험을 하고 싶을 때 투기꾼이 된다 하더라도 나는 그를 비난할 수 없다. 그건 나와 아무 상관없는 문제다. 마찬가지로 네가 구필 화랑과 함께하든 아니든 나는 계속 너와 함께 일하는 게 천배는 더 좋다. 너도 알겠지만 내 생각에 새로운 거래상들도 예전의 거래상들과 모든 점에서 정확히 똑같다.

원칙적으로, 그리고 이론상으로, 나는 서로의 작업과 생계를 보장하는 화가들의 연합을 찬성한다. 그러나 원칙적으로, 그리고 이론상으로, 나는 기존의 오래된 사업체를 파괴하려 하는 시도들에 대해서 똑같이 반대한다. 그들이 평화롭게 썩어가고 자연사하게 내버려둬라. 그 사업을 재건하기를 바라는 것은 순전히 추정일 뿐이다. 결코 그런 것에 관여하지 마라. 그냥 우리끼리 생계를 보장해주고 가족처럼, 형제처럼, 친구처럼 살자. 설사 그것이 성공하지 못한다 해도 우리 그렇게 하자꾸나. 나는 이 일에 종사하고 싶지만, 다른 거래상들을 공격하는 데 관여하는 일은 결코 없을 것이다.

악수를 보낸다. 내가 어쩔 수 없이 부탁한 것이 너무 끔찍하게 곤란한 건 아니었으면 좋겠구나. 하지만 집에서 잠자는 것을 미루고 싶진 않았단다. 만일 너도 돈이 부족한 경우엔 20프랑만 더 보내주면 내가 한 주를 버틸 수 있을 거다. 하지만 긴급하다.

항상 너를 생각하는 빈센트

나는 베르나르가 보낸 편지를 모두 가지고 있는데 그 편지들이 어떨 때는 정말 흥미롭다. 너도 언젠가 읽게 될 거다. 벌써 한 다발이나 된다.

우리가 고갱에게 단호해야 한다고 내가 말했던 건, 그가 파리에서의 계획을 말했을 때 네가 이미 너의 의견을 밝혔기 때문이다. 너는 그때 분명한 약속을 하지 않으면서도 그의 자존심에 상처를 주지 않고 잘 대답했다. 이번에도 똑같은 일이 필요할 수도 있겠다.

오늘 밀리에Milliet를 만날 생각이다. 일본 물건들에 대해 네게 미리 고마운 마음을 전한다.

늘 꿈꿔온 그림

1888년 9월, 아를
테오에게

선명한 코발트색 하늘 아래 유황빛 태양이 비치는 집과 그 주변을 스케치한 30호 캔버스를 함께 보낸다. 지독하게 다루기 어려운 주제지만, 바로 그렇기 때문에 나는 그것을 정복하고 싶은 거다. 햇빛을 받아 노랗게 빛나는 집들은 아주 환상적이고, 파란 하늘은 비할 데 없이 청명하다. 바닥도 온통 노랗다. 다음에 내 머릿속에서 막 튀어나온 이 거칠고 즉흥적인 스케치보다 더 나은 드로잉을 보내주마.

왼쪽에 있는 집은 분홍색이고 초록색 덧문이 달려 있다. 나무 그늘 아래에 있는 집 말이다. 그곳은 내가 매일 저녁을 먹으러 가는 레스토랑이란다. 내 우체부 친구는 왼쪽 길 끝, 두 개의 철도교 사이에 산다. 전에 그린 「밤의 카페」는 레스토랑 왼쪽에 있는데 이 그림에는 나오지 않는다.

밀리에는 이 그림이 끔찍하게 지루하다고 생각한다. 따분한 식료품점이나 아무 매력 없이 삭막하고 밋밋한 집을 그리며 즐거워하는 사람을 이해할 수 없다고 말하더구나. 하지만 졸라는 『목로주점』을 시작할 때 어떤 대로를 길게 묘사했고, 플로베르는 『부바르와 페퀴세』 도입부에 한여름 라 빌레트 강둑의 정경을 오래 묘사했다. 그중 어느 쪽도 아직 곰팡내가 나지 않는다는 사실을 네게 굳이 따로 설명할 필요는 없겠지.

이렇게 어려운 작업을 하는 것이 내게는 큰 도움이 되긴 하지만, 그것이 종교에 대한 나의 엄청난 갈망을 막진 못한다. 그럴 때면 밤에 바깥으로 나가 별을 그린다. 나는 우리 동료 인간들이 살아가는 모습을 담은 이런 그림을 늘 꿈꿔왔다.

• • •

빅토르 위고는 신이 빛을 깜박이는 등대라고 했다. 만일 그렇다면 우리는 지금 빛이 가려진 일식의 시기를 거치고 있나 보다.

간절히
바라는 것

1888년 9월, 아를
(앞 편지와 같은 편지)

내가 바라는 단 한 가지는 열심히 작업해서 일 년 뒤에, 만일 너나 내가 원한다면, 전시회를 열기에 충분한 그림을 갖추는 것이다. 사실 나 자신은 작품을 전시하고 싶은 마음이 별로 없다. 그저 전적으로 나쁘지만은 않은 뭔가를 너에게 보여줄 수 있게 되기를 간절히 바랄 뿐이다.

그러니 내 작품을 전시하지 않아도 좋다. 내가 게으름뱅이나 아무짝에도 쓸모없는 인간이 아니라는 사실을 입증해줄 작품들을 만들 수만 있다면 나는 그것으로 만족한다. 하지만 그렇다고 해서 전시를 목표로 작업하는 화가들보다 내가 노력을 덜 기울여서는 안 된다고 생각한다.

전시를 하든 하지 않든 작업을 계속해야 하며, 그 후에는 평화롭게 파이프를 피울 권리가 있다.

톨스토이가
믿는 것들

1888년 9월, 아를
(앞 편지와 같은 편지)

톨스토이의 책 『나의 종교』가 1885년에 벌써 불어로 출간되었다는데 나는 어떤 카탈로그에서도 그것을 본 적이 없다.

톨스토이는 육체의 부활도 영혼의 부활도 믿지 않는 것 같다. 무엇보다 그는 천국을 그리 믿지 않는 것 같다. 그는 정말 허무주의자처럼 추론하더라. 하지만 그가 허무주의자들과 의견을 달리하는 지점이 있다. 그것은 그가 지금 네가 하고 있는 일을 잘 하는 것에 커다란 중요성을 부여한다는 점이다. 아마도 그게 네가 가진 모든 것이기 때문이겠지.

그런데 그는 부활을 믿지 않으면서도 그에 상응하는 것은 믿는 것 같다. 그건 바로 삶의 연속성이고 인류의 진보다. 인간과 그가 한 일은 거의 틀림없이 다음 세대의 인류에 의해 계속된다는 거지. 그러니 그가 제시하는 해결책도 일시적일 수가 없다. 그는 원래 귀족이었지만 노동자가 되었단다. 그래서 그는 부츠를 만들고 프라이팬을 고치고 쟁기질을 하고 땅을 팔 줄 알았다는구나.

나는 그중 어느 하나도 할 줄 모르지만 자신을 처음부터 완전히 바꿔놓을 수 있을 정도로 치열한 한 인간의 영혼을 존경할 줄은 안다. 맙소사! 불쌍한 유한자들의 그런 훌륭한 표본들과 동시대인인 우리가 온통 게으름뱅이들뿐인 시대에 살아간다고 불평해서는 안 될 것이다. 그것도 천국 자체에 대한 큰 신념도 없으면서 말이다. 톨스토이는—너에게 이미 말했던 것 같은데—사랑과 종교의 필요성에서 비롯하는 평화로운 혁명을 믿는다. 그것은 회의주의에 대한 반발이자 자신을 절망하게 만드는 극심한 고통에 대한 반발로서 사람들 사이에서 일어나야 한다.

희망이
수평선 위로

1888년 9월, 아를
테오에게

우리가 고갱을 얻으면 아주 대단한 일이 시작되리라는 것을 이해하겠니? 그러면 우리에게 새로운 시대가 열릴 것이다.

남프랑스로 가기 위해 역에서 너와 헤어졌을 때, 몹시 비참하고 거의 병자에 술고래였던 나는 그해 겨울 우리가 온 정열을 바쳐가며 아주 흥미로운 사람들, 예술가들과 토론했다고 막연하게 느꼈지만 희망을 품을 용기는 없었다.

너와 내가 제각기 꾸준히 노력한 후, 이제 마침내 뭔가가, 바로 희망이 수평선 위로 모습을 드러내기 시작한다. 네가 구필 화랑에 계속 머물지 아닐지는 중요하지 않다. 너는 몸과 마음으로 고갱에게 약속했다.

그러니 너는 최초의 인물, 혹은 최초의 화상畫商—사도가 될 것이다. 나는 내 그림이 활기를 띠기 시작하고, 예술가들 사이에서 작품을 제작하는 것을 예견할 수 있다. 네가 우리를 위해 돈을 마련하려고 노력한다면, 나는 접할 수 있는 모든 사람에게 작품을 제작하라고 설득할 것이고 나 자신이 직접 그들에게 모범을 보일 것이기 때문이다.

만일 우리가 계속 그 일에 매달린다면, 이 모든 노력이 우리보다 더 오래 살아남을 뭔가를 만드는 데 도움을 줄 것이다.

어머니의 초상화

1888년 10월, 아를
테오에게

나는 요즘 어머니의 초상화를 그리고 있다. 흑백사진이 내게 너무 거슬리기 때문이다. 아아, 실제 모델을 앞에 두고 사진과 그림을 참고하며 작업하면 얼마나 좋은 초상화를 그릴 수 있을까! 나는 늘 초상화 분야에서 커다란 혁명이 일어나기를 바란다.

아버지의 초상화 작업도 하려고 집에 편지를 쓰는 중이다. 시커먼 사진들 말고 초상화를 갖고 싶거든. 8호 캔버스 크기인 어머니의 초상화는 녹색 바탕에 잿빛 회색을 띠고, 어머니는 카민 드레스를 입고 있는 모습이다.

초상화가 어머니를 닮았을지는 잘 모르겠지만, 어쨌든 나는 금발의 느낌을 강조하고 싶다. 너도 언젠가 그림을 보게 될 텐데 만일 마음에 든다면 네게도 하나 그려주마.

양지에
우리의 자리를
얻어야 한다

1888년 10월, 아를
테오에게

요즘은 그림을 그리는 데 들어가는 이 모든 비용이 너를 얼마나 짓누르고 있을지 생각하고 또 생각한다. 그럴 때면 내 마음이 얼마나 불안한지 아마 너는 상상할 수도 없을 거다.

• • •

내가 열망한 것은 내 작품의 성공이었을까? 절대 아니다. 너는 화가들에게 돈을 주는 것으로 너 자신도 예술가가 되어 작업에 참여하고 있는 셈이다. 나는 내 그림이 훌륭한 수준에 도달해서 네가 너의 작업을 너무 불만스럽게 여기지 않기를 바랄 뿐이다. 그게 전부가 아니다. 네가 투자한 돈으로 이윤을 올리고 있다고 느끼고 그럼으로써 우리가 미술품 거래 자체에서 얻는 것보다 더 완전한 독립을 얻게 될 것이라고 느꼈으면 좋겠다.

　나중에 미술품 사업을 개혁하기 위해 해야 할 일이 바로 이것인지도 모른다. 화상과 예술가가 손을 잡고, 한쪽은 살림살이와 관련된 일을 도맡아서 작업실과 음식과 물감 등등을 제공하고 다른 쪽은 창작을 하는 거다. 아아! 옛날 사업 방식으로는 우리가 거기에 도달하지 못했다. 그건 항상 예전의 관례적인 방식을 좇을 것이어서 살아 있는 누구에게도 이익이 되지 못하며 죽은 자들에게도 아무 이득을 주지 못한다.

　그러나 우리가 그 문제로 마음을 졸일 필요는 없다. 기존의 것을 바꾸는 것, 돌벽에 자기 머리를 갖다 박는 것은 우리의 의무가 아니기 때문이다.

　어쨌든 우리는 누구에게도 피해를 주는 일 없이 양지에 우리 자리를 얻어야 한다. 나는 네가 의당 가져야 할 양지의 자리를 갖지 못했다고 생각해왔다. 구필 화랑 파리 지점의 일은 사람을 너무 지치게 만들기 때문이다. 그 생각을 하면 나는 미친 듯 돈 생각만 하게 된다. 네가 더 자유롭게 원하는 곳으로 가서 좋아하는 일을 할 수 있도록 돈을 벌고 싶다. 나는 우리가 숨을 돌릴 수 있도록 작품을 팔거나 도움을 찾는 쪽으로 가까워지고 있다고 느낀다.

돈은 모두
작품으로 갚겠다

1888년 10월, 아를
테오에게

나는 다시는 작업하지 않겠다고 굳게 다짐했었다. 하지만 매일, 그냥 우연히, 너무 사랑스러운 것들과 맞닥뜨리곤 해서 결국에는 그것들을 그리려고 시도하게 된다.

그래, 네가 나에게 보내주는 돈, 내가 계속해서 이전보다 더 많이 요구하고 있는 그 돈, 지금 받은 돈뿐만 아니라 과거에 받은 돈까지 모두 반드시 내 작품으로 갚겠다. 그러니 절대적으로 불가능한 상황이 아니라면 내가 계속 작업하게 해다오.

내가 이 기회를 활용하지 않는다면 상황은 훨씬 더 나빠질 것이다. 아아, 내 소중한 동생아, 내가 뭔가 할 수만 있다면, 아니 쇠라와 우리가 손을 잡았던 것처럼 고갱과 내가 똑같이 그렇게 할 수만 있다면.

내가 그림을 그리는 이상,
여러 동료들과 연합하고
공동생활을 하는 것 외에
그것을 계속할 다른 어떤 방법도
찾을 수 없다.

1888년 10월, 아를
테오에게 보낸 편지에서

50프랑이
더 필요하다

1888년 10월, 아를
테오에게

작업실과 부엌에 가스를 설치했는데 비용이 25프랑 들었다. 만일 고갱과 내가 이 주간 매일 밤 작업한다면 그 돈을 회수할 수 있지 않을까? 고갱이 언제 올지 모르니 50프랑이 절실하게 더 필요하다.

나는 지금 아프지 않다. 하지만 음식을 많이 먹지 않고 그림을 잠시 중단하지 않으면 여지없이 아프게 될 것이다. 나는 또다시 에밀 바우터르스°의 그림에 등장하는 휘호 판 데르 후스°°처럼 광기에 빠져들고 있다. 만일 내가 수도승과 화가라는 두 가지 본성을 갖고 있지 않았다면 벌써 한참 전에 완전히 광기에 사로잡혔을 게다.

하지만 설사 그랬다 해도, 내 광기가 피해망상의 형태를 취했을 거라고 생각하지 않는다. 왜냐하면 흥분 상태에서 내 감정은 오히려 영원과 영생을 사색하는 쪽으로 향하기 때문이다. 어쨌든 나는 신경이상에 주의해야 한다.

● 에밀 바우터르스(Emil Wauters, 1846-1933). 벨기에의 화가.

●● 휘호 판 데르 후스(Hugo van der Goes, 1440-1482 추정). 플랑드르의 화가로 인물의 심리에 대한 통찰과 신앙심 사이에서 불안하면서도 강렬한 종교적 분위기를 표출하는 그림을 그렸다. 우울증으로 자살을 시도하다 요절했다. 에밀 바우터르스는 1872년에 그를 다룬 그림 「휘호 판 데르 후스의 광기」를 그렸다.

나는 아직 희망을
버리지 않았다

1889년 1월 23일, 아를
테오에게

너는 내가 화가가 되기 위해 훈련하느라 든 돈을 회수하기 위해 노력하고 있다는 것을 알고 있다. 더도 덜도 말고 꼭 그만큼 말이다. 내겐 그럴 자격이 있고, 매일 먹을 밥값을 벌 자격이 있다.

그동안 들인 돈을 되찾는 것은 당연하다고 생각한다. 하지만 돈을 네 손에 들려주겠다는 말은 하지 않으련다. 우리는 모든 것을 함께했고, 돈에 대해 이야기하는 것은 우리를 아주 많이 고통스럽게 만들기 때문이다. 그 돈은 네아내 손에 들어가게 하자. 그녀는 우리가 예술가들과 함께작업하는 데 합류할 사람이다.

내가 직접 그림을 판매하는 문제를 많이 생각하지 않는까닭은 내 그림의 컬렉션이 아직 완성되지 않아서다. 하지만 그림이 점점 채워지고 있고, 나는 강철 같은 신경으로 다시 작업하기 시작했다.

작업 성과 면에서 운이 좋을 때도 있고 나쁠 때도 있으니, 내게 항상 불운만 닥치는 건 아니다. 만약 우리가 가진 몽티셀리의 꽃 그림이 어떤 수집가에게 500프랑의 가치가 있다면, 그렇다면 내 해바라기 그림도 반드시 스코틀랜드나 미국에서 온 사람들에게 500프랑의 가치를 가질 수 있다고 확신한다.

이제 황금을 녹일 수 있도록 온도를 높일 때가 왔다. 해바라기 꽃의 색조는 누구나 그렇게 그릴 수 있는 게 아니다. 그것은 한 개인이 가진 모든 힘과 집중력을 요구하기 때문이다.

아프고 나서 다시 내 캔버스들을 돌아봤을 때 내게 제일 괜찮아 보인 그림은 침실 그림이었다.

우리가 다루는 돈이 상당히 큰 액수라는 건 나도 인정한다. 그런데 그 대부분을 흘려보내버렸구나. 우리가 무엇보다 먼저 신경 써야 할 것은, 한 해의 시작부터 끝까지 그 돈이 그물망 사이로 다 빠져나가버리지 않도록 하는 것이다. 내가 대체로 그 달의 경비와 생산량의 균형을 대략이라도 맞추려고 계속 노력하는 까닭이 그래서다.

너무 많은 어려움을 겪다 보니 내가 다소 걱정 많고 소심해진 건 확실하지만, 그래도 나는 아직 희망을 버리지 않았다. 단지 때가 왔을 때 매각 비용이 매출 자체를 줄이는 일이 없도록 막기 위해 우리는 아주 신중해져야 할 것이다. 예술가들의 인생에서 그렇게 서글픈 일이 되풀이되는 경우를 얼마나 많이 봐왔니.

• • •

고갱이 떠난 것이 얼마나 큰 재앙인지 너도 이해할 게다. 친구들이 힘든 시기를 겪을 때 와서 함께 지낼 수 있도록 집을 마련하고 가구를 갖춰놓은 바로 그 순간에 모든 노력이 수포로 돌아가버렸구나. 하지만 그래도 가구나 기타 물품들을 계속 가지고 있자. 비록 지금은 다들 나를 두려워하겠지만, 시간이 지나면 그것도 잊히겠지.

우리는 모두 언젠가는 죽을 운명이고, 존재하는 온갖 질병에 걸릴 수 있는 존재다. 만일 그 병이 특별히 즐거운 종류가 아니라면 어떻게 해야 할까? 가장 좋은 방법은 그런 것들을 없애려고 노력하는 것이다.

• • •

중요한 건 네 결혼식을 미루면 안 된다는 점이다. 결혼함으로써 너는 어머니의 마음을 안심시키고 행복하게 해

드릴 수 있다. 또한 결혼은 네 사회적 지위나 사업상의 입지를 고려하더라도 필수적이라 볼 수 있다. 네가 속한 사회가 그 진가를 제대로 인정할까? 아마 아닐 게다. 내가 때로 화가 공동체를 위해 일하고 고통받았다는 사실을 화가들이 미심쩍어하는 이상으로는 아닐 거야……. 그러니 너도 형인 나에게서 통속적인 축하 인사나 이제부터 천국에서 살게 될 거라는 호언장담을 원하지는 않겠지. 하지만 너는 아내와 함께 지내면서 더 이상 외롭지 않게 될 것이다. 우리 여동생도 결혼해서 그랬으면 좋겠구나. 그건 너의 결혼식 이후에 내가 다른 어떤 것보다 간절히 바라는 일이다.

네가 결혼하면 아마 다른 가족들도 생길 테고, 어떤 경우에도 네 앞에 장애가 생기지 않을 것이고, 집이 더 이상 적막하지 않을 게다.

다른 문제들에 대한 내 생각이 어떻든 간에, 우리 아버지와 어머니는 모범적인 부부였다. 아버지가 돌아가셨을 때의 어머니 모습을 나는 결코 잊지 못할 것이다. 그때 어머니는 딱 한마디밖에 하지 않으셨지. 그것 때문에 나는 연로하신 소중한 우리 어머니를 전보다 더 많이 사랑하게 되었다. 사실 우리 부모님은 룰랭과 그의 아내처럼 모범적인 부부셨다.

그래, 같은 길을 가렴. 몸이 아픈 동안에 나는 쾬더르트 집에 있는 모든 방들과 모든 길을 다시 보았다. 정원에 있는 모든 식물들, 바깥 들판의 정경, 이웃들, 묘지, 교회, 우리 뒷마당의 텃밭, 묘지의 커다란 아카시아 나무에 있던 까치집까지도.

그건 우리 형제들 중에서 내가 가장 이른 시기의 기억을 가지고 있기 때문일 게다. 이제 이 모든 기억을 간직한 사람은 어머니와 나밖에 남지 않았다.

그 이야기는 더 이상 하지 않으련다. 그때 내 머릿속을 스쳐간 모든 것을 다시 들여다보지 않는 게 더 나을 테니까.

너의 결혼식을 앞두고 내가 얼마나 행복한지는 오직 너만이 알겠지.

계속 이곳에서
지낼 수 있으면 좋겠다

1889년 2월, 아를
테오에게

정신적으로 상태가 너무 좋지 않아서 너의 친절한 편지에 답장을 쓰려 했지만 아무 소용이 없었다. 오늘은 잠시 집에 돌아왔는데, 계속 이렇게 지낼 수 있으면 좋겠다. 나는 상당히 자주 내가 아주 정상적이라고 느낀다. 지금 내게 고통을 주는 것이 단지 이 지역 특유의 질병일 뿐이라면, 설령 다시 발작을 일으키게 되더라도(물론 그런 일은 없을 거라고 생각하자.) 그게 끝날 때까지 여기서 조용히 기다려야 한다고 생각한다.

이것이 내가 레이 선생에게 최종적으로 한 말이다. 만약 전에 이야기했듯이 조만간 내가 엑스로 가는 게 더 바람직하다고 여긴다면, 나는 그렇게 하는 데 미리 동의한다.

그러나 화가이자 노동자라는 나의 특성상, 누구든, 심지

405

어 너나 의사라고 해도 미리 그것에 대해 알려주고 나와 상의하는 일 없이 그런 단계를 밟는 것은 허락할 수 없다. 지금까지 나는 작업할 때 항상 냉정을 유지해온 편이다. 그러니 내게는 작업실을 계속 이곳에 유지할지 엑스로 완전히 옮겨가는 게 더 나을지 말할(혹은 적어도 그것에 대해 의견을 말할) 권리가 있다. 이것은 가능한 한 이사로 인한 비용 지출과 손실을 피하기 위해서고, 꼭 필요한 경우를 제외하고는 그렇게 하지 않기 위해서다.

이곳 사람들은 그림을 두려워하게 만드는 미신에 사로잡혀 있어서 마을에서 이상한 이야기들을 해온 것 같다. 뭐, 좋다, 아라비아에서도 사정은 똑같다는 것을 알고 있다. 하지만 아프리카에도 화가들은 많다. 그렇지 않니? 그렇다는 것은 적어도 그림과 관련해서는 약간의 단호함으로 이런 편견을 바로잡을 수 있다는 사실을 보여준다.

단지 나도 다른 사람들의 믿음에 영향을 받아서 나 스스로도 그렇게 느끼는 경향이 있어서 유감스럽다. 그렇기에 부조리함 속에 숨겨져 있을 수 있는 진실의 토대를 항상 비웃을 수만은 없구나.

이곳에서 벌써 일 년 이상을 머무르면서 그동안 나 자신과 고갱, 그리고 회화 일반에 대해 생각할 수 있는 거의 모든 불쾌한 이야기들을 들어왔다. 그러니 상황이 흘러가는 대로 내버려두고 여기서 그 결말을 기다리면 안 될 이유가 무엇이겠니? 또 그동안 정신병원에 두 번이나 갔는데, 어디를 간들 그보다 더 나쁘기야 하겠니?

'그들은 다들 아픈 사람'이라서 내가 이곳에 머무른다면 적어도 혼자라고 느낄 일은 없다는 장점이 있다.

• • •

비록 고갱에게는 아를을 남프랑스 전체에서 제일 더러운 도시라고 부를 흔치 않은 훌륭한 이유가 있지만, 너도 잘 알다시피 나는 아를이 좋다.

더구나 이웃들과 레이 선생, 그리고 병원에 있는 모든 사람들이 내게 정말 다정하게 대해주었다. 그래서 정말이지 나는 화가나 그림에 대해 얼토당토않은 편견을 가진 바로 그 사람들이 보여준 친절을 잊느니 차라리 이곳에서 항상 아픈 쪽을 택하겠다.

나는 하루 종일
혼자 갇혀 있지만
그들을 그냥 내버려둬라

사랑하는 동생아,

네가 보낸 친절한 편지에서 너무 다정한 염려가 느껴지는 것 같아 침묵을 깨야겠다는 생각이 들었다. 지금 이 편지는 온전한 정신으로, 그러니까 미친 사람이 아니라 네가 알고 있는 형으로서 쓰고 있다. 사실 그동안 일이 좀 있었다. 이곳 사람들이(80명이 넘는 사람들이 서명을 했더라.) 내가 자유롭게 돌아다니기에 적절하지 못한 사람이라는 등등의 건의를 담은 탄원서를 시장(그의 이름이 타르디외였다고 기억한다.)에게 제출했단다. 그래서 경찰국장인지 서장인지가 다시 나를 감금하라는 명령을 내렸다.

그래서 나는 하루 종일 혼자 여기 갇혀 있다. 문은 열쇠로 잠겨 있고 감시원까지 붙었구나. 내가 유죄라고 입증되지도 않았고, 심지어 증거가 될 만한 것도 없는데 말이다. 말할 필요도 없겠지만, 내 마음속 비밀재판에서 나는 이 모든 상황에 대해 대답할 말이 아주 많다. 정말 말할 필요도 없겠지만, 나는 화를 낼 수도 없다. 내가 볼 때, 변명하는 건 켕기는 게 있다는 뜻이라는 말과 꼭 들어맞는 상황 같다.

나를 자유롭게 하는 문제와 관련해서 네게 하고 싶은 말이 있다. 명심해라, 나는 그렇게 해달라고 요구하는 게 아니다. 그들의 고발이 모두 아무것도 아닌 일로 밝혀질 거라고 확신한다. 내가 말하려는 것은, 네가 나를 자유롭게 풀려나게 하기가 어려울 거라는 점이다. 만일 내가 분노를 억누르지 못했다면 바로 위험한 미치광이로 간주되었을 거다. 그러니 희망을 갖고 참자꾸나. 격렬한 감정은 상황을 더 악화시킬 뿐이다. 네게 당장은 끼어들지 말고 상황이 흘러가는 대로 내버려두라고 간청하는 까닭은 바로 그래서다.

그건 상황을 복잡하고 혼란스럽게 만들 뿐이라는 말을 내가 보내는 경고로 받아들이렴. 지금은 완전히 진정되었지만 또 감정이 동요하면 내가 다시 과도한 흥분상태에 빠지기 쉽다는 사실을 네가 이해할 것이기에 오히려 더욱더 그래야 한다.

여럿이 똘똘 뭉쳐서 한 사람, 그것도 아픈 사람을 공격할 만큼 비겁한 사람들이 이곳에 그토록 많다는 사실을 알게 되자 양미간에 강력하게 한 방을 맞은 것 같았다. 너도 이해하겠지.

그래, 좋다. 네게 자세히 알리는 건 이 정도로 해두자. 나는 정신적으로 상당히 동요했지만 그 모든 일에도 불구하고 일종의 평온함을 회복하고 있다. 화를 내지 않기 위해서란다.

게다가 계속된 발작을 경험한 이후로 겸손이 나와 잘 어울리게 되었다. 그래서 나는 인내하고 있다.

내가 네게 계속해서 이야기하고 싶을 만큼 중요한 것은, 너도 흥분하지 말아야 한다는 것이다. 일을 할 때도, 어떤 일이 닥쳐도 냉정을 잃지 마라. 네 결혼식이 끝나고 난 후에 모든 문제를 해결할 수 있을 게다. 그러니 그때까지는 나를 이곳에 조용히 내버려두려무나. 시장도, 경찰서장도 정말로 아주 친절하고, 그들이 이 모든 문제를 해결하기 위해 가능한 한 모든 일을 하리라 확신한다. 다른 상황이었다면 내게 필요했을 많은 것들과 자유가 없다는 사실을 제외하면, 나는 그리 옹색하게 지내지 않는다.

그들에게 우리가 비용을 감당할 입장이 못 된다는 이야기도 했다. 이사를 하려면 돈이 들 텐데, 내가 일을 못한 지 벌써 세 달이나 되었다. 그들이 나를 성가시게 하고 근심하게 만들지만 않았어도 나는 일을 할 수 있었을 것이다.

우리 어머니와 여동생은 어떻게 지내니?

머리를 식힐 수 있는 것이 아무것도 없어서—그들은 내가 담배도 피지 못하게 한다. 다른 환자들은 허락해주면서 말이다—나는 낮이나 밤이나 하루 종일 내가 아는 모든 사람들 생각을 하며 보낸다.

정말 유감스럽다. 모든 게 물거품이 되어버렸구나.

내가 그런 소란을 일으키고 그것에 시달리느니 차라리 죽는 쪽을 택했을 것이라는 사실을 부정하지 않겠다.

아아, 글쎄, 불평 없이 고통을 겪는 것이 이번 생에서 배워야 할 교훈이었을까.

• • •

혹시 내가 바깥에서 자유롭게 지내다가 도발이나 모욕을 당하면 항상 나를 통제할 수는 없을 텐데 그러면 그들이 그걸 이용할 수 있을 것 같아서 좀 두렵다. 시장에게 탄원서가 제출되었다는 사실은 변함이 없다. 나는 그 사람들을 단 한 번이라도 즐겁게 할 수만 있다면 기꺼이 물에라도 뛰어들겠다고, 하지만 어떤 경우에도 내가 나 자신에게 상처를 입힐지언정 그들에게 그런 짓을 한 적은 없다고 강력하게 대답했다.

나도 때로 내 맘을 어쩌지 못하긴 하지만, 부디 힘내라. 솔직히 지금 당장 네가 여기 와봤자 상황을 더 급격하게 악화시킬 뿐이다. 물론 문제를 어떻게 해결할지 알게 되면 나는 바로 이곳을 나갈 생각이다.

이 편지가 네게 잘 도착하면 좋겠구나. 아무것도 두려워하지 마라. 나는 지금 아주 차분하다. 그들을 그냥 내버려 둬라. 네가 한 번 더 편지를 쓰는 정도는 괜찮겠지만, 그 외에 다른 행동은 아직 아무것도 하지 마라. 만일 내게 참을성이 있다면, 그게 나를 더 강하게 만들어서 발작의 위험을 줄여줄 수 있을 게다. 그렇지만 내가 사람들과 친하게 지내려고 정말 최선을 다했고 그걸 의심한 적도 없기 때문에 이번 일은 상당히 큰 충격이었다.

광인이라는
내 역할

1889년 3월 24일, 아를
테오에게

시냐크[•]를 만난 이야기를 해주려고 이 편지를 쓴다. 그와의 만남은 내게 상당히 큰 도움이 되었다.

경찰이 집을 폐쇄하고 자물쇠를 망가뜨려버려서 작업실 문을 억지로 열 것인가 말 것인가 하는 문제에 봉착했는데, 그는 아주 친절하고 솔직하고 단순하더라. 그들은 우리가 집에 들어가게 내버려두지 않으려 들었지만 결국 우리는 집에 들어오고야 말았다. 나는 그에게 기념으로 정물화 한 점을 주었다. 훈제한 청어 두 마리를 그린 그림인데 너도 알다시피 경찰관들이 그렇게 불리잖니. 그래서 아를

[•] 폴 시냐크(Paul Signac, 1863-1935). 프랑스의 화가. 조르주 쇠라와 함께 점묘법을 개발해 신인상주의의 창시자가 되었다.

시내의 많은 경찰관들이 기분 나빠했던 작품이란다.* 너도 기억하겠지만 나는 파리에 있을 때 똑같은 정물화를 두세 점 그렸고 한번은 그걸 오래된 카펫과 교환한 적도 있다. 이 일은 이곳 사람들이 얼마나 남의 일에 참견하기 좋아하고 얼마나 멍청한지 너에게 보여주기에 충분한 것 같다.

시냐크가 몹시 다혈질이라고 들었는데 실제로는 상당히 조용하다는 걸 알게 되었다. 그는 균형감각과 침착성을 유지하는 사람 같다는 인상을 주었다. 나는 이렇게나 서로 다투거나 갈등을 겪을 염려 따위는 전혀 없이 인상파 화가와 대화를 나눠본 적이 좀처럼 없다. 어쩌면 한 번도 없었는지도 모른다. 게다가 그는 쥘 뒤프레를 보러 간 적이 있고 그를 존경한다고 하더라. 틀림없이 네가 내 사기를 좀 북돋워주기 위해 그가 이곳에 들리는 데 관여했겠지. 그렇게 해줘서 고맙다.

이번 외출을 기회 삼아 카미유 르모니에의 책을 샀다. 그러고는 두 장章을 집어삼킬 듯이 읽어버렸다. 그 진지함과 깊이가 얼마나 대단하던지! 네게 책을 보내줄 때까지 기다리렴. 손에 책을 든 것이 지난 몇 달 만에 처음 있는

---

* '경찰관, 헌병'을 뜻하는 프랑스어 'gendarme'에는 '훈제청어'라는 뜻도 있다.

일이었는데, 그건 내게 아주 큰 의미가 있고 치료에도 크게 보탬이 된다.

시냐크는 내 캔버스들 중에 네게 보낼 만한 것이 여러 점 있다고 보는 것 같더라. 내가 판단하는 한 그가 내 그림을 보고 충격을 받은 것 같지는 않다. 시냐크는 내가 건강해 보인다고 생각하던데, 그건 전적으로 맞는 말이다.

그러니 이제는 다시 작업을 하고 싶구나. 물론 내가 계속해서 경찰관들과 악독한 놈팡이들에게 내 작업과 사생활을 매일같이 간섭당하는 것을 견뎌야 한다면, 다시 병이 도지는 것은 인간이라면 어쩔 수 없는 일이다. 이 놈팡이들은 시의 유권자로서 자기들이 선출했고 그 결과 그들의 표에 의존하는 시장에게 탄원서를 제출했던 놈들이다. 분명 시냐크도 너에게 똑같은 이야기를 할 거라는 생각이 든다. 내 생각에, 우리는 가구의 손실 등등에 대해 단호하게 항의해야 한다. 맙소사, 내게는 분명 작업을 계속할 자유가 있다.

레이 선생은 내가 충분히 규칙적으로 먹지도 않으면서 계속 커피와 술을 마신다고 나무란다. 나도 다 인정한다. 그렇지만 지난여름에 만들어낸 것 같은 선명한 노란색을 만들어내느라 나는 정말이지 너무 심하게 긴장해야 했다.

결국 예술가도 해야 할 일이 있는 사람이고, 그게 그를 영원히 으스러뜨리려고 나타나는 놈팡이와 싸우는 일은 아니다.

나는 감옥에 갇히거나 정신병원에 들어가야 할까? 그래, 안 될 이유가 뭐겠니? 로슈포르, 위고, 키네 등등 많은 사람들이 망명 생활을 받아들인 사례로 영원히 남을 것이고, 심지어 로슈포르는 감옥에 갇히기까지 했잖아? 그러나 이건 단순한 질병과 건강의 문제를 넘어서는 문제다.

유사한 상황에 처하면 당연히 누구나 이성을 잃기 마련이다. 나는 그런 예술가들보다 훨씬 열등하고 부차적인 위치에 있기 때문에 똑같은 상황이라고 말하지 않고 그저 유사한 상황이라고 말했다. 그리고 이것이 나의 일탈의 자세한 내막이다. 너는 한 네덜란드 시인이 "나는 지상의 것을 넘어서는 인연으로 이 지상에 결속되어 있다."라고 말한 것을 알고 있니?

나는 극심한 고통을 겪으면서, 무엇보다 정신질환을 앓고 있는 동안에, 직접 그 사실을 경험했다. 불행하게도 나는 나 자신을 원하는 만큼 잘 표현할 수 있을 정도로 잘 알지는 못하는 일에 종사하고 있구나.

또다시 발작을 일으킬까 두려워서 잠시 중단하고 다른

일을 해야겠다.

• • •

아아, 내 삶을 엉망으로 망쳐놓는 일이 아무것도 일어나지 않았더라면 좋았을 텐데! 다른 장소로 옮기기 전에 잘 생각해보자. 내가 남프랑스로 왔어도 북쪽 지방에 있을 때보다 운이 더 좋지 못했다는 건 너도 알고 있겠지. 어딜 가든 다 똑같을 게다.

드가가 공증인의 역할을 연기했듯이, 나는 광인이라는 내 역할을 그냥 있는 그대로 받아들이려고 생각한다. 그러나 전체적으로 내가 그런 역할을 할 만큼의 힘을 갖고 있다는 느낌이 들지 않는구나.

너는 '진정한 남부'에 대해 이야기했지만, 내가 결코 그곳에 가지 않으려 하는 까닭이 바로 여기에 있다. 그곳은 나보다 더 균형 잡힌 정신을 가진 사람들, 더 온전한 사람들을 위한 곳으로 남겨두는 게 마땅할 것 같다. 나는 그저 중간 단계에 있는 것, 이차적이고 자기를 내세우지 않는 것에 적합한 사람이다.

내 감정이 아무리 강렬하다 해도, 혹은 이미 육체적 욕정이 줄어든 나이에 아무리 강력한 표현력을 획득할 수 있다 해도, 이렇게 보잘것없고 산산조각이 나버린 과거 위에는 결코 눈길을 끄는 대단한 건축물을 세울 수 없을 것이다.

　그러니 어떤 일이 닥치든, 심지어 이곳에 계속 머무른다 해도, 그리 달라질 것 같지 않다. 결국 내 운명은 똑같아질 거라고 생각한다. 그러니 갑작스러운 출발을 조심해라. 너는 곧 결혼할 것이고 나는 점점 너무 늙어버릴 테니, 그것이 우리에게 맞는 유일한 방책이다.

룰랭의 방문

1889년 4월 초, 아를
테오에게

어제는 우리 친구 룰랭이 나를 만나러 왔었다. 그가 네게 안부를 전하면서 축하한다고 전해달라고 하더라. 그의 방문은 내게 큰 기쁨을 주었다. 그는 네가 아주 무겁다고 말할 정도의 짐을 자주 날라야 하지만 그게 그를 힘들게 하진 않는단다. 농부처럼 아주 강인한 체격을 가졌거든. 게다가 그는 항상 건강해 보이고 심지어 즐거워 보인다. 하지만 성공한다고 사는 게 더 편해지지는 않는다는 그의 말에서 나는 늘 그렇듯 미래를 위한 소중한 교훈을 얻는다.

나는 작업실을 어떻게 하는 게 좋을지 그의 의견을 얻기 위해 작업실 상황을 이야기해주었다. 살르 선생과 레이 선생의 조언으로는, 내가 어떤 경우든 부활절까지는 작업실을 떠나야 한다더라.

나는 룰랭에게 내가 그 집을 처음 얻었을 때보다 더 좋은 상태로 만들기 위해 많은 작업을 했다고, 특히 내가 설치한 가스를 생각할 때면 그 집이 내 작품처럼 여겨진다고 말했다.

그들은 내게 떠나라고 강요하고 있다. 그래, 좋다. 그렇다면 내게는 가스 시설을 떼어내고 손해나 다른 뭔가에 대해 시끄럽게 항의할 정당한 이유가 있다. 단지 그럴 용기가 없을 뿐이다.

이 문제와 관련해서 내가 할 수 있을 것 같이 느껴지는 유일한 행동은, 그것이 알지 못하는 다음 거주자들을 위해 편안한 거주지를 만들려는 시도였다고 나 자신에게 말하는 것이다. 사실 나는 룰랭을 만나기 전에 이미 이런 식으로 일을 처리하기 위해 가스 공장에 다녀왔다. 룰랭도 같은 의견이더라. 그는 마르세유에서 지낼 예정이란다.

뭐라 정의하기 힘든 막연한 슬픔이 마음 밑바닥에 깔려 있는 것을 제외하면 나는 지금 잘 지내고 있다. 어찌 되었든 육체적으로는 내가 힘을 잃기보다 얻는 쪽이어서 이제는 일을 하고 있다.

지금 이젤 위에는 길가에 있는 복숭아 과수원 그림이 놓여 있는데 배경으로 알펜포어란트가 보인다. 『피가로』지에 모네에 대한 좋은 평론이 실렸던 것 같다. 룰랭이 읽었는데 감명을 받았다고 하더라.

전체적으로 볼 때 새 아파트를 얻을지 결정하는 건 상당히 어려운 문제다. 월세로 빌릴 수 있는 아파트를 찾는 일조차 어렵거든. 살르 선생이 내게 아주 괜찮은 20프랑짜리 집 이야기를 하긴 했는데, 내가 그 집을 빌릴 수 있을지는 확신하지 못한다더라.

부활절에는 세 달치 월세와 이사 비용을 지불해야 한다. 이 모든 게 그리 고무적이거나 간단한 문제는 아니다. 특히 다른 어디서도 더 나은 행운을 기대할 수 없을 것 같아 보여서 더 그렇구나.

룰랭은 내게 닥쳤던 일을 별문제로 치더라도 올겨울 아를에 만연했던 동요가 전혀 마음에 들지 않았다고 말하더라. 아니 그렇게 암시했다고 하는 게 더 정확하겠다.

결국 어디나 경기가 너무 좋지 않고 물자가 부족해서 사람들이 좌절하고 있다……. 네가 말했듯이, 그들은 구경꾼으로 남는 데 만족하지 않고 실직으로 심보만 점점 고약해져서 누군가 아직 농담을 하거나 일을 좀 할 수 있게 되면 그를 심하게 공격하는구나.

사랑하는 동생아, 이제 나는 곧 입 다물고 가만히 있어야만 할 만큼 아프지 않게 될 거라고 믿는다. 그것만 제외하면, 나는 이 상황에 익숙해지기 시작했다. 설사 내가 영원히 정신병원에 머물러야 한다 해도 그걸 운명으로 받아들이고 거기서도 그림 주제를 찾을 수 있을 거라고 생각한다.

시간이 나거든 빨리 편지를 써다오.

룰랭의 가족들은 여전히 시골에서 지냈다. 그가 돈을 조금 더 벌긴 하지만 따로 떨어져서 생활하는 비용이 그것보다 더 많이 들어서 실제로는 단 한 푼도 더 나아진 게 없단다. 그러니 그에게도 아주 심각한 걱정거리들이 없는 건 아니다.

다행히 날씨가 좋고 태양이 눈부시게 빛나서 당장은 이곳 사람들도 금방 그들의 온갖 슬픔을 다 잊고서 쾌활한 기분과 환상으로 가득할 것이다.

최근에 나는 디킨스의 크리스마스 책들을 다시 읽었다. 그런 책은 몹시 심오해서 몇 번이고 거듭 읽어야 한다. 칼라일과도 아주 밀접한 관계가 있다.

룰랭은 내 아버지뻘이 되기에는 나이가 그리 많지 않지만, 그럼에도 고참 군인이 신참에게 그런 것처럼 말없이 끌어당기는 힘과 나에 대한 애정을 갖고 있다. 말은 없어도 항상 '내일 우리에게 무슨 일이 일어날지 우린 모르네.

하지만 어떤 일이 있더라도 나를 생각하게.'라고 말하는 것 같은 느낌이랄까. 그 말이 고통에 처하지도, 슬프지도, 완벽하지도, 행복하지도, 항상 흠잡을 데 없이 올바르지도 않은 남자에게서 나올 때면 우리에게 도움이 된다. 정말 선한 영혼, 너무나 현명하고 감동적이고 믿음직한 영혼 아니냐. 내가 아를에서 본 것들을 생각하면 이곳에서 무슨 일이 있었든 불평할 권리가 없다는 생각이 든다. 나는 여기서 본 것들을 결코 잊을 수 없을 것이다.

시간이 늦어졌구나. 다시 한 번 너와 요[요한나]에게 행복이 가득하길 바라며 굳은 악수를 보낸다.

항상 너를 생각하며, 빈센트

가장 좋은 위안

1889년 4월, 아를
폴 시냐크에게

자네가 이제 자리를 잡았다는 소식을 듣고 무척 기뻤네. 자네 작업은 어떻게 진전되고 있는지, 그곳 바닷가 풍경의 특징은 어떤지 궁금하네.

자네가 방문한 이후로 내 머리는 거의 정상적인 상태로 돌아왔고 당장은 이 상태가 유지되는 것 외에 더 나은 어떤 것도 바라지 않네. 그건 무엇보다 아주 자제하는 생활 방식에 달려 있겠지.

적어도 앞으로 몇 달 동안은 여기 머물 예정이네. 아주 작은 방 두 개가 딸린 아파트를 임대했거든.

가끔은 삶을 계속 이어가는 것이 쉽지가 않네. 너무 큰 절망감이 여전히 마음속에 자리 잡고 있기 때문일세.

오, 세상에, 현대사회에서 누가 그런 걱정거리 없이 살 수 있겠나? 그럴 때 깊은 우정을 확인하는 일은, 설사 최고의 치료법은 못 된다 할지라도 가장 좋은 위안이 된다네. 비록 그런 우정은 우리가 크나큰 고통을 겪는 시기에 필요한 것보다 더 단단하게 삶에 정박하게 만든다는 단점이 있지만 말일세.

다시 한 번, 나를 찾아와줘서 정말 고마웠네. 내게 아주 큰 기쁨을 주었다네.

화가라는 직업

1889년 4월, 아를
테오에게

그림은 생각의 폭을 좁게 만들어서 일을 하면서 동시에 다른 것을 생각할 수 없게 만든다. 사실 화가라는 직업은 힘들기만 하고 보상은 없는 일인 데다 그 유용성마저 의심스럽기 짝이 없어서 그것만으로도 충분히 힘들구나. 하지만 화가들의 연합을 결성하고 그들에게 공동 숙소를 제공하려던 기획은 여전히 유효한 것으로 남아 있다. 비록 우리는 성공하지 못했지만, 비록 우리의 기획은 애석하고 울적한 실패로 끝났지만, 그 기획은 다른 많은 것들과 마찬가지로 여전히 진실하고 타당하다. 그러나 우리가 다시 그 일을 시도하지는 않을 것이다.

폭풍 같은 욕망

1889년 4월 28일, 아를
테오에게

마치 파도가 음산하고 절망적인 절벽을 향해 세차게 몰아치듯이 나는 뭔가를, 집에서 키우는 암탉 같은 여자를 끌어안고 싶다는 폭풍 같은 욕망을 느끼곤 한다. 그러나 결국 우리는 이것을 있는 그대로 받아들여야 한다. 그건 실제 현실을 본다기보다 발작적인 과도한 흥분의 결과다.

레이 선생과 나는 가끔 그 문제를 놓고 웃음을 터뜨리곤 했다. 그는 사랑이 미생물이라고 말하기 때문이다. 내게는 이 말이 그리 놀랍지 않다. 내가 볼 때 이 말에 충격을 받을 사람은 아무도 없을 것 같다. 뒤발의 프로테스탄트 단체나 로마 가톨릭, 혹은 다른 여러 교회에서 제공하는, 종이반죽으로 만든 수많은 그리스도보다 르낭의 그리스도가 천배는 더 위안을 주지 않니? 사랑이라고 왜 그럴 수 없겠니? 나는 가능한 한 빨리 르낭의 『앙테크리스트』를 읽으려 한다. 아직은 그 책이 어떨지 전혀 모르지만, 그 안에서 이루 다 형언할 수 없는 것들을 한두 개 발견하게 되리라 믿는다.

그림이 꽃처럼
시든다

1889년 4월 30일, 아를
테오에게

홍수로 물이 집 바로 앞까지 밀려왔던 데다가 내가 없는 동안 불을 때지 않았던 탓에 집에 돌아와 보니 벽에 물과 소금기가 잔뜩 배어 있더라.

그건 내게 커다란 충격이었다. 작업실이 엉망이 되었을 뿐만 아니라 그림에도 상한 흔적이 남았기 때문이다. 너무 결정적인 타격인 셈이다. 단순하지만 영속하는 것을 만들고자 하는 나의 열정은 무척 강했지만, 그건 불가능한 싸움이었나 보다. 아니면 내 성격이 너무 나약해서 그랬을까. 뭐라 설명하기 힘든 깊은 자책감만 남았다. 발작을 일으켰을 때 그토록 소리를 많이 지른 까닭도 그래서라는 생각이 든다. 나 자신을 지키고 싶었지만 그럴 수 없었기 때문이겠지. 작업실은 나 자신만을 위한 것이 아니었다. 동봉한 기사에서 다루고 있는 불행한 화가들을 위해서도 유용하게 사용될 수 있었을 텐데.

하지만 우리만 실패한 건 아니다. 몽펠리에의 브리야스는 그림에 전 재산과 전 인생을 다 바쳤지만 뚜렷한 결과를 전혀 얻지 못했다.

그래, 시립미술관의 차가운 전시실에서 너는 상심한 얼굴과 훌륭한 그림들을 아주 많이 보게 될 것이다. 그곳에 서면 너는 분명 가슴이 뭉클해지겠지만, 아아, 그건 묘지에서 느낄 법한 뭉클함이다. 그렇지만 퓌비 드 샤반의 그림처럼 희망의 존재를 더 분명하게 보여주는 묘지를 걸어 다니기는 어려울 것이다.

그림이 꽃처럼 시든다. 심지어 들라크루아의 몇몇 그림들, 「다니엘」과 「오달리스크」(루브르 박물관에 있는 그의 작품들과는 사뭇 다르다. 그것은 단일하게 보라색 조로 그려졌다.) 같은 빼어난 작품들도 그랬다. 하지만 그곳에서 시들고 있던 그림들, 쿠르베와 카바넬과 빅토르 지로 등등을 둘러보는 대부분의 방문객들에게 거의 이해받지 못하는 그 그림들이 내게 얼마나 강렬한 인상을 남겼는지 모른다. 우리 화가들은 대체 무슨 가치가 있을까? 글쎄, 거칠게 폭발하면서 저주의 말과 함께 화가들을 모두 정신병원에 집어넣어야 한다고 했던 리슈팽이 옳았다는 생각이 드는구나.

하지만 장담하는데, 이제는 어떤 정신병원도 공짜로 나를 받아주지 않을 게다. 그림 그리는 비용은 모두 내가 떠맡고 내 작품을 전부 병원에 주겠다고 해도 그럴 거다. 아주 심각하게 부당하다고 말할 수는 없겠지만 그래도 좀 부당한 건 사실이다. 내가 그 사실을 알았다면 포기했겠지. 만일 너의 우정이 없었더라면, 그들은 가차없이 나를 자살로 몰고 갔을 게다. 내가 아무리 겁쟁이라 해도 자살로 인생을 끝내버렸겠지. 너도 이해하게 되겠지만, 우리가 사회에 맞서서 항의하고 우리 자신을 방어할 수 있는 근거지가 있었으면 좋겠다.

욕정은
중요한 문제가
아니다

1889년 5월 3일, 아를
테오에게

세상의 자연스러운 이치가 그렇듯 다시 욕정에 끌리는 일이 일어나려면 내게는 늙은 팡글로스*가 정말이지 무척 필요할 것이다. 결국 알코올과 담배가 너무 훌륭해서, 혹은 너무 나빠서—이건 다소 상대적이겠지—이렇게 불러도 된다면 정력감퇴제 역할을 한다고 생각한다. 미술 작업을 할 때는 그게 항상 그렇게 괄시할 문제는 아니다. 그래, 그래, 그것은 시험대가 될 것이고 우리는 상황을 농담처럼 웃어 넘기는 법을 완전히 잊어서는 안 된다. 단지 미덕과 절제가, 나침반이 걸핏하면 금세 극단으로 치우치게 되는 그 방향으로 나를 다시 이끌어갈 것이 너무 두려울 뿐이다.

● 볼테르의 『캉디드』에 나오는 노철학자. 지독한 낙천주의자다.

이번에는 욕정은 좀 덜하고 유쾌함은 더 많이 간직하려 노력해야 한다.

감히 바라건대, 함께 살아가야 할 동료 인간에 대한 애정을 느낄 힘이 남아 있는 한 욕정은 내게 전혀 중요한 문제가 아니다.

다행히 **제수씨**가 바로 테오의 집이랍니다.

1889년 5월 9일, 생레미
요한나에게 보낸 편지에서

감사하는 마음을
갖게 되었다

1889년 5월 25일, 생레미
테오에게

지금 내가 바라는 것은 일 년 뒤에 할 수 있는 일과 하고 싶은 일을 지금보다 더 분명히 알게 되는 것이다. 그러면 새로운 출발에 대한 생각도 조금씩 찾아오겠지. 파리나 다른 어딘가로 가는 일은 전혀 내 마음을 끌지 못한다. 내 자리는 여기라고 생각한다. 내 생각에 이곳에서 몇 년씩 지내온 사람들 대부분을 고통에 시달리게 만든 것은 극심한 나약함인 것 같다. 하지만 내게는 작업이 있으니 어느 정도까지는 그렇게 되지 않도록 지켜줄 것이다.

비가 오는 날이면 우리가 지내는 방은 좀 침체된 마을의 삼등열차 대합실 같다. 마치 온천 도시에 있는 것처럼 항상 모자와 안경을 쓰고 지팡이와 여행용 시계를 들고 다니는 몇몇 눈에 띄는 환자들이 있어서 더 그렇게 느껴진다. 그들이 마치 열차 승객처럼 느껴지거든.

• • •

내 상태에 대해 말하자면, 나는 다시 아주 감사하는 마음을 갖게 되었다. 다른 사람들도 발작을 일으킨 동안에 나처럼 이상한 소리와 목소리를 들었고, 그들 눈에도 사물들이 변하고 있는 것처럼 보였다는 사실을 알게 되었다. 그것이 내가 애초에 발작에 대해 가지고 있던 공포심을 줄여주었다. 사실 그런 일이 느닷없이 닥치면 몹시 겁먹을 수밖에 없다. 하지만 그것이 질병의 일부임을 알게 되면 다른 것과 마찬가지로 그것을 받아들이게 된다. 만일 내가 다른 정신병자들을 가까이서 볼 기회가 없었다면 그것에 대한 끊임없는 걱정에서 벗어날 수 없었을 것이다. 한 번 발작을 일으키면 괴로움과 고통이 장난이 아니기 때문이다. 대부분의 간질환자들이 혀를 깨물고 자기 몸에 상처를 낸다. 레이 선생은 나처럼 자기 귀를 절단한 사람을 본 적도 있다고 하더라. 이곳의 한 의사도 원장과 함께 나를 보러 왔을 때 전에 그런 사람을 본 적이 있다고 말하는 걸 들었던 것 같다. 일단 그것이 무엇인지 알게 되면, 그리고 자신의 상태를 파악하고 병이 재발할 수 있다는 사실을 염두에 둔다면, 그러면 너는 자신도 모르게 고통이나 공포에 사로잡히는 것을 막기 위해 스스로 뭔가 할 수도 있게 된다. 그런 일이 다섯 달 동안 계속 줄어들고 있으니까 그것을 극복할 수 있으리라는 희망, 적어도 그렇게 난폭한 발작을 다시 일으키지 않으리라는 희망을 품고 있다. 이곳에 나처럼 보름 동안 계속해서 소리 지르고 이야기하던 사람이 있다. 그는 자기가 복도에서 울려오는 어떤 목소리와 말을 들었다고 생각하더라. 어쩌면 귀의 신경이 병에 걸려서 너무 예민해졌기 때문인지도 모른다. 내 경우에는 환청뿐만 아니라 환시도 있었던 것 같은데, 언젠가 레이 선생이 그건 간질 초기에 흔한 증상이라고 말했다.

그때는 충격이 너무 컸고 심지어 움직이는 것도 지독하게 힘들어서 그저 다시는 깨어나지 않기만 바랄 뿐이었다. 지금은 이런 인생에 대한 공포가 한결 줄어들었고 우울증도 덜해졌다. 그러나 내게는 여전히 아무런 의지도, 욕망도 없다. 정상적인 삶에 속하는 어떤 일을 하고 싶다는 마음이, 예를 들어 친구들을 만나고 싶다는 욕망 같은 것이 생기질 않는다. 계속 그들 생각을 하는데도 말이다. 내가 이곳을 떠날 생각을 할 단계에 아직 이르지 못했다고 하는 까닭이 바로 그래서다. 어디서든 이런 우울한 기분을 느끼게 될 테니까.

인생에 대한 나의 혐오감이 어떤 식으로든 근원적으로 수정되고 있는 것은 단지 최근 며칠 동안일 뿐이다. 거기서 의지와 행동의 단계로 옮겨가려면 아직 갈 길이 멀다.

네가 항상 파리에 머물러야 해서 파리 근교를 제외하고는 결코 시골을 보지 못하는 처지라는 게 유감스럽구나. 네가 어쩔 수 없이 구필 화랑과 관계를 유지해야 한다는 걸 생각하면, 내가 이곳 사람들하고 지내는 것이 지독하게 불행한 건 아니라는 생각도 든다. 이런 점에서 우리는 지극히 평등하다. 네 경우에도 네 생각대로 할 수 있는 것은 극히 일부분밖에 없기 때문이다. 그런데 우리가 이런 골치 아픈 상황에 익숙해지고 나면 그것은 우리의 제2의 천성이 된다.

돈 문제는
제일 큰 적

1889년 5월 25일, 생레미
(앞 편지와 같은 편지)

그림을 그리려면 캔버스와 물감 등등이 들지만, 그래도 한 달이 지난 후에 돌이켜보면 이런 식으로 조금 더 쓰면서 내가 배워온 것을 이용하는 것이 그것을 포기하는 것보다 더 이득인 것 같다. 어느 쪽이든 네가 내 생활비를 계속 지불해야 하기 때문이다. 그것이 내가 계속 그림을 그리는 까닭이다. 이번 달에는 30호 캔버스 그림 네 점과 드로잉 두세 점을 그렸다.

우리가 무슨 일을 하든, 돈 문제는 계속 제일 큰 적으로 남는다. 우리는 그것을 부정하거나 잊을 수 없다. 이런 점에서 나는 다른 사람들과 마찬가지로 내 의무를 기억한다. 어쩌면 내가 그동안 써온 돈을 모두 갚을 수 있게 될 것이다. 나는 그 돈을 네게서가 아니라면 적어도 우리 가족들에게 빌린 돈이라고 생각하고 있다. 그래서 그림을 여러 점 그렸는데, 앞으로 더 많이 그릴 예정이다. 이런 점에서 네가 행동을 취하고 있는 것처럼 나도 행동을 취하고 있다. 만일 내가 부자였다면 아마 더 자유로운 마음으로 예술을 위한 예술에 전념했겠지. 하지만 지금은 그런 생각 없이 열심히 작업함으로써 진전을 보일 수 있다고 생각하는 것으로 만족한다.

쓸모 있는 인간이
될 수 있도록

1889년 6월 9일, 생레미
테오에게

내 건강은 아주 좋다. 바깥에서 지낼 때보다 이곳에서 작업을 하면서 훨씬 더 행복감을 느끼기 때문이다. 이곳에서 오래 생활하면 규칙적인 습관을 들이게 될 테고, 장기적으로는 내 삶에 더 많은 질서를 가져다주고 신경과민을 줄여줄 것이다. 그건 아주 큰 도움이 된다. 게다가 나는 아직 바깥세상에서 다시 시작하려는 용기를 가지면 안 될 것 같다. 한번은 동행인과 함께 마을에 나갔는데, 사람들과 이런저런 것들을 보는 것만으로도 마음이 너무 심한 자극을 받아서 꼭 기절할 것 같고 아주 많이 아프다는 느낌이 들더라. 그나마 자연을 대면할 때는 작업을 하고 싶다는 감정이 나를 떠받쳐준다. 이 이야기를 하는 것은 분명 내 안에 그런 식으로 나를 혼란스럽게 만드는 강력한 감정이 있어왔다는 사실을 너에게 보여주기 위해서다. 대체 무엇이 그런 감정을 만들었는지 도통 알 수가 없구나.

작업을 마치고 나면 가끔 죽을 만큼 지루하지만 다시 시작하고 싶은 마음은 전혀 없다.

• • •

대체 내가 왜 이곳에 와 있는 건지 뭔가 좀 명확한 생각을 가져보려 하거나, 결국 그건 다른 일들처럼 우연한 사고일 뿐이라고 나 자신에게 논리적으로 설명하려고 시도할 때마다 매번 끔찍한 실망감과 공포에 사로잡혀서 생각을 못 하게 되는 것이 참 이상하다. 이런 일이 약간 줄어드는 경향이 있는 것은 사실이지만, 내가 볼 때 이것은 여전히 내 머릿속에 정상이 아닌 어떤 것이 확실히 존재한다는 사실을 입증해주는 것 같다. 이처럼 아무것도 아닌 것을 두려워하거나 여러 가지 일들을 제대로 기억하지 못하는 것 자체가 내겐 충격적이다. 네게 확실히 말할 수 있는 건, 다시 적극적인 인간이 되고 더 나아가 쓸모 있는 인간이 될 수 있도록 가능한 한 모든 노력을 기울이겠다는 것뿐이다. 적어도 이전보다 더 나은 그림을 그리기 위해서라도 그렇게 할 것이다.

셰익스피어의 책

1889년 6-7월, 생레미
테오에게

셰익스피어의 책을 보내줘서 진심으로 고맙다. 그 책들은 내가 아는 짧은 영어나마 잊지 않도록 도와줄 게다. 하지만 무엇보다 셰익스피어는 매우 훌륭하다. 나는 제일 잘 몰랐던 시리즈부터 읽기 시작했다. 이전에 다른 데 정신이 팔렸었거나 시간이 없어서 읽을 수 없었던 시리즈인데, 바로 왕들 시리즈다. 『리처드 2세』와 『헨리 4세』는 벌써 다 읽었고 『헨리 5세』는 절반가량을 읽었다. 그 시대 사람들의 생각이 우리와 달랐는지, 혹은 만일 네가 그들에게 공화주의와 사회주의적 신념을 접하게 했다면 그들이 어떻게 달라졌을지 등등을 궁금해할 틈도 없이 읽어 내려갔다. 나를 감동시키는 것은, 셰익스피어가 살았던 시대로부터 수세기의 간격을 두고 우리에게 도달하는 이 사람들의 목소리가, 우리 시대의 몇몇 소설가들의 경우와 마찬가지로 우리에게 낯설게 느껴지지 않는다는 점이다. 그 목소리가 너무 생생해서 마치 그들이 아는 사람 같고 직접 그 장면을 보고 있다고 생각하게 된다.

아마 화가들 중에서는 렘브란트만이 유일하게, 아니면 거의 유일하게 그런 면을 가지고 있는 것 같다. 우리가 「엠마오의 저녁식사」나 「유대인 신부」에서, 혹은 네가 아주 운 좋게 볼 수 있었던 그림의 기묘하게 천사 같은 인물에게서 보게 되는 다정한 시선, 그 가슴 저린 부드러움, 그곳에 있는 것이 너무도 자연스러워 보이는 인간을 초월한 무한의 일별을 셰익스피어의 책에서 많이 마주치게 된다.

살아 있는 화가들
죽은 화가들

1889년 6-7월, 생레미
테오에게

살아 있는 화가들은 먹고살 돈과 물감 값을 지불할 돈이 충분하지 않아서 고통받고 있는데, 반대로 죽은 화가들의 캔버스는 비싸게 팔리는구나. 하지만 사실 이렇게 구별하는 것은 내 능력 밖의 일인지도 모르겠다. 신문에서 그리스 유물을 수집하는 사람이 그의 친구에게 쓴 편지를 읽었는데, 거기에 이런 구절이 있더라. "자네는 자연을 사랑하고, 나는 인간의 손이 만든 모든 것을 사랑하네. 하지만 이렇게 다른 우리의 취향이 근본적으로는 하나라네."

나는 이 말이 내 주장보다 더 낫다고 생각했다.

때로 질병이
우리를 치유해준다고
생각합니다

사랑하는 동생과 제수씨에게,

요의 편지가 오늘 아침 내게 아주 멋진 소식을 전해주었네요. 두 사람 축하합니다. 그 소식을 들으니 무척 기쁩니다. 제수씨가 두 사람 다 그런 상황에 바람직할 만큼 좋은 건강 상태가 아니어서 좀 의아하게 여겼다고, 그래도 태어날 아이에 대한 동정심이 제수씨의 가슴을 파고들었다고 말했을 때 나는 가슴이 뭉클했습니다.

태어나기도 전부터 이런 상황에 처한 아이는 아주 건강한 부모의 자식, 최초의 움직임이 더 활기찼을 아이보다 덜 사랑받을까요? 분명 그렇지 않습니다. 우리는 인생에 대해 잘 모릅니다. 그래서 옳고 그름이나 정당함과 부당함을 구분하고, 우리가 고통을 겪기 때문에 불행하다고 말하는 것은 우리의 능력 안에 있는 일이 아닙니다. 그건 입증되지 않았거든요. 룰랭 부부의 아이는 부모가 궁핍에 처해 있을 때 미소 지으며 아주 건강하게 태어났다는 사실을 잊지 말아요. 그러니 그냥 있는 그대로 받아들이고, 확신을 가지고 기다리고, 아주 오래된 속담이 권하는 대로 마음속에 큰 인내심을 갖추고 선의를 키우세요. 자연이 알아서 하게 그냥 내버려두세요. 제수씨가 테오의 건강에 대해 말씀하신 것과 관련해서라면, 내 소중한 제수씨, 나도 진심으로 제수씨와 똑같은 염려를 하고 있지만, 제수씨를 안심시켜드려야겠군요. 테오의 건강은 제 건강과 마찬가지로 허약한 게 아니라 기복이 심하고 변덕스러울 뿐이랍니다.

나는 때로 질병이 우리를 치유해준다고 생각합니다. 불편함이 위기상황까지 치달으면 몸이 정상적인 상태를 회복하기 위해 아픈 게 필요할 거라고 말입니다. 그래요, 테오가 어느 정도 결혼생활을 하고 나면 힘을 되찾을 겁니다. 테오에게는 아직 건강을 회복할 젊음과 힘이 남아 있으니까요.

나는 테오가 혼자 지내지 않아서 무척 기쁩니다. 정말이지 어느 정도 시간이 지나면 테오가 예전의 기질을 되찾을 것이라는 사실은 추호도 의심하지 않습니다. 무엇보다 테오가 아버지가 되면 부성애가 그를 찾아올 것이고, 그로 인해 아주 많은 것을 얻게 될 겁니다.

내년은 아마 좀 달라질 것이다.
너희는 아이를 낳을 테고 그게 인생의
자잘한 걱정거리들을 꽤나 가져다주겠지.
그러나 속을 끓이는 큰 걱정거리들은
영원히 사라질 것이다.
분명 그렇게 될 것이다.

1889년 8월. 생레미
테오에게 보낸 편지에서

나는 무심한
사람이 아니다

1889년 9월 10일, 생레미
테오에게

작업이 아주 잘 진행되고 있고, 여러 해 동안 소득 없이 찾아다니던 것들을 발견하고 있다. 이렇게 느낄 때면 너도 알고 있는 들라크루아의 말, 더 이상 숨도 쉴 수 없고 이빨도 남지 않았을 때 그림을 발견했던 그 말을 생각하게 된다.

글쎄, 나 자신이 정신적인 질병을 가지고 있다 보니 똑같이 정신적으로 고통받았던 다른 예술가들 생각을 자주 하게 되는구나. 그러곤 스스로에게 말하지. 이런 병에 걸렸다고 해서 마치 아무것도 잘못되지 않은 것처럼 화가로 활동하지 못할 이유는 없다고 말이다.

이곳에서는 발작이 터무니없이 종교적인 방향 전환을 하게 되는 경향이 있다는 사실을 깨달았을 때, 나는 북부 지방으로 돌아갈 필요가 있다고 생각할 뻔했다. 하지만 의사를 만나더라도 이 문제에 대해 너무 많이 말하지 마라. 이건 어쩌면 아를의 병원이나 이곳처럼 오래된 수도원 건물에서 너무 오랜 시간 생활하다 보니 생겨난 일인지도 모른다. 사실, 나는 정말이지 그런 분위기에서 살아서는 안 된다. 차라리 거리에서 지내는 쪽이 더 나을 것이다. 나는 무심한 사람이 아니다. 심지어 고통을 받고 있을 때도 때로는 종교적인 생각들이 내게 커다란 위안을 준다. 그런데 지난번에 내가 아팠던 동안 불행한 사건 하나가 일어났단다. 들라크루아의 「피에타」 석판화가 다른 종이 몇 장과 함께 기름과 물감 위로 떨어져서 훼손되었거든.

말할 수 없이 속상하더라. 그때 나는 그 그림을 따라 그리느라 바빴거든. 언젠가 네게도 보여주마. 5호 아니면 6호 캔버스로 그 그림의 복제본을 하나 만들었다. 그 속에 감정이 담겨 있었으면 좋겠다.

현기증이 자주 나서
살 수가 없다

1889년 9월 10일, 생레미
(앞 편지와 같은 편지)

　나는 내가 비겁했다고 자책한다. 그때 경찰관들, 이웃들과 싸우는 한이 있더라도 작업실을 지켰어야 했다. 다른 사람들이 내 입장이었다면 권총이라도 사용했을 테지. 어떤 예술가가 그런 식으로 불량배들을 죽였다 해도 무혐의로 풀려났을 게 분명하다. 그랬다면 더 좋았을 텐데, 나는 겁쟁이였고 술에 취했었다.

　나는 그때 아프기도 해서 더 용감하지 못했다. 그때는 이런 공격에 시달리면서 몹시 두려움을 느끼기도 했는데, 내 열의가 내가 말했던 것과 다른 어떤 것인지는 모르겠다. 그건 마치 자살하려 했는데 물이 너무 찬 것을 깨닫고 강둑으로 돌아가려 몸부림치는 사람과도 같다.

　하지만 잘 들어라, 내가 과거에 보았던 브라트처럼 감금

되는 건—다행히도 그건 오래전 일이다—정말이지 너무 싫다. 만일 피사로나 비뇽이 함께 지내기 위해 나를 데려가고 싶어 한다면 상황은 달라지겠지. 글쎄, 나 자신도 화가니 그렇게 하는 것도 가능할 게다. 아주 훌륭하신 자선수녀회 수녀들보다는 화가들을 후원하는 데 돈을 쓰는 쪽이 더 나으니까.

* * *

벌써 나는 어느 정도 성공을 거둔 미래의 내 모습을 볼 수 있다. 그때는 이곳 병실 철창 사이로 내려다보이는 들판에서 수확하는 사람을 바라보던 때의 고독과 비참함을 그리워하고 있을 테지. 불행에도 좋은 점이 있다.

성공하고 지속적인 번영을 누리기 위해서 너는 나와 다른 기질을 가져야 한다. 나는 내가 할 수 있었을 일들, 내가 바라고 추구해야 했던 일들을 결코 하지 않을 것이다.

그런데 요즘은 현기증이 너무 자주 나서 살 수가 없다. 사분의 일이나 오분의 일 정도의 상황을 제외하곤 늘 그렇다. 들라크루아와 밀레의 가치와 독창성과 우월함을 깨달을 때면 나는 대담해져서 '그래, 나는 대단해, 뭔가 중요한 일을 해낼 수 있을 거야.'라고 말한다. 그러나 나는 먼저 그런 예술가들을 바탕으로 삼은 후에 같은 방향에서 내가 할 수 있는 작은 것을 만들어내야 한다.

그러니까 우리 친구 피사로에게 잔인하게도 두 가지 불행이 동시에 덮쳤다는 거지.[*] 소식을 알게 된 순간 나는 그와 함께 지낼 방법이 있을지 그에게 물어봐야겠다고 생각했다. 만일 네가 이곳에 지불하는 것과 똑같은 액수의 돈을 보내준다면 한동안 그에게 도움이 될 것이다. 나는 일하는 데 말고는 돈이 그리 많이 필요하지 않다.

얼른 피사로에게 물어봐라. 만일 그가 그걸 원하지 않는다면, 나는 비뇽에게로 가도 좋을 것 같다. 나는 퐁타벤은 좀 두렵다. 그곳에는 사람들이 너무 많다. 하지만 네가 고갱에 대해 한 말은 상당히 내 관심을 끈다. 더구나 나는 여전히 고갱과 내가 어쩌면 다시 같이 작업하게 될 수 있을 거라고 생각한다.

고갱이 이제까지 해왔던 것보다 더 나은 작업을 할 수 있는 사람이라는 걸 안다. 하지만 그 사람을 편하게 해줘야지!

나는 아직도 그의 초상화를 그리고 싶다.

● 당시 피사로는 어머니가 돌아가신 데다 눈에 심각한 문제가 생겨 고생하고 있었다.

그가 그린 내 초상화를 본 적 있니? 해바라기를 그리고 있는 모습이다. 그 후에 내 얼굴이 훨씬 환해졌지만, 그건 정말이지 당시 내가 그랬던 대로 아주 피곤하고 전류가 흐르는 것 같은 모습이다.

고갱이 천재 같다는
생각이 든다

1889년 9-10월, 생레미
테오에게

요즘은 날씨가 좋지 않아서 모사 작업을 많이 하려 한다. 사실 인물 그리는 연습을 더 많이 해야 한다는 이유도 있다. 본질적인 것을 포착하고 단순화하는 법을 가르쳐주는 것은 인물 습작이거든.

너는 편지에 내가 항상 작업만 해왔다고 썼더구나. 아니다, 나는 그렇게 생각하지 않는다. 나 자신은 내 작품이 정말 많이 불만스럽다. 유일하게 내게 위안을 주는 것은, 경험을 많이 쌓은 사람들이 하나같이 십 년 동안은 아무 대가를 기대하지 말고 그림만 그려야 한다고 말한다는 점이다. 그러나 나는 계획대로 완성되지 못한 유감스러운 습작들을 만들며 십 년을 보냈을 뿐이다. 앞으로는 더 나은 시기가 올 수도 있겠지. 어쨌든 인물을 더 힘차게 그려야 하고, 들라크루아와 밀레를 아주 면밀하게 연구해서 내 기억력이 활기를 되찾게 해야 한다. 그 후에 내 드로잉이 더 명료해지도록 노력할 것이다. 그래, 불행이 좋은 점도 있구나. 연습할 시간을 얻게 되니 말이다. 네게 보내는 캔버스들 속에 꽃을 그린 습작을 집어넣었다. 대단한 것은 전혀 없는 그림이지만 그렇다고 그걸 찢어버리고 싶진 않았다.

전체적으로 「밀밭」과 「산」, 「과수원」, 파란 언덕들이 있는 「올리브 나무」, 초상화와 「채석장 입구」를 제외하면 괜찮은 작품은 아무것도 없다고 생각한다. 정말 그 나머지 그림들은 나에게 아무 의미도 없다. 그림의 선들이 개인적인 의도와 감정을 담고 있지 않기 때문이다. 이 선들이 친밀하고 의도적일 때 설사 좀 과장되었다 할지라도 그림이 되기 시작한다. 그것은 고갱과 베르나르가 느끼는 것과 좀 비슷하다. 그들은 나무의 정확한 윤곽을 그리지 않아도 사람들이 그 형태가 둥근지 사각형인지 이야기할 수 있다고 주장한다. 그들은 어떤 사람들의 사진같이 공허한 완벽성에 화를 내는데, 솔직히 그들이 옳다. 그들은 산을 정확히 똑같은 색으로 그릴 것을 요구하지 않고 이렇게 말할 것이다. '하나님께 맹세코, 그 산들은 파랬네. 그렇지 않은가? 그러니 내게 와서 그것이 이러저러한 것과 상당히 비슷한 파란색이었다고 말하지 말고 그냥 파랑을 칠하게. 그건 파랬으니까. 그렇지 않은가? 좋네. 그러면 그걸 파랗게 그리게. 그걸로 충분하네!'

고갱이 그렇게 설명하고 있는 것을 볼 때면 가끔 그가 천재 같다는 생각이 든다. 하지만 그는 자신이 가진 천재성을 보여주기를 몹시 두려워한다. 그가 젊은 화가들에게 정말로 아주 유용한 것들을 즐겨 이야기해주는 것을 보면 감동적이다.

그럼에도 그는 얼마나 괴짜 같은 친구냐.

요가 건강하다는 소식을 들으니 몹시 기쁘구나. 나는 네가 가족에 대한 염려 없이 혼자 지낼 때보다 그녀의 상태를 고려하고 당연히 걱정도 하는 상황 속에서 오히려 훨씬 더 많은 것을 느낄 것이라고 생각한다. 네가 자연 속에서 더 많은 것을 느낄 것이기 때문이다.

밀레와 들라크루아를 생각해보면 두 사람은 얼마나 대조적이냐. 들라크루아는 아내 없이 살았고, 밀레는 어느 누구보다 더 많은 대가족에 둘러싸여 살았으니까. 그런데도 그들의 작품에는 비슷한 점이 얼마나 많은지 모른다.

• • •

내가 상당히 자주 생각하는 게 뭔지 아니? 얼마 전에도 네게 이야기한 적이 있는데, 나는 설령 내가 성공하지 못한다 해도, 그럼에도 내가 열심히 작업해온 것이 계속 이어질 것이라고 생각한다. 직접적으로는 아니겠지만, 진실한 것들을 믿는 사람이 나 혼자는 아니니까. 그러니 개인적인 성공과 실패가 뭐 그렇게 중요할까! 나는 사람도 밀과 똑같다고 아주 강하게 느낀다. 네가 흙 속에 심어져서 그곳에서 싹트지 않는다고 달라질 게 뭐겠니? 결국에는 맷돌에 갈려서 빵이 될 텐데.

행복과 불행의 차이는 또 뭐냐! 죽음이나 소멸이 그렇듯 둘 다 필요하고 유용하다……. 그건 지극히 상대적이고, 인생은 다 똑같다. 나를 무너뜨리고 두렵게 만드는 질병을 마주해도 그 믿음은 흔들리지 않는구나.

끔찍한 우울증

1889년 10월경, 생레미
테오에게

페이롱 선생은 내가 상당히 많이 좋아져서 내 상태가 호전될 희망을 갖게 되었다고 하더라. 내가 지금 바로 아를에 간다고 해도 반대하지 않는다는구나.

하지만 끔찍한 우울증이 너무 자주 엄습하곤 한다. 게다가 건강이 회복될수록, 그래서 내 머리가 냉정하게 추론할 수 있게 될수록, 이렇게 돈만 많이 들고 아무 성과도 거두지 못하고 심지어 지출한 경비도 회수하지 못하면서 계속 그림을 그리는 것이 말할 수 없이 어리석고 이성에 위배되는 일처럼 여겨진다. 그럴 때면 나는 너무 불행하다고 느낀다. 문제는 내 나이에는 뭔가 다른 일을 시작하기도 지독하게 어렵다는 거지.

밀레의 그림이
활기를 가져다주었다

1889년 10월경, 생레미
테오에게

밀레의 그림들을 보내줘서 무척 기뻤다. 열정적으로 그
것들을 모사하는 중이란다. 그동안 예술적인 것을 보지 못
하고 지내서 마음이 좀 풀어져 있었는데 이게 내게 다시
활기를 가져다주었다.

• • •

밀레의 드로잉들을 본뜬 그림을 그리는 것은 단순한 모
사라기보다 다른 언어로 번역하는 작업과 더 비슷하다.

인생에서 그림 말고도
다른 중요한 것

1889년 11월, 생레미
테오에게

저번 편지에 그림을 너무 많이 보고 있어서 당분간 아무것도 보고 싶지 않다고 썼더구나. 그건 네게 사업상의 근심이 너무 많다는 뜻이겠지. 아아, 인생에는 그림 말고도 다른 중요한 것들이 있는데, 사람들이 이 다른 것을 등한시할 때면 자연이 앙갚음을 하는 것 같다. 운명이 직접 우리를 저지하려는 것이겠지. 그런 상황에서는 의무가 요구하는 만큼 많이 그림을 다루며 계속 바쁘게 지내야겠지만 그 이상을 넘어서지는 말아야 한다고 생각한다.

캔버스와 물감 목록을
동봉한다

1889년 11-12월, 생레미
테오에게

텍스트를 곁들인 몽티셸리의 채색석판화집 출간에 대한 네 이야기는 무척 흥미로웠다. 솔직히 그 이야기는 나에게 매우 큰 즐거움을 주었고, 너무 궁금해서 언젠가 그것들을 꼭 보고 싶다고 생각했다. 네가 가진 몽티셸리의 꽃 그림도 컬러로 제작했으면 좋겠구나. 색채에 있어서는 그것이 최상급이니까. 언젠가는 내 그림으로도 이런 스타일의 판화를 직접 만들어보고 싶은 마음이 굴뚝같다. 요즘 올리브를 따는 여자들 그림을 작업하고 있는데, 이 그림이 그렇게 만드는 데 적합할 거라고 생각한다. 그림의 색을 보면, 바닥은 보라색이고 더 멀리 떨어진 곳은 황토색이다. 구릿빛 줄기를 가진 올리브 나무들은 회녹색 잎사귀를 가졌고, 하늘은 완전히 분홍색, 세 명의 작은 인물도 분홍색이다. 전체적으로 아주 절제된 색채 배합이지.

그 그림은 현장에서 제작된 똑같은 크기의 습작을 보면서 기억을 더듬어 그렸다. 시간이 지나면서 흐릿해진 어렴풋한 기억처럼 멀리 떨어진 어떤 것을 바라보는 느낌을 원했기 때문이다. 그 그림에는 분홍과 초록이라는 두 가지 색조만 있는데, 이 둘이 함께 조화를 이루고 서로를 중화시키면서 또한 대조를 이룬다. 나는 똑같은 그림을 두세 점 더 그릴 생각인데, 결국 그것은 여섯 점 정도의 올리브나무 습작들의 결과물이다.

어쩌면 더 이상은 임파스토로 작업하기 힘들 것 같다는 생각이 든다. 지금 조용하고 한적한 생활을 하고 있어서 그럴 텐데, 나는 그 덕분에 더 좋아지고 있다. 기본적으로 나는 생각만큼 그렇게 난폭하지 않고, 마침내 나 자신이 더 차분해진 걸 느낀다.

아마 너도 20인전을 위해 내가 어제 보낸 그림에서 그 사실을 확인하게 될 것이다. 해 뜰 무렵의 밀밭 그림이다. 그 그림과 함께 「침실」 그림과 드로잉 두 점도 같이 넣었다. 네가 「밀밭」에 대해 무슨 말을 할지 몹시 궁금하구나. 그 그림은 한동안 계속 바라볼 필요가 있다. 어쨌든 혹시 다음 주에 삼십 분이라도 여유 시간을 낼 수 있으면 그림이 좋은 상태로 잘 도착했는지 편지로 바로 알려주면 좋겠다.

내 작업이 조금씩 좋아지고 있다는 생각이 들어서 내년에도 여기서 지낼 각오가 되어 있다. 오래 머물러서 그런지 이 지역이 다른 곳과 다르게 느껴지기도 하고, 요즘 좋은 구상들이 조금씩 떠오르기 시작해서 그것들이 발전할 수 있게 기다려야 할 것 같다. 게다가 타르타랭의 고장에서 뭔가를 찾으려 했던 애초의 생각에서 너무 멀리 벗어나면 안 될 것 같다. 나는 사이프러스 나무를 다시 그리고 싶은 마음이 간절하고, 알프스산도 그리고 싶다. 예전에 여기저기 오래 여행했을 때 떠오르는 주제들을 주의 깊게 기록해두었고, 날씨가 좋아지면 갈 만한 장소들도 알고 있다. 그러니 이곳을 떠난다면 비용 면에서 아무런 이득도 얻기 힘들 뿐만 아니라 내 작업의 성공 여부도 훨씬 더 불투명해질 거라고 생각한다. 고갱에게서 바다 내음이 물씬 풍기는, 아주 다정한 편지를 받았다. 그는 좀 거칠지만 상당히 훌륭한 작업을 하고 있을 거라는 생각이 든다.

너는 내게 지나치게 많이 걱정하지 말라고, 더 좋은 날들이 찾아올 거라고 말했지. 그 더 좋은 날들이 벌써 시작되었다는 이야기를 해주고 싶구나. 왠지 우리가 네덜란드에서 보낸 유년 시절의 아련한 추억을 떠올리게 할 것 같은,

정말로 기분 좋은 프로방스 지방 습작들을 네게 보낼 수 있을 것 같아서다. 그래서 어머니와 우리 여동생을 위해서 「올리브 따는 여자들」을 다시 그리는 것으로 나에게도 특별한 선물을 주고 있다.

내가 가족들을 가난으로 몰아넣지 않았다는 사실을 언젠가 입증할 수 있다면 내 마음이 위안을 얻을 것 같다. 지금으로서는 아무 소득 없이 돈만 낭비했다는 자책감으로 가득하다. 네가 말한 대로 인내와 작업만이 거기서 벗어날 유일한 기회겠지.

하지만 내가 너처럼 행동했더라면, 구필 화랑에 계속 남아서 그림 파는 일에만 전념했더라면 더 좋지 않았을까 하는 생각을 종종 한다. 너는 사업을 하면서 비록 직접 작품을 만들지는 않더라도 다른 사람들이 작품을 만들 수 있게 도와주기 때문이다. 지금 이 순간에도 셀 수 없이 많은 화가들이 화상들의 지원을 필요로 하지만 실제로 지원을 받는 경우는 지극히 드물다.

페이롱 선생이 보관하던 돈은 다 써버렸고 며칠 전에는 심지어 내게 10프랑을 미리 주기까지 했다. 그래서 이번 달에는 확실히 10프랑 더 필요할 것 같고, 이곳의 종업원들과 수위에게도 새해를 맞아 뭔가 주는 게 좋겠다고 생각하는데 그러자면 또 10프랑 정도가 더 들 것 같다.

겨울옷은, 너도 알겠지만 그리 많이 갖고 있지 않다. 하지만 충분히 따뜻한 옷들이어서 내년 봄까지 그걸로 버틸 수 있겠다. 내가 밖에 나갈 때는 작업하러 가는 거라서 가장 낡은 옷을 입으면 되고, 이곳에서 입을 벨벳 재킷과 바지는 가지고 있다. 봄에도 내가 이곳에서 지낸다면 아를에 가서 그림을 그릴 생각인데 그때쯤 새 옷을 장만하면 될 것 같다.

필요한 캔버스와 물감 목록을 동봉한다. 하지만 여분이 아직 좀 남아 있으니 만일 지출이 너무 초과되었으면 다음 달까지 기다릴 수 있다.

저 자신이 불행하다고
생각하지 않습니다

1889년 12월, 생레미
어머니에게

저는 과거에 있었던 일들 때문에 자주 격심한 자책감에 사로잡힙니다. 그럴 때면 제 병도 어느 정도는 제가 잘못해서 걸린 것같이 느껴지고, 제가 어떤 식으로든 그 잘못을 벌충할 수 있을지 의문스럽게 여겨집니다.

이런 일들에 대해 추론하고 생각하는 일이 때로 너무 힘들지만, 때로는 과거 어느 때보다 많이 이런 감정들에 휩싸입니다.

그럴 때면 저는 어머니 생각과 과거에 있었던 일들에 대한 생각을 많이 합니다. 어머니와 아버지는 다른 사람들에게보다 저에게 가급적 더 많은 것을 해주셨습니다. 아주 많이, 정말 아주 많이요. 그런데 저는 행복한 기질을 갖지 못했던 것 같습니다. 저는 파리에서 테오가 실질적으로 아버지를 돕기 위해 저보다 훨씬 많이 노력하고 있으며, 그러다 보니 테오 자신의 이익은 종종 소홀히 한다는 것을 깨달았습니다. 그래서 이제 테오가 아내를 얻고 아기의 출산을 기다리고 있다는 사실이 너무도 감사하답니다. 그래요, 테오는 자기희생 정신이 저보다 훨씬 투철합니다. 그게 그 아이 기질 속에 깊이 뿌리박혀 있지요. 아버지께서 세상을 떠나신 후 제가 테오가 있는 파리로 갔을 때 제게 보여준 아주 강한 애착을 통해서 그 애가 아버지를 얼마나 많이 사랑했는지 알게 되었습니다. 테오가 아니라 어머니니까 드리는 말씀인데, 저는 제가 파리에 머물지 않았던 것을 다행으로 여깁니다. 왜냐하면 저희는, 그 애와 저는 아마도 서로에게 너무 많은 관심을 쏟게 되었을 테니까요.

인생은 이렇게 살기 위해 존재하는 게 아닐 테지요. 저는 테오가 과거에 살던 방식을 벗어나 지금처럼 살게 된 것이 얼마나 다행스러운지 모릅니다. 예전에 그 애는 골치 아픈 사업 문제로 걱정할 것이 너무 많았고 그로 인해 건강도 많이 상했습니다.

제가 병에 걸렸던 초반에는 병원에 들어가야 한다는 사실을 체념하고 받아들일 수 없었습니다. 이제는 더 일찍 치료받았어야 한다는 걸 인정합니다. 하지만 사람이면 누구나 실수하는 법이겠지요.

어떤 프랑스 작가가 말하기를 모든 화가들이 정도의 차이는 있어도 다들 미쳤다고 합니다. 그렇지 않은 화가의 예로 상당히 많은 사람들을 들 수 있겠지만, 그래도 그림을 그리다 보면 어느 정도 넋이 나가는 것은 확실합니다. 진실이 무엇이든 간에, 다른 것에 대해 걱정할 필요가 없는 이곳에서 제 작품의 질이 향상되고 있다고 생각합니다.

더구나 저는 비교적 평온함을 유지하면서 작업에 최선을 다하고 있으며, 저 자신이 불행하다고 생각하지 않습니다.

• • •

전에 말씀드렸듯이, 어떨 때는 제가 자주 이렇게 넋이 나가는 것이 속상해서 그러지 않으려고 몸부림쳐봅니다. 그러다 보면 제가 꼭 해야 할 많은 일들을 할 수 없게 되니까요. 사실 제 건강 자체는 이제 아무런 문제가 없습니다. 그런데도 지난해의 충격 때문에 병원을 떠나고 싶지 않은 마음이 듭니다. 때로는 제가 그림을 포기하고 좀 힘든 삶을 살아간다면, 예를 들어 제가 군인이 된다면, 병이 낫지 않을까 상상해봅니다. 하지만 그러기엔 좀 늦기도 했고, 거절당할 것 같아 두렵기도 합니다. 반은 농담으로, 반은 진심으로 이런 생각을 하고 있답니다.

현재로는 작업이 잘 진행되고 있으며, 당연히 제 생각도 마치 쳇바퀴를 돌 듯 항상 색채와 드로잉 쪽으로만 향하고 있답니다. 그래서 저는 하루를 견디고 다음 날로 잘 넘어가기만을 바라면서 하루하루 살아내려 노력합니다. 제 화가 친구들도 이 직업이 사람을 너무 무력하게 만든다고, 아니면 무력한 사람들이 그 길을 걸어가는 거라며 자주 불평하곤 한답니다.

재발에 대한
두려움

1890년 1월, 생레미
지누 부부* 에게

저는 개인적으로 우리가 살아가면서 일상적으로 마주치는 고난이 우리에게 해를 끼치기도 하지만 그만큼 좋은 역할도 한다고 믿습니다. 오늘 우리를 아프게 만드는 바로 그 불평거리가, 우리를 완전히 제압해서 좌절하게 만드는 바로 그 문제가, 일단 지나고 나면 내일은 완벽하게 회복되기를 바라면서 다시 일어날 에너지를 줍니다.

작년에 저는 건강을 다시 회복한다는 생각조차 싫어했습니다. 그저 조금 더 좋아졌다고 느끼는 것조차 싫어할 정도였고, 항상 재발에 대한 두려움 속에서 살았지요. 다시

● 반 고흐가 아를에서 노란 집을 얻어 들어가기 전에 묵었던 여인숙 겸 카페 '드라 가르'를 운영했던 지누Ginoux 부부. 반 고흐가 아를에 자리 잡는 데 도움을 주었다.

시작하고 싶다고 느끼는 경우도 아주 드물었습니다. 더 이상 아무것도 없었으면 좋겠다고, 이것으로 끝이었으면 좋겠다고 저 자신에게 되뇌곤 했습니다. 아아, 그래요, 우리는 우리 삶의 주인이 아닌 것 같습니다. 중요한 것은, 사람들이 고통을 겪을 때조차 계속 살아가기를 원하는 법을 배워야 한다는 데 있습니다. 아아, 이런 점에서 저는 아주 심한 겁쟁이 같습니다. 건강이 회복되었는데도 여전히 두려워하고 있으니까요.

• • •

질병은 우리가 나무로 만들어지지 않았다는 사실을 일깨워주기 위해 존재합니다. 제 생각에는 이것이 질병의 긍정적인 면 같습니다.

색채의 음악가보다는
구두장이처럼

1890년 2월, 생레미
테오에게

그래, 고갱이 다시 파리로 갔구나. 그가 읽을 수 있도록 오리에 씨에게 보내는 내 답장을 똑같이 베껴 보낼 테니 『메르퀴르』지에 실린 평론과 함께 꼭 읽어보라고 해라. 나는 정말이지 그들이 고갱의 작품에 대해서 그렇게 이야기하고 나에 대해서는 그저 부차적으로만 다루었어야 한다고 생각한다. 고갱이 덴마크에서 작품을 전시했는데 큰 성공을 거두었다는 편지를 보냈더라. 그가 좀 더 오래 이곳에 머물지 않았던 것이 애석하다. 우리가 함께였다면 올해 나 혼자 한 것보다 더 좋은 작업을 할 수 있었을 텐데. 게다가 우리에게는 생활하고 작업할 수 있는 우리만의 작은 집이 있었을 테고 다른 사람들도 재워줄 수 있었을 것이다.

네가 보내준 신문에 코로, 루소, 뒤프레 같은 화가들의 생산성을 다룬 기사가 있던데, 알고 있었니? 레이드와 함께 있을 때 우리가 똑같은 문제를 놓고, 그러니까 작품을 많이 제작해야 할 필요성에 대해 얼마나 많이 이야기 나눴는지 기억하지?

파리에 간 직후에 내가 그림 200점을 그리기 전까지는 아무것도 할 수 없을 거라고 너에게 말했었잖아. 실제로 화가는 구두장이처럼 열심히 일해야 한다. 그러자면 아주 빨리 작업하는 것은 당연한 일이고, 규칙적인 생산의 정상적인 조건이라 할 수 있다.

레이드에게, 그리고 어쩌면 테르스테이흐나 C.M.에게도 오리에의 평론 사본을 보내는 게 좋은 생각 같지 않니? 내가 볼 때 지금이든 더 나중이든 스코틀랜드에서 뭔가 팔기 위해서는 우리가 그것을 활용해야 할 것 같다.

오리에 씨를 위해 그린 캔버스를 너도 마음에 들어 할 거라고 생각한다. 몽티셀리의 그림들처럼 지독하게 두꺼운 임파스토로 그렸고 여러 번 작업했단다. 나는 그 그림을 거의 일 년 동안 가지고 있었다. 하지만 이 평론 때문에 그에게 뭔가 좋은 그림을 줘야겠다고 생각했다. 그의 평론은 그 자체로 훌륭한 예술작품이고, 우리가 다른 모든 사람들처럼 그림에 들인 비용을 회수하려 시도할 때가 되었을 때 실질적인 도움이 될 것이다. 나는 그 이외의 것에 대해서는 아무 관심이 없지만, 그림을 제작하느라 든 돈을 되찾는 것은 작업을 계속할 수 있게 해주는 최소한의 조건이다.

• • •

만일 내가 과감하게 마음 가는 대로 작업하면서 몽티셀리의 어떤 그림들처럼 현실을 무시하고 색채의 음악을 만드는 모험을 더 밀고 나갈 수 있었다면, 오리에의 평론은 내게 큰 용기를 주었을 것이다. 그러나 내게는 진실이, 진실하게 그리려고 노력하는 것이 너무 소중해서, 결국은 색채의 음악가가 되기보다는 여전히 구두장이가 되겠다고 생각하고 또 생각한다.

어떤 경우든 계속 진실하려 노력하는 것이 어쩌면 여전히 나를 불안하게 만드는 이 질병에 맞서게 해주는 치료제가 될지도 모른다.

병이 한창 심할 때도
그림을 그렸습니다

1890년 4월 말, 생레미
어머니와 여동생에게

지난 두 달 동안 몸이 좋지 않아서 이제야 두 사람에게 편지를 쓸 수 있게 되었네요.

오늘까지도 저는 보내준 편지를 읽거나 편지를 쓰기 위해 몸을 일으킬 수 없었습니다. 더구나 의사가 외출 중이라 보내주신 편지와 소포를 아직 건네받지 못했습니다. 하지만 두 사람에게 가장 다정한 마음을 담아 감사하다고 인사하는 것을 미루고 싶지 않았습니다. 온 마음을 담아 두 사람과 아나, 리스, 그리고 그들의 가족에게 좋은 일만 가득하기를 기원합니다.

오늘 테오에게 편지를 보내면서 그림 몇 점을 함께 보냈는데 그중 일부는 두 사람에게 보내라고 했습니다. 봄날의 가장 멋진 시기를 일하지 못하고 보내는 바람에 작업이 그리 잘 진행되지 못했다는 건 아시겠지요. 그럴 때 인간이 뭘 어떻게 할 수 있겠습니까? 변화가 다 더 좋은 쪽으로만 일어나는 것은 아닙니다. 저는 이곳에서 벗어나기만을 학수고대합니다. 이곳에서 견뎌야 하는 것들이 참기 어렵기 때문입니다.

지난 며칠 동안 저는 이글거리는 태양 아래 노란 민들레꽃이 피어 있는 잔디밭 그림에 매달리고 있습니다. 병이 한창 심할 때도 저는 계속 그림을 그렸습니다. 그중에는 브라반트에서의 추억을 담은 그림도 있습니다. 어느 가을 날 저녁 폭풍우가 몰아칠 듯 험악한 하늘 아래 이끼로 뒤덮인 오두막집들과 너도밤나무 생울타리, 불그스름한 구름으로 에워싸인 태양을 그린 그림입니다. 여자들이 눈 속에서 푸른 과실을 수확하는 순무 밭 그림도 있고요.

• • •

제 작품이 조금 성공을 거두고 있다는 소식을 듣고 문제의 평론을 읽는 순간, 혹시 그것 때문에 벌을 받게 되는 건 아닐까 갑자기 두려워졌습니다. 화가들의 생애를 보면 거의 항상 그랬기 때문입니다. 성공은 일어날 수 있는 최악의 일과 가까운 곳에 있습니다.

그림을 그릴 때 닥칠 것으로 예견할 수 있는
그 모든 불운에도 불구하고
나는 작업하지 않는 쪽보다는 작업하는 쪽이
더 소득이 있다고 생각한다.

1890년 5월 말-6월 초, 오베르 쉬르 우아즈
테오에게 보낸 편지에서

그 모든 일에도
불구하고

1890년 7월, 오베르 쉬르 우아즈

사랑하는 동생과 제수씨에게,

우리 모두 상당히 고통스러운 데다 고민에 빠져서 지금 우리가 처한 상황을 명확하게 정리하자고 고집하는 것은 상대적으로 그다지 중요하지 않은 것 같다는 인상을 받았다. 네가 상황을 강요하고 싶어 하는 것 같아서 많이 놀랐다. 내가 그 문제와 관련해서 뭔가 할 수 있을까? 적어도 네가 원하는 어떤 일을 내가 할 수 있을까?

그렇다 해도 다시 한 번 마음으로 굳은 악수를 보낸다. 그 모든 일에도 불구하고 너희 부부를 다시 만나서 무척 기뻤다.

그 사실은 알고 있어라.

항상 너를 생각하며, 빈센트

기술을 잃지 않으려
노력하고 있다

1890년 7월, 오베르 쉬르 우아즈
테오와 요한나에게

이제 이런 [젊은 화가들의] 그림들은 상당한 가치를 간직한 상품이다.—다시 한 번 말하는데 내 그림이 그렇다는 이야기는 아니다—그림이 우리 모두를 극심한 가난으로 몰아넣은 원인 중 하나라는 사실은 그냥 제쳐두자.

하지만 나는 여전히 모든 일이 잘 풀릴 수 있도록 가능한 한 최선을 다할 것이다.

우리 모두 그 어린 것을 생각하고 있으며 요가 자신이 원하는 바를 말해야 한다는 건 분명하다고 생각한다. 테오 너도 나처럼 그녀의 의견에 동의하리라 믿는다. 지금 현재는 우리 모두에게 휴식이 필요한 것 같다는 말밖에 못 하겠구나. 나는 완전히 고갈된 느낌이다. 내 이야기는 그 정도로 하자. 이건 내가 이미 받아들였고 앞으로도 바뀌지 않을 운명이라는 느낌이 든다.

그러나 모든 야망을 제쳐놓을 또 한 가지 이유, 우리는 서로를 파멸시키지 않고도 몇 년을 함께 살 수 있다. 알다시피 아직 생레미에 있는 그림들과 이곳에 있는 네 점을 합하면 적어도 여덟 점의 그림이 있다. 나는 내 기술을 잃지 않으려 노력하고 있다. 하지만 일정 수준의 제작 능력을 획득하기란 어렵다는 것이 절대적인 진실이고, 만일 작업을 중단한다면 나는 작업을 하기 위해 겪어야 했던 고통들보다 더 빠르고 더 쉽게 무너지게 될 것이다. 자꾸 전망이 더 어두워져서 내겐 행복한 앞날이 전혀 보이지 않는구나.

내 감정을
전해줄 그림들

1890년 7월, 오베르 쉬르 우아즈
테오와 요한나에게

우리 모두 일용할 양식을 구할 수 없을지도 모른다고 느끼는 건 가벼운 문제가 아니다. 다른 여러 이유들로 우리의 생계 수단이 위협받는다고 느끼는 게 무시할 일은 아니지.

이곳에 돌아와서도 계속 너무 슬펐고, 너를 위협하는 문제가 나까지 내리누르는 느낌이 들었다. 내가 어떻게 해야 했겠니. 나는 늘 아주 활기차게 지내려고 노력하지만 내 삶이 뿌리째 위협받고 있으니 발걸음도 비틀거리는구나.

내가 네게 짐이 되어서—전적으로는 아니더라도 조금이라도—네가 나를 부담스러운 존재로 느낄까 봐 두려웠다. 하지만 제수씨 편지로 나도 너만큼이나 힘겨운 입장이라는 사실을 네가 잘 알고 있다는 걸 알 수 있었다.

이곳으로 돌아와서 다시 일을 시작했다. 붓이 내 손가락에서 흘러내릴 것 같았지만 내가 원하는 것을 정확히 알고 있었기에 큰 그림 세 점을 그렸다.

그중에 혼란스러운 하늘 아래 펼쳐진 거대한 밀밭 그림이 있다. 극한의 외로움과 슬픔을 표현하기 위해 내 길에서 벗어날 필요는 없었다. 너도 그 그림들을 어서 봤으면 해서 가능한 한 빨리 이 그림들을 네게 가져가고 싶구나. 이 그림들이 말로 표현할 수 없는 내 감정을 네게 전해줄 거라고 생각하기 때문이다.

반 고흐를 읽다

나는 미술에 대해 확고한 신념을 갖고 있기 때문에 내 작품에서 원하는 것이 무엇인지 확실하게 알고 있다. 나는 목숨을 걸고서라도 거기에 도달하기 위해 노력할 것이다.

1885년 8월, 뉘넌에서 테오에게

빈센트 반 고흐는 1853년 네덜란드의 작은 시골 마을에서 목사의 아들로 태어났다. 반 고흐 가문에 목사와 화상이 많았던 관계로 십 대 후반과 이십 대 초반에는 화상, 목사, 전도사가 되기 위해 준비했으나 모두 여의치 않았다. 한때 기숙학교 교사, 서점 점원으로 일한 적도 있었지만 그 길 또한 순탄치 않았다.

그는 이 모든 실패를 거친 후 비교적 늦은 나이인 스물일곱 살에 화가가 되기로 결심했다. 그의 뒤를 이어 화상의 길을 걷기 시작했고 당시 파리의 구필 화랑에서 근무하던 동생 테오의 정신적·경제적 지원이 있어서 가능한 일이었다. 화가의 길도 가시밭길의 연속이어서 그는 집세를 내고 물감 값을 마련하기도 빠듯한 생활을 하며 그림을 그렸고, 독특한 작품 세계를 이뤄내는 데 성공했으나 그림을 팔기는커녕 제대로 인정받지도 못했다.

반전은 사후에 이루어졌다. 그의 이름과 작품들은 생전에 상상하지도 못했을 엄청난 영광을 누렸다. 이런 극적인 반전에 가족과의 불화, 반복되는 실연, 다른 화가들과의 불화, 그림을 인정받지 못하는 괴로움, 계속 찾아오는 발작과 정신병원 입원, 권총 자살 같은 극적인 요소들이 더해져서 그의 생애 전체가 그의 작품의 후광 역할을 했다. 이제 그는 전 세계의 많은 사람이 그림을 보기만 해도 그것이 그의 것임을 알아볼 정도로 슈퍼스타 화가가 되었고, 그의 작품들은 그것이 빈센트 반 고흐의 작품이기 때문에 한층 사랑받는다.

그런데 빈센트 반 고흐에게는 개성 있는 작품과 극적인 생애 외에 또 하나 살펴봐야 하는 것이 있다. 바로 엄청난 양의 편지들이다. 반 고흐는 평생 800통이 넘는 편지를 썼는데 그중 동생 테오에게 쓴 편지가 668통이고, 어머니와 여동생, 동료 화가들, 친구들과도 정기적으로 편지를 주고받았다.

테오에게 보낸 첫 편지는 1872년 8월, 구필 화랑 헤이그 지점에 근무하고 있을 때 자신을 만나러 왔다 돌아간 테오에게 쓴 것이었다. 이후 두 형제는 잠시 반목했던 짧은 기간과 두 사람이 파리에서 함께 지냈던 시기를 제외하고는 꾸준히 편지를 주고받았다. 어떨 때는 길고 긴 편지를 써놓고도 할 말이 남아 새로 몇 장이나 편지를 더 쓰기도 했다. 마지막 편지는 빈센트 반 고흐가 자살하기 며칠 전에 보냈고, 1890년 7월, 그가 자기 가슴에 권총을 쏘았을 때도 겉옷 주머니에 테오에게 썼으나 부치지 않은 편지가 들어 있었다고 하니 정말 죽을 때까지 테오에게 편지를 쓴 셈이다.

그 편지들은 테오에게 돈과 관심을 청하는 내용, 매일의 성찰이나 예술에 대한 생각, 읽은 책 이야기, 자신의 경제적 상황과 미술계 전반의 경향, 주변 사람들에 대한 분석, 좋아하는 그림이나 화가들을 모두 언급하고 있다. 뿐만 아니라 그가 현재 작업하는 그림에 대한 설명과 스케치, 그의 포부와 절망들까지 세세하게 들려준다. 그래서 그의 편지는 그의 일기이자 자서전이고 작품 해설서이며 한 예술가의 성장과 고뇌에 찬 창작 과정을 생생히 보여주는 진솔한 고백이자 그 자체로 하나의 문학 작품이다.

감동은 작품에서 오는가, 삶에서 오는가. 그의 그림을 볼 때마다 생각했다. 그러나 그의 편지를 보면서 생각한다. 그의 삶이 그의 그림을 대신할 수는 없겠지만 그의 그림은 그의 삶이었다고. 그가 편지에 썼던 대로 그는 작품으로만 말할 수 있는 사람이었으니까.

800점이 넘는 그림이 있고 800통이 넘는 편지가 있다. 다양하게 그의 일생을 풀어낸 전기들과 그의 작품 세계를 여러 각도에서 해석한 화집들도 있다. 어디서 출발해서 어디를 거쳐 가느냐에 따라 각자 다른 빈센트를 만나게 되리라 생각한다. 18년 전 반 고흐의 편지를 엮은 책 『반 고흐, 영혼의 편지』를 출간했음에도 다시 그의 편지를 골라 담은 이 책을 준비한 까닭이 여기에 있다. 빈센트 반 고흐를 찾아가는 새로운 길을 열어줄 편지들이 아직도 많이 남아 있었다.

빈센트 반 고흐, 그의 이름을 불러본다. 그의 그림들을 들여다보고 그의 편지를 읽는다. 나는 반 고흐를 읽는다.

괴팍하고 외로웠던 빈센트는 죽어서 땅에 묻혔다. 얼

마 후 자살했던 테오도 그의 곁으로 갔다. 그러나 나의 빈센트는 땅속에 묻히지 않고 성큼 그림 속으로, 까마귀마저 날아가버리고 없는 들판 한가운데로 걸어 들어갔다. 물론 그는 그림이 아니다. 그러나 나는 그의 그림에서 그를 본다. 그는 죽지 않았고, 그곳, 그의 그림과 편지가 만들어낸 영원의 땅 위에 서 있다.

Photo Credit

The Potato Eaters, 1885
©Bridgeman Images-GNC media, Seoul, 2017

Shoes, 1886
©Bridgeman Images-GNC media, Seoul, 2017

Pere Tanguy(Father Tanguy), 1887
©Bridgeman Images-GNC media, Seoul, 2017

The Sower, 1888
©Bridgeman Images-GNC media, Seoul, 2017

Sunflowers, 1888
©Bridgeman Images-GNC media, Seoul, 2017

The Bedroom, 1888
©Bridgeman Images-GNC media, Seoul, 2017

L'Arlesienne(Madame Ginoux), 1888
©Bridgeman Images-GNC media, Seoul, 2017

Self portrait, 1889
©Bridgeman Images-GNC media, Seoul, 2017

Almond Blossom, 1890
©Bridgeman Images-GNC media, Seoul, 2017

Wheatfield with Crows, 1890
©Bridgeman Images-GNC media, Seoul, 2017

반 고흐를 읽다

1판 1쇄 발행 2017년 10월 16일
1판 2쇄 발행 2018년 2월 21일

지은이 빈센트 반 고흐
옮기고 엮은이 신성림
펴낸이 고병욱

기획편집2실장 장선희 **책임편집** 이혜선
마케팅 이일권 송만석 황호범 김재욱 김은지 양지은 **디자인** 공희 진미나 백은주 **외서기획** 엄정빈
제작 김기창 **관리** 주동은 조재언 신현민 **총무** 문준기 노재경 송민진

펴낸곳 청림출판(주)
등록 제1989-000026호

본사 06048 서울시 강남구 도산대로 38길 11 청림출판(주) (논현동 63)
제2사옥 10881 경기도 파주시 회동길 173 청림아트스페이스 (문발동 518-6)
전화 02-546-4341 **팩스** 02-546-8053

홈페이지 www.chungrim.com
이메일 redbox@chungrim.com
인스타그램 www.instagram.com/redboxstory

ISBN 979-11-88039-07-4 (03890)

The Letters of
Vincent van Gogh